我的 另一种人生

Skipping a Beat

[美]萨拉•帕坎南（Sarah Pekkanen） ◎著
何雨珈 胡绯 ◎译

CNS PUBLISHING & MEDIA 中南出版传媒
湖南文艺出版社 HUNAN LITERATURE AND ART PUBLISHING HOUSE
博集天卷 CS-BOOKY

献给我最棒的父母

约翰·帕坎南和琳恩·帕坎南

目录

四分零八秒，这段时间把我的丈夫变成了一个彻头彻尾的陌生人，再也不是我所熟悉的样子。

Chapter 1 四分零八秒的改变

我的丈夫迈克尔第一次与死神见面时，我正脚蹬一双鞋跟超过七厘米的“斯图尔特·韦茨曼”穿行在刚打过蜡的大理石地板上，手里哆哆嗦嗦地托着一盘纸杯蛋糕。

都怪甜点吃得太多，体内过度活跃的糖分害得我的一双手抖成了这样，不过，总得有人勇于献身去尝尝那些纸杯蛋糕吧。我倒不担心滑上一跤摔了托盘，但这一盘里全是巧克力酱加辣椒粉精心烤制出的甜点珍品，每个蛋糕上都点缀着写有名字的可食金叶，绝非普普通通的“贝蒂妙厨”[①]大路货。

舞厅的四周摆放着一张张圆桌，桌上的纸杯蛋糕替代了席次牌——没错，作为一个派对策划，正是这些花样让我的生意红红火火。今晚我

① 著名烘焙产品品牌。

们将为华盛顿歌剧团筹到五十万美元，如果服务生听从我的指示不停地给人们满上葡萄酒和香槟，说不定我们拿下的钱还不只这个数。

“茱莉娅！”

听到自己的名字，我小心翼翼地放下托盘，转身就看见了助理花艺师的一张苦瓜脸。

“餐饮公司想把摆在桌子中央的花饰弄矮一些。”他哭丧着脸发出了哀号。我不怪他吓成这样，他的上司花艺总管是个举止粗暴的小个子女人，嘴唇上露出一抹隐隐成形的小胡子，私下里，连我都有点儿怕她。

“看谁敢碰那些花！”我尽力摆出克林特·伊斯特伍德[①]一般的硬汉口吻——如果伊斯特伍德真的会为了马蹄莲花束的长短跟人吵上一架的话。

这时手机铃声响了，我伸手拿过来，心不在焉地瞥了瞥来电显示：是我的丈夫迈克尔。早前他已经发过一条短信，告诉我他要出趟差，因此无法出席我的闺密马上要为我操办的生日晚宴。要是跟我争宠的对手是迈克尔的老情人，那倒还容易分个高下，但迈克尔公司的生意显然更加让他魂牵梦萦，恐怕连妆容精致的内衣模特儿也难勾走专心工作的他。很早以前，我就已经接受了现实：迈克尔的真爱已经成了工作，而不是我。我没有理睬那个电话，又把手机放回了口袋里。

不用说你也猜到了，后来我才得知，当时来电的人并非迈克尔，而是他的私人助理凯特。就在她打那个电话之前，我丈夫从公司董事会

---

① 克林特·伊斯特伍德：美国演员、电影导演与电影制片，曾出演《荒野大镖客》等一系列西部片，以牛仔与硬汉形象闻名。

会议室的桌前站起身来，正开口准备说上几句话时，却一头栽倒在地毯上；与此同时，我正在几公里外的某个舞场中穿行。

助理花艺师一溜烟跑开了，一位满头白发、模样慈祥的保安又出现在我的眼前，这是来自“小珠宝盒”公司的雇员。

“小姐。”他的口吻颇为礼貌。

听听看，保安称我作“小姐”而不是“夫人”——我不由得暗自感激自己那些有氧面部护理和挑染成焦糖色的发丝。我马上要迎来三十五岁生日了，换句话说，手上长出老年斑恐怕是迟早的事情，不过，我已经顽强地躲过了它们的魔爪，能撑多久算多久。

“请问，这些东西要放在哪里？”保安问的是他手里托着的一盘方盒子。托盘上罩着一层黑色天鹅绒，上面有十多个银色包装的盒子，颜色正好跟贴在他那肥臀上的一把枪十分般配。

“请放到正门旁边的展示桌上，麻烦你了。”我告诉他，“要让人们一进门就能马上注意到。”总有人愿意豪掷万金赢取一个惊喜小礼物，哪怕只是为了向众人证明自己摆得起这个阔。这名保安说不定是位退休警察，正设法赚点儿钱来贴补退休金；按照公司的吩咐，整整一晚上，他都不能让这些盒子脱离自己的视线。

“要我给你拿点儿东西吃吗？或者喝点儿咖啡？”我问道。

“还是算了吧。”他说着露出了一丝苦笑。这倒霉的家伙压根儿不沾任何饮料，说不定是因为珠宝店连抽空上个厕所的时间也不给他。我在心里暗自记下了一笔，要打包一些晚餐菜品让他带回家去。

黑莓手机发出振动时，我正把纸杯蛋糕一个接一个地摆到贵宾桌上，左思右想着该把那位棘手人物安置在哪里：无论是外貌还是举止，那位电玩大师都像一个十三岁的小孩，早该再吃上一片"利他林"[①]治一治多动症了。"还是把他安置在女参议员和职业篮球队'华盛顿火焰队'的某位老板中间吧，那两个人都是高个子，大可以越过那位电脑专家的脑袋聊聊天。"我暗想。

与此同时，在另一家公司里，十几位高管正纷纷从皮椅上一跃而起，簇拥到迈克尔那副软绵绵的身子旁边，互相叫嚷着让对方拨打911，还嚷着要找人来给迈克尔做心肺复苏——这群人都习惯了发号施令，却不懂得亲自执行。

这时我则正站在舞场的中央，一边抚平白色亚麻餐巾上的折痕，一边嗅着百合的芳香，华盛顿歌剧团那个长着一张娃娃脸的代理却带来了一条天大的坏消息。

"梅兰妮说她喉咙疼。"他的语调颇为阴沉。

我叹口气一屁股坐到了椅子上，蹬掉脚上的一双鞋。这下可热闹了：梅兰妮是一位女高音明星，按计划她要在今晚演唱《奥菲欧与尤丽迪茜》的选段。如果那些满溢的酒杯还不能让人们掏出支票簿的话，梅兰妮那激昂抒情的演唱绝对可以一锤定音；今晚可不能缺了梅兰妮。

"她在哪里？"我问道。

"在'五月花酒店'的房间里。"歌剧团代理回答道。

"哎呀，该死！谁给她订的房间？"

"嗯……是我，"他说，"有什么不妥吗？"

---

① 一种人工合成药，多用于治疗注意力不足过动症。

“给她订个套间，”我打断了他的话，“订酒店里最大的套间。”

“为什么？”他颇为不解地皱起了鼻子，“这样就能让她的嗓子好起来吗？”

“你叫什么名字？”我问道。

“帕特里克·赖利。”

果然不出所料：要是在衣服的翻领上别上一枚四叶草，他恐怕就可以充当爱尔兰的代言人了[①]。

“帕特里克，你在歌剧团工作多久了？”我轻声问道。

“三个星期。”他坦言道。

“你还是听我的吧。”梅兰妮离不开闹剧，就好像人们离不开水。如果我现在就给她演上一场大戏，梅兰妮说不定会奇迹般地康复，也就用不着在今晚大闹一回了。

“再给她送一台暖雾加湿器。”我又下了一条指示，帕特里克随即抽出记事本匆匆地记录着，勤奋得好像一位初出茅庐的记者在紧追一则爆炸性新闻。“不，送两台过去！再给她送点儿止咳糖，送点儿加蜂蜜的甘菊茶，能想到的通通送过去，给我买空CVS药店[②]。如果梅兰妮想要来上一套淋巴按摩的话，让酒店礼宾立即给她安排。给……”我边说边掏出黑莓手机翻出我的私人医生，“给拉希曼医生打个电话，如果他不能亲自过来，那就专门派个人过来。”

拉希曼医生会过来的，我敢肯定。如果拉希曼医生知道我有需要，

---

① 赖利是爱尔兰常用姓氏。据传爱尔兰守护圣人——圣帕特里克曾用三叶草比喻“三位一体”，三叶草成了爱尔兰的象征；而四叶草据传能带来好运。

② 一家大型连锁药店。

他一定会立即丢下手上的活儿赶过来——他是“华盛顿火焰”篮球队的私家医生。

而我的丈夫迈克尔便是该篮球队的两位东家之一。

“知道了。”帕特里克说。这时他低头瞟了一眼我的脚，一张脸顿时涨得通红，然后一溜烟跑掉了。一定是因为我那性感的趾缝，男人看了似乎都是这个反应。

我摆完最后一个纸杯蛋糕，才拿出手机查了查短信。当我读到凯特那堆狂乱的邮件时（她想要问清楚，迈克尔是不是新近查出了癫痫或糖尿病之类的大病，而且我们还把病瞒了下来没有公之于众），一切已经落下了帷幕。

一群身着“阿玛尼”西服的高管簇拥在我丈夫的身旁，收发室的鲍勃对着那幕场景瞧了一眼，立即箭一般地冲出了走廊，一片片白色信封好似纸屑一般在他的身后飞舞。他飞奔到前台，找出公司六个月前刚买的便携式心脏除颤器疾步跑了回来，撕开迈克尔的衬衫，然后把耳朵贴到迈克尔的胸口，确认他已经停止了心跳，接着将电极板贴在迈克尔的胸部。“分析中……”除颤器里传来了电子语音，“建议进行电击。”

意大利歌剧《奥菲欧与尤丽迪茜》是一则爱情故事，故事中的尤丽迪茜不幸香消玉殒，她那悲痛欲绝的丈夫进入冥界想让她重回人间。女高音梅兰妮即将演唱尤丽迪茜命悬一线时所唱的那一段令人心碎的咏叹调。

当时收发室的鲍勃正俯身在我丈夫的身前一次次电击他的心脏，直到迈克尔的心脏再次跳动起来；与此同时，我的心中却响起了尤丽迪茜的唱段——也许我不该为此感到惊讶，毕竟我有时会有这样的感觉：我生命中所有的重大时刻都和歌剧中一段段迷人而古老的故事有莫名的联系。

四分零八秒，我的丈夫迈克尔·邓希尔在这段时间里去鬼门关转了一圈。

四分零八秒，这段时间把我的丈夫变成了一个彻头彻尾的陌生人，再也不是我所熟悉的样子。

我凝视着他，一句话也说不出来。迈克刚刚说出了我所渴望的一切，仿佛他朝我的心里瞟了一眼，挖出了埋得最深、最隐秘的愿望。

Chapter 2
初相遇的温暖

如果没有遇上那个刚出狱的暴徒，如果没有遇上那个坐轮椅的小女孩，如果迈克尔没有那副总是填不满的胃口（他简直是一天到晚饿得慌），迈克尔和我也许并不会坠入爱河。

在他的少年时期，迈克尔可以狼吞虎咽地吃下一加仑的冰激凌权当餐前开胃菜，而他的“Lee”牌修身牛仔裤却仍然略显宽松。要是能够拥有这样令人赞叹的新陈代谢，华盛顿可有不少女人会心甘情愿地拿出她们昂贵的避暑别墅来交换。

当然啦，在这之前，我一直知道迈克尔其人。我们两人在西弗吉尼亚州的同一个小镇上长大，那个镇上压根儿找不出一个陌生人。顺便说一声，我和我的丈夫并非表兄妹，我们各自也不是什么近亲结婚的产物，胳膊腿周全着呢。到了今时今日，但凡人们讲起某个西弗吉尼亚州的笑话，那我势必已经在哪里听到过，但我每次都会扭过头为那个笑话捧腹一番，乐得比其他任何人都厉害。假如我听完笑话不乐成这样，人们便会觉得我是个坏脾气的乡巴佬，即使我从头到脚一身“香奈儿”，还刚刚请专业美容师修过眉。现在，我每隔两个星期便会做一次专业修眉，虽然我自己也不相信花了那么多钱只为降服区区几根眉毛——这笔钱足够支付我母亲在“布兰达美发店”整整一年的修剪烫费用了。

那时，我们还只是“边克”与“茱莉”（到了今日，我们的名字也随着身边的一切一起鸟枪换炮），尽管我们几乎每天都会碰面，但一直到了某个春日的下午，两个人才算第一次真正搭上话。十六岁的我正沿着铁轨去雇主家打零工——我在课后为可爱的贝琪·亨德里克森做保姆，她在几年前的一场车祸中受了伤，腰部以下从此瘫痪。那是个暖和而晴朗的日子，仿佛送走冬天的阴影和冷冰冰的脚趾后突然迎来了一件令人惊喜的礼物。我的步子很急，右手拎着一只晃悠悠的塑料袋，心中暗自希望那两份半加仑装的冰激凌别在我见到贝琪之前融化——那是一份草莓冰激凌和一份巧克力冰激凌，我还从来没有见过比那个十一岁的小女孩更爱冰激凌的人呢。

“急什么呢，宝贝儿？”

那个男人仿佛幽灵一般凭空冒了出来。片刻之前我还低头凝视着眼前的一根根枕木；片刻之后我却正瞪着一双磨损的黄色工作靴，那双靴子拦住了我的去路。我抬起头，看见了一个男人的脸。

我说错了，这个小镇上还是有个陌生人的。

他看上去二十出头，衬衫袖子向上缩起来，露出强健的肱二头肌，一头金发剪得极短，我可以看见他的头皮闪闪发光。如果在人潮汹涌的聚会、酒吧之类颇为安全的场所遇上这个男人，有些女孩也许会觉得他长相英俊，甚至将他脸上流露出的冷漠误认为是力量的象征。

“这个点儿就放学啦？”男人边问边从仔裤的皮带环里伸出拇指。

“嗯。”我点点头，身子却一动也没有动。我凭直觉能料到，要是我胆敢从他身边绕过去，他会立刻向我出手。

“现在放学太早了点儿吧？”他说着眨了眨眼，“你敢说不是在逃课吗？”

我们两人嘴里说出的是这么一番话，眼睛和身子却正在展开另外一番较量。我一个接一个地盘算着对策，又一个接一个地放弃了这些方案，只觉得全身血脉贲张：别逃跑，他会抓住你；别尖叫，他会出手袭击你；别跟他打，你赢不了。他的一双眼睛正盯着我细细地打量，我从他的眼神中看出了一点：他明白我在想什么，而且他喜欢看着我的逃跑计划一个接一个地破灭。

“我可没有逃课。”我说。突然间，我变得耳聪目明：几步路之外，有只小动物正窸窸窣窣地从铁轨旁的灌木和草丛中穿过；我手中的塑料袋慢慢地停止了晃动，像一只慢下来的钟摆。我想要环顾四周看看是否有人正朝这边前来，却又忍住了没有动弹——我可千万不能背对着这个男人。

“我敢发誓，当年我上‘威尔逊’学校的时候，学校可是两点半才放学的。”男人说着抽出了皮带环里的拇指，朝着我走近了一步，我使出全身力气才压下了后退一步的冲动。

“现在已经快三点了。”我从又干又涩的喉咙里挤出了一句话。男人右脑的太阳穴上有条疤痕，再加上他的声音尖得有点儿怪异，一下子让我想起了他是谁。这是杰瑞·诺尔斯，我的同班同学约翰就是他的弟弟，他讲起话来跟眼前的杰瑞一样有着一种卡通人物的音调。由于偷了一辆汽车，再加上袭击前去逮捕他的警察，过去四年，杰瑞一直待在州立监狱里。当时杰瑞把两名警察牢牢地压在下风，警察只得在他的太阳穴上来了一警棍，才算是最终制伏了那小子——至少学校里的孩子们都这么说。

“这么说你没有逃学？”他的话里带着戏弄的口吻，说着又迈近了一步，“我原来就不觉得你看上去像个坏女孩。”

“我……我得去打工啦。”我的心怦怦直跳，仿佛随时都会从胸中炸开。

他又故意慢条斯理地走近了一步。现在他离我很近，我可以看清他那块微微有些隆起的海星状伤疤，仿佛他没有缝上几针就把开口的皮肤拢成一条直线。

“他们在等我。”我不顾一切地低声说，“他们会来找我。”

这时他又朝我迈出了最后一步。他伸出一根手指抚摸着我的脸颊，我无法动弹，无法说话，甚至无法呼吸。他的手指挨在我的皮肤上，感觉又烫又糙；那根手指朝下滑了一些，伸向了我的锁骨。

“真有意思，你看上去也不像一个高中女生。”他的手指伸进了我的乳沟。杰瑞已经不再跟我玩“猫捉老鼠”的游戏了，他眼下的举动才是拦住我的真正意图。我体内的肾上腺素再也压抑不住，它在尖叫着让我逃跑，现在就跑！我转身发足狂奔，但还没有跑开五码远，杰瑞就从身后捉住了我。

“看来有人很着急嘛。”他说着笑开了，一双大手使劲儿攥着我的上臂，身子紧挨着我的身子。他呼出的气息烙着我的脸，闻上去有股酸味，我吓得两条腿绵软无力。

“我们走上几步路吧。”杰瑞说。不知为何，杰瑞那短促尖厉的声音听上去比暴喝声还要可怕，他逼着我进了一片灌木丛。

“躺下。”杰瑞说着粗鲁地把我推倒在地。他探身到我的身旁摆出俯卧撑的姿势，用两条前臂夹着我。四周一片寂静，杰瑞刺耳的呼吸一声声冲击着我的耳膜，我隐约感到一块岩石正摩擦着自己的肩胛骨，但那点儿痛根本没被我放在心上。

“掀起你的衬衫。”杰瑞命令我。

我是应该乖乖听话还是反抗呢？哪种做法下场更惨？

乖乖听他的话。直觉告诫我，*别惹他生气*。

我掀起了自己的上衣，但只掀了几英寸；我的手已经僵住不能动弹了。为什么今天的天气偏偏这么热？我简直百思不得其解。为什么我非要穿着这件薄薄的衬衫，而不是穿着臃肿的毛衣和大衣呢？

“求你了。”我低声说。

“求我什么？”杰瑞问道。

“求你别这样。”我恳求道。

杰瑞俯身向我靠了过来，一双扁平的眼睛紧盯着我的双眼。“把你那件该死的衬衫掀起来。”他每发一个“f”音便向我的脸上喷出几星唾沫。

这时我听见一阵响声——有人把树枝踩得嘎吱作响。

“放开她！”

我的左侧闪过一团模糊的影子：一个男孩一跃跳到了杰瑞的背上，一拳打中了他的脑袋。杰瑞放开了我，转身把男孩从背上晃了下来。

“快跑，茉莉！”

是迈克·邓希尔的声音。这个瘦瘦的男孩跟我同班，每次老师还没有问完问题，他的手就已经举了起来。

我一跃而起，迈开步子开跑，准备找人来帮帮忙，但一阵令人毛骨悚然的声音让我回过了头。迈克已经倒在了地上，杰瑞正在一脚接一脚地踢他。两个迈克加在一起只怕才勉强敌得过一个杰瑞，再说眼下的杰瑞简直怒不可遏。迈克会被伤得一塌糊涂，除非我能现在出手挽回局面。我从手中的袋子里掏出半加仑装的“布雷耶”牌草莓冰激凌对准杰瑞的脑袋扔了过去，这才记起自己原来一直提着一袋子冰激凌。

要是那袋冰激凌还冻得结结实实，它也许拦不住杰瑞——显而易见，他是个挨得住一两下子的人。不过异常温暖的天气竟然给我们带来了意外的好运：冰激凌盖子“嗖嗖”地飞了出去，软嗒嗒的粉红色冰激凌溅满了杰瑞的面孔和双眼。他站在原地，一时间什么也看不清楚，抬起一只脚又准备踢下去。这正是迈克需要的契机，他伸手抓住杰瑞的脚踝扯得他站立不稳，杰瑞向后摔了下去，迈克仿佛毫发无伤一般站了起来，击出一拳重重地打在杰瑞的喉头。

“快跑！”迈克又大叫了一声，这一次我乖乖地听了他的话。我们一起沿着铁轨一溜烟跑出将近五十米，又左转跑上了通向贝琪家的泥巴小路，在大街小巷中绕来绕去跑了将近半公里，一直跑到了贝琪家那栋单层小砖房前。我一遍遍地摁着门铃，一边偷偷地往身后张望——杰瑞肯定还会凭空冒出来的。

“来啦来啦！天哪！”

门打开的速度慢得让人受不了。迈克和我猛地冲了进去，呼哧呼哧地喘着气。

我砰的一声关上大门又检查了一遍，贝琪的母亲问道：“出了什么事？”

“没什么事。”迈克说。他俯下身把双手搁在膝盖上，大口大口地喘着气，“他没有……跟着我们……我看过了。”

“谁？”贝琪的母亲边问边来回打量着我和迈克，“你们在玩游戏吗？”

我顿时想起杰瑞冷冷的笑容，想起他懒洋洋的手指断断续续地烙着我的皮肤，眼中不禁溢满了泪水。我的胃里突然一阵翻江倒海，几乎吐了出来。

迈克又一次解救了我。

“我读过不少关于自卫术的书，”他笑嘻嘻地望着我，“不过没有一本提到过那条吓死人的招式——拿出冰激凌进行反击。你非要当一个‘冰激凌’秘技黑带高手不可吗？”

我们定定地互相瞪了片刻，接着大笑起来。迈克笑得捂住了肚子，我的眼泪则一颗接一颗地流下了脸庞，我们双双靠在墙上说不出话来。

“看来局外人是听不懂你们两人的笑话啦。”贝琪的母亲耸耸肩走开了，她的话惹得我们笑得更加厉害，一边笑一边弯下腰大口地喘着气。等到好不容易止住了笑，我伸手取出那盒有点儿融化了的巧克力冰激凌——忙乱中，我居然还没有把它弄丢。

“你饿吗？”我问迈克。

他的脸上慢慢地绽开了一抹笑容：“饿得厉害。”

我努力装出一副什么事都没发生的样子。尽管私底下战战兢兢得不得了，我的样子看上去却颇为镇定，居然说服贝琪的母亲不再追问我的事，而去药店值下午班。警长正赶来录我的口供；迈克倒是自告奋勇要留下来回答问题，但我感觉迈克留下来的真正原因是他明白我怕得要命——我生怕只要身边没了别人，杰瑞便会凭空从浴帘后面蹿出来。

贝琪正唠唠叨叨地讲着她刚从图书馆里借来的《神探南希》悬疑小说，我却凝望着窗外，没有发现迈克把冰激凌碗端进了厨房。迈克哐啷一声把冰激凌碗搁进了水槽，我闻声猛地扭过头，一颗心几乎吓得抽搐起来。

“对不起。”他立刻说了一句，然后抬头望了望我那张苍白的脸，我点点头使劲儿吞了口唾沫。

“那本书有个问题。”他后仰着身子倚在厨房台面上，漫不经心地叠着两条胳膊，“南希怎么可能在无意中遇到了这么多不可思议的事情？她有多大？大概十七岁吧？难道你们不觉得才十七岁就破了上百件罪案有点儿说不过去吗？难道不该有人查一查南希身上的问题？”

尽管双唇冰冷僵硬，我还是挤出了一丝微笑。“你在指责南希是个大话王吗？说这种话可要小心点儿；贝琪对南希可是崇拜得很呢，我以前也挺崇拜她。”

迈克举起双手做投降状，又有些无所谓地摊开手掌。“我只是说，有人需要的关注看上去似乎比普通的十七岁孩子多了一些。当然，南希的爸爸给她买了一辆时髦的小跑车，不过他显然并不关心她上不上学的事情。”

我用肩膀轻轻地推了推他，面色稍霁。稍后贝琪喝水时一不小心洒了几滴在桌子上，我看到迈克伸出手漫不经心地用袖子擦掉水滴，还对贝琪眨了眨眼——擦水滴一点儿也没有误他的事，当时他正在模仿化学老师，我们那位化学老师似乎不仅恨透了十多岁的小孩，也恨透了自己的本业化学与这个小镇（把一堆易燃物品交到一名管不住自己脾气的白人单身汉手里可能不是个好主意，不过我们本来也没有多少挑选的余地）。

迄今为止，我对迈克的了解全部来自于偶然听到的各种流言。“他妈妈就那样走啦。”布兰达一边把顾客的头发拢上去一边对客人说着悄悄话，嘴角还叼着一把发夹，“走得好。要是我嫁给了那么一个狗娘养的浑蛋，只怕我也跑了，不过你能想象吗？她抛下了自己的亲骨肉——”这时布兰达瞥见了我睁大的双眼，立刻换了个话题，谈起了她最近领养的黄色拉布拉多小狗。

这便是小地方的利与弊：大多数人都认识你，并且都以为他们了解你的一切底细。不过话说回来，我对迈克简直一无所知。

当天晚些时候，迈克从贝琪家送我回家，一路上他都装出一副若无其事的样子，却不时放眼四处打量，眼神比任何一位特工都要警觉，有几次甚至猛然转身端详身后的动静。那时我突然意识到，只要有他在身边，就没有人能够偷偷对我下手。我深深地吸了一口气，松开了自己握紧的两个拳头——我似乎已经很久很久没有松口气了。

“贝琪是因为车祸受伤的，对吧？”我们绕过街角走向通向我家的那条街，迈克开口问道。天色已是黄昏，暖意却迟迟不肯让位，路上的几家院子里绽放着一朵朵黄色番红花，仿佛星星点点的希望。“我好像在哪儿听到过。”

“是啊，”我说，“当时她妈妈在开车，路上结了冰，汽车打滑撞到了一棵树上。她妈妈并没有超速驾驶，不过还是祸从天降。”

这时我到家了，迈克陪我走上前门的水泥台阶。镇上大多数住宅都小而整洁，有着优雅的后院、亮丽的花床、修剪整齐的树篱。我家过去也是这副模样，现在它的排水沟里却堵着落叶，一扇松动的百叶窗歪歪斜斜地倚在一边，仿佛一位参加聚会的酒鬼正欲盖弥彰地掩饰自己多喝了几杯马提尼。

我在最后一级台阶上停了下来。我并不想失礼，但也不能冒着风险请迈克进门——即使我们已经一起经历了那些风波。迈克望了望前门，又望了望我，一句话也没有说。也许他早已心知肚明；毕竟，大多数人都已经听到了风声。

“贝琪以后还能走路吗？”迈克漫不经心地坐下，用胳膊肘撑着身子，伸直了两条腿，仿佛我们就应该这样聊天，而不是进门接着聊。

“她觉得她能。”我在他身边坐了下来，“不过，我不知道医生是怎么诊断的。”

“天哪！”迈克长长地吁了一口气，痛得瑟缩了一下身子，捂住自己的侧身——他居然还告诉我说肋骨不痛呢。“我想不出比坐轮椅更糟糕的事情了，要是我，肯定得发疯。”

“这种事要遇上了才知道。”我说，“贝琪已经应付得很不错啦，尤其她还是个小孩子。”

“不，我真的会发疯，茱莉。”他又把话重复了一遍，“居然不能动？还少不了要其他人帮忙？”

他突然一跃站了起来，把重心从一只脚换到另一只脚上，仿佛在向自己证明身体还听使唤，借此让自己安心。迈克总在不停地动来动去——在学校时我从未注意到这一点，那天下午我发现他的腿不时轻摇，指尖不时在桌上敲打着节拍，要不然的话就是用一只手不停地梳理着黑色的鬈发。也许正因为这样，他才会有这样纤瘦的身材，不过他的食量确实惊人：那些冰激凌基本上都进了他的肚子，他又搜罗了贝琪家的冰箱，给自己做了两个火鸡干酪三明治。

这时我已经看出了一件事：眼前这个男孩不仅有一副填不满的胃口，还有填不满的求知欲。迈克告诉我，他已经读过好几本关于自卫的书籍，并非因为他担心遇上歹徒，而是因为他什么书都读。因此他知道喉头是一处要害：握紧拳头对着喉咙中间狠狠地打上一拳，几乎能够把所有歹徒打晕。

迈克做完一份份家庭作业，读完一本又一本图书馆藏书，又狼吞虎咽地翻阅各类报纸、商界领袖传记和《世界百科全书》，连食品包装上的配料表也不放过（唉，他这个小小的习惯毁了我与粉色夹心甜点球球的一段情缘）。他跳过了三年级没有读，十年级还没有结束便已经学完了高中的全部教学课程。

迈克和“慢条斯理”这个词简直不沾边。几周以后，当我第一次把头搁在他赤裸的胸膛上时，我感觉到他的心脏跳得飞快，还以为他特别紧张，但那不过是他的正常心率；迈克只是生来就与我以前见过的人有所不同。

也许我无论如何都会爱上迈克，因为在杰瑞袭击我的那一天，迈克流露出了一些意想不到的品质：他不仅勇气十足，还拿我留下的巧克力冰激凌开玩笑，夸我扔掉草莓冰激凌是多么明智，“如果非要从中选一样用作武器的话，那当然是选草莓啦！草莓有点儿不好惹的样子，巧克力实在是太平和了，它总是一副飘飘欲仙坐在一旁听‘齐柏林飞艇’的样子，打架的时候可不能靠巧克力。”

但那天在我家门前的台阶上，迈克还说过一些话，那些话直达我的内心。

当时迈克对着天边皱起了眉头，仿佛不是在对我说话。“总有一天，我会有足够的钱做我想做的一切。我会拥有自己的公司、自己的房子，还是全额付款、不欠房贷的那一种。我可不会跟其他人一样一辈子待在这个破烂小镇里，什么也拦不住我。”

我凝视着他，一句话也说不出来。迈克刚刚说出了我所渴望的一切，仿佛他朝我的心里瞟了一眼，挖出了埋得最深、最隐秘的愿望。

我所盼望的并非金钱——当时我还无法想象拥有自己的房子。真有意思，眼下我们倒是拥有两栋豪宅：一栋在华盛顿，一栋在科罗拉多州的阿斯彭[①]。我真正渴盼的是财富带来的安全感……嗯，这些东西让我难以自拔。自从我爸爸像变了一个人之后，我就一直有一种不舒服、不安定的感觉——好像流沙正在一寸寸地向我涌来，等待着时机要将我吞没，让我活生生地窒息而死。而迈克的话一点点地驱散了这种不安全感。

我望着皮包骨头、神情紧张的迈克，望着他那乱糟糟的鬈发，望着那条膝盖上有个破洞的牛仔裤，突然感觉无比心安，仿佛全身裹上了一条温暖的毛毯：只要迈克在我的身旁，我就始终是安全的。

“明天学校见吗？”他问道。

“好啊。”我说，“我们还有历史考试呢。”

他点点头，低下头望着自己的脚。“你总是坐在窗边，对吧？”

“没错。”我有点儿吃惊。

“除了上周。”他深吸了一口气，仿佛正在鼓起勇气，接着抬起了一双杏仁样的蓝眼睛，迎上了我的目光，“谢尔比·罗文抢了个先，坐了你常坐的位置。你盯着她瞧了一会儿，然后去了后排；那天你穿着一件白色的毛衣。”

我看着他，一句话也说不出来。难道迈克一直在注意我？他记得我的穿戴？对抗杰瑞时，他并没有流露出一丝惧意，但现在他看上去颇有几分紧张。我猛然意识到一件事：迈克在担心我的反应。

① 位于美国中西部科罗拉多州的小镇，西邻落基山脉，以滑雪场著称。

“你也坐在前排，对吧？”我终于开了口。

迈克摇了摇头：“我在你背后，茱莉，一直都在那里。”

正如今天，当我迫切需要他的时候，他也在我的身边。

我感觉自己的脸红得发烫：“对不起。”

迈克耸了耸肩，但我望见了他脸上一闪即逝的伤感。“如果不打橄榄球的话，谁也不会注意到你的。天哪，我恨死高中了。你知不知道到毕业还有多少天？如果连节假日、周末和暑假一起算上，那就还有四百三十八天；我倒计时好多年了。”

他没有说错：我们学校确实是围着橄榄球转，周五晚上的比赛能吸引镇上一半的人。我突然想起迈克有两个哥哥，他们两人都玩橄榄球，我曾经听见啦啦队在比赛中高呼他们的名字。

“明天我给你占个座。”我脱口而出。

“好的。”迈克说着露出了一抹笑容。他的牙齿有点儿歪，不过在他身上显得还挺有魅力，“我该走了，你没事吧？”

我点点头。“警长说杰瑞可能已经离开了这座城市。他显然原本就打算要走，只不过先遇上了我，所以……”我紧张地笑了一声，“我没有什么可担心的。”

但我心里还是害怕。那根手指抚过的地方仿佛挨过烙铁一般；不知道什么原因，迈克很了解这一点。

第二天一早七点半，他已经守在我家门口准备陪我去上学了，瘦弱的双肩上背着一只塞得满满的书包——从那一刻起，我们两人变得形影不离。

“青梅竹马的高中情侣？”每当得知我们相遇的经过，人们总会发出惊叹，“真是太幸福啦！”

确实如此。至少在很长一段时间里，一切真是太幸福了。

我们的一次次聊天好似俄罗斯套娃，每当挖掘出一些念头、恐惧和记忆，我们便迫不及待地要揭起下一层，想要抛开表层发掘出对方心中深藏的秘密。

Chapter 3

我们曾爱过

我快步穿过了医院的旋转门，但遇到的第一个人就让我想要就此转身走回大街上。迈克尔公司的首席律师戴尔站在大厅中央，身边是一对年轻夫妇，他们怀里新生的孩子正在连声尖叫。我不怪那个孩子；我见到戴尔也忍不住想要尖叫。

如果我低下头跑上几步……

“嘿，茱莉娅。”

“喔，戴尔！”我尖叫一声，“我居然没有看到你！”

那些继续教育机构有没有开设教授说谎技巧的课程？我真的需要补一补这样的课——就连那个摇头晃脑的婴儿似乎也暂时停止了愤怒的啼哭，对我翻了一个白眼。

“迈克尔在哪里？”我问道。开车赶来的途中，我已经跟凯特谈过话，她告诉我迈克尔已经醒了过来，还开口说了不少话。“他简直关不上话匣子，”凯特笑着说，“所以我知道他没什么事。”

说是这么说，她的口吻中却有点儿异样的感觉……

“等一下。”戴尔说着抓住了我的前臂。我低头看着他那粗壮的手指，指关节上有黑色的体毛。我顿时想起了一场盛大的晚宴，我在那场晚宴上弄洒了一杯1982年的勃艮第葡萄酒，把一张雪白的桌布弄得到处都是污渍。当时戴尔哈哈大笑道：“就算走出了西弗吉尼亚州，她还是个西弗吉尼亚人。”我跟着一桌宾客一起放声大笑，当天晚上，我不停地用右手食指卷着一绺头发——小时候，我只要一紧张就会变成这样，在二十多岁的时候才好不容易改掉。

“迈克尔的病房在哪边？”我抽开胳膊，忍住了身上的一阵战栗。

戴尔没有理睬我的问题。“有些事情要告诉你。”他偷偷摸摸地在四周打量了一圈，仿佛到处都有身穿条纹制服打扮成志愿者模样的间谍出没。“迈克尔……嗯，他……”

“什么？”我不耐烦地问，“他现在神志清醒，不是吗？他已经没事啦。”

“是啊，不过……”戴尔的声音又低了下去。天哪，看他那样，人们会觉得戴尔才是那个在会议室倒下一头磕在地板上的人呢。倒不是说这样的一幕会让我心满意足；也不是说我会在这一幕白日梦上添油加醋，幻想着有人跨坐在戴尔的胸部上，为了救醒他一下接一下地扇着他的脸颊——那人使劲地扇，可是戴尔好一阵子醒不过来……

先办正事。我暗自提醒自己：“戴尔，他在哪儿？”

戴尔叹了一口气，仿佛他原本打算跟我愉快地聊一阵，结果我却捣了个乱。他伸手指着一条走廊：“他在心脏监护病房。”

我按照墙上的指示快步穿过长长的走廊，脚上的一双鞋轻快地叩着油毡地板，终于来到心脏监护病房的门前。那是一扇沉重的灰色转门，我伸出一只手想要推门，却又愣在了原地。

自从发现黑莓手机上那一大堆短信之后，我就一直没有停下过脚步，甚至没有空余时间仔细想上一想。我把筹款晚会交给了爱脸红的帕特里克，随后钻进了凯特派过来的车里，车子由迈克尔的司机驾驶。乘车前往医院的途中，我一直在跟凯特谈话，她向我交代了所有细节：迈克尔刚刚倒在地上，她便用办公室电话拨打了911，接线员掐时间算好了迈克尔失去意识的时段，以便让医生得知他缺氧缺了多久。凯特一个人拨打了911电话，用迈克尔的黑莓给我发了短信，还用迈克尔的手机给我打了电话，这种三头六臂的本事让我大为惊叹，有时我简直认定她比别人多长了几根手指，更别提那超乎寻常的智力了。不过迈克尔确实需要一个能干的助理，才能跟上他的节奏；在找到凯特之前，他已经走马灯似的换了七个助理。

空荡荡的医院走廊显得有些过于安静，我的胃不由得一阵收缩：消毒剂的气味灌满了我的鼻子、嘴和肺，令人呼吸困难——也许是“来苏水”消毒剂混了一些漂白剂。凯特听上去好像有所隐瞒，戴尔刚刚欲言又止……门后等着我的究竟是什么？

这时我听见身后传来戴尔的脚步声，便急匆匆地进了门，差点儿一头撞上一位黑发的美貌护士——她正一边低头对着一块写字板皱眉，一边向房间中央的圆形工作台走去。

“我是迈克尔·邓希尔的妻子。”我开口道。

“喔！”护士差点儿没有拿稳手里的写字板。她飞快地把我从头到脚打量了一番，这种情形我倒是已经见怪不怪了。许多女人会仔仔细细地端详我，好瞧一瞧像迈克尔这样的男人会娶一个什么样的女人，毕竟迈克尔大可以娶到十分出色的太太。我立刻自觉地吸了一口气、挺直了腰，耳边回荡起了形象顾问的声音（雇用形象顾问的那阵子，我正处在缺乏安全感的时期）：一根绳正扯着你的头顶往天花板上拉呢！你感觉到了吗，宝贝儿？伸直身体，伸直！那位古铜肌肤、身材纤瘦的形象顾问堪称自家品牌的完美代言人，她逼得我以前所未有的速度急匆匆地奔向冰箱里秘藏的“莎莉”牌零食。自从离开西弗吉尼亚州以来，我已经成功地穿上了小一号的衣服，肌肤上的古铜色也深了几分，不过我绝非“花瓶”或“金丝雀”。绝对不是。在我最美好的时光里，娶了我这样的太太也算不上是一件顶级光鲜的事情。

“邓希尔先生在那个房间里，但如果你想先跟心脏科主任谈一谈，我可以给他打个电话。”这间屋子周围环绕着一个个小房间，护士说着指向其中一间。透过一堵玻璃墙，我可以看见迈克尔躺在一张窄窄的轻便床上，身上盖着一条白床单，四周环绕着几台笨重的灰色机器。

*有什么地方不对劲儿。*我的心中顿时涌起一阵慌乱，随后悟出了原因：我只是不习惯见到躺着的迈克尔。

我得定定神，不然的话说不定会躺到那张床上陪着迈克尔，再说我身上也没有穿漂亮内衣——一代又一代的妈妈早已教导了女孩们，跟男人同床共枕的时候要穿上一套漂亮内衣。我倒是穿了一件束腹紧身衣。当然，这种品牌有个挺可爱的名称“Spanx”，颜色也挺有趣，代言该品牌广告的女郎长得既纤瘦又活泼，但我不会上它的当。要是某样东西非要这样死死勒住我不放的话，那它要么是一条饿得不得了的巨蟒，要么便是一件这样的束腹紧身衣，这种紧身衣对莎莉蛋糕带来的赘肉毫不留情。

“我想先跟医生谈一谈。”我说道。护士在电话机上按下一个钮，轻声说了几句话。

“邓希尔夫人吗？”过了片刻，一位身穿白衣、矮小瘦削的男子穿过了转门，“我是心脏科主任沃尔特·金，你丈夫的治疗由我负责。”

我不禁有些好奇：如果迈克尔是一位清洁工，而不是本院最阔气的捐助者之一，他还会来得这么快吗？“他是心脏病发作吗？”我问，“他们只告诉我他病倒了……”

金医生摇了摇头。“迈克尔的心脏停止了跳动。我们不清楚原因，不过有时健康的年轻人身上也会突然出现这种情况，心脏就是凭空熄了火。”

“但是他现在没事了，”我说，“他很好，对吧？”

医生有点儿犹豫：“我们正在密切监控他的病情，他得在这里待上一段时间。不过你没有说错，看来他算得上是个幸运儿。他的心脏停跳超过四分钟，但我还见过心脏停跳长达六七分钟的病例，那些人也挺过来了；另外一些病人心脏停跳不到两分钟，最后却遭受了脑损伤。遇上这种事情，结果因人而异。”

“他在几个月前刚买了那台心脏除颤器。”我边说边摇头。

“真不错。”金医生说着清了清嗓子，“不管怎么样，你现在一定很想见他一面吧。”

“没错。”我微笑着慢慢走进房间。

“嘿，宝贝儿。”我说着走到迈克尔的身边，换上了一种活泼自信的口吻——初中足球教练说不定会在中场休息时用这种口吻给队伍打气。但在这个雪白的房间里，我的声音听上去十分洪亮，吓得我缩了一缩。

我握住迈克尔的手，那只手摸上去颇为温暖。真是有点儿奇怪：这间屋子冷得很。迈克尔的鼻子里接着一条氧气管，罩衣下面伸出几根弯弯曲曲的电线，一直连到床边的一台大型心脏监护仪上。

“你感觉怎么样？”我问道。

“至少我遇上的不是一盒狠毒的冰激凌。”迈克尔说完眨了眨眼睛。

我也惊讶地眨了眨眼睛：这是我们两人过去私下开的玩笑，但已经被冷落了很长一段时间。在过去的日子里，每当遇上学校的突击考试，每当我们进了镇上唯一的电影院，又碰巧坐在半聋的罗伊·塞缪尔和他的太太旁边（那位太太总是体贴地把对白高声念上一遍），我们便会偷偷讲起这个笑话……可是我们已经有多久没有讲过这句话了？

我凝望着迈克尔。他并未让人给他取来手机，并未因为卧床而大发牢骚，也并未在他的黑莓手机上点击没完没了的电子邮件。两年前，迈克尔得过一次十分厉害的流感，但那时他仍然坚持工作，可怜的实习生们则跑来跑去地把他碰过的所有东西都喷上“普瑞来”免水消毒液。

在我的记忆中，迈克尔还从未如此一动不动地安静下来。

“我爱你。”他边说边含情脉脉地凝视着我的双眼，又捏了捏我的手。

我瞥了瞥正在给迈克尔灌水壶的护士，又瞥了瞥守在角落里的戴尔——戴尔压根儿没有掩饰自己正在偷听。在场的所有人都盯着我，难道是因为我的面孔全然暴露了心中的震惊，还是……喔，我的上帝啊！

“我……我也爱你。”我的回答有些姗姗来迟。这些话从我的嘴里冒出来，让人感觉又生疏又难为情。迈克尔为什么这样含情脉脉地望着我？难道他是在演戏给护士看，以免她向媒体走漏风声吗？我感觉既僵硬又忸怩，仿佛自己在演出一场电影，相机正在不停地拍摄，却没有人把台词给我。我该怎么办？

“他们要让我在这里待几天。”迈克尔说。

“我知道。”我顿时松了一口气——好歹有点儿实实在在的话题可以谈了，“待在这里没问题吗？拉希曼医生只要一会儿就可以赶到这里，也许他可以推翻……”

迈克尔又握了握我的手，我立刻住了口。“就这样挺好。”他的眼睛定定地凝望着我的双眼。如今的迈克尔身上只有为数不多的几处还与往日那个十多岁的瘦削男孩一模一样，这双蓝眼睛正是其中之一。他那浓密的鬈发被打理成一丝不苟的发型；牙齿做过细心的矫正和美白；他仍然保持着瘦削的体形，也仍然有些神经质，吃饭时还保持着品尝感恩节大餐的劲头，不过多亏他那添加了蛋白质的饮食，也多亏了私人教练指导的日常锻炼，迈克尔的双肩和胸部已经长出了一圈肌肉。

“我会带一台笔记本电脑过来。”戴尔说。他环顾着四周，从鼻子里发出了轻蔑的哼声。如果非要随口打个比方的话，他的那副样子跟某种大个头的家畜倒是有些相像。“也让你换到一个更好的房间去。”

“没有这个必要。”迈克尔说，“不过还是谢谢你。”

又是一阵尴尬的沉默；至少我觉得有些尴尬。此时，迈克尔正摊开手脚躺着，只要把静脉点滴换成一杯插着小伞的水果饮料，他便十足是一位在加勒比海滩享受日光浴的“闲散人士”。

我开口打破了长长的沉默：“我回家一趟把你的洗漱用品拿来，再给你拿件睡袍。你还需要些什么？”

迈克尔摇了摇头。他的脸上悄悄地露出了一抹梦幻般的微笑，仿佛有人刚刚在他的耳边低声倾诉了一个动人的秘密。

“我需要的东西其实很少，真是让人大吃一惊？”他说，“为什么我从来没有发现这一点呢？”

戴尔夸张地清了清嗓子。

“我明白啦，戴尔。”我恼火地想。迈克尔的举止确实有点儿古怪——不过这事一定有个简单的说法。也许他服了什么药，他那恍惚的神色说不定是“安定”药片的功效呢。天晓得，只要在乘坐航班之前服下一片安定，我就会变得跟小孩生日派对上的小丑一样傻乎乎的，这事也可以解释迈克尔流露出的那副梦幻般的神色。

只有一点说不通：他不是心脏骤停吗？医生为什么会给他吃安定呢？

“我现在就去把你的东西拿来。”我又说了一遍；这时我发现自己的口吻听上去极为急迫，不由得有些局促不安。

“快点儿回来，好吗？”迈克尔说，“我们有很多事要聊，很多很多。”

自从我进屋以后，他的目光居然没有一刻离开过我的面孔，几乎逼得我发疯。躺在床上的那名男子看上去跟我的丈夫一模一样，但他肯定是个假货。

“我马上就回来。”我答应着迈克尔，从他的手里抽出手向门口走去，暗自有些内疚：我一步接一步地从迈克尔身边离开时，心里竟然感觉松了一口气。

在我看来，歌剧是激情的代名词：激情就在震颤的小提琴里，在一句句的唱词里，在敲击琴键的手指里，在女高音激越的咏叹调里。在几部我深为喜爱的歌剧中（也就是《波希米亚人》、《费德里奥》、《茶花女》），相爱的情侣对抗着吃醋的情敌，对抗着诡计多端、好管闲事的人们，要不然便一次次地经历误解和谎言，最后终成眷属。即使故事有个悲剧结局（故事经常遇上悲剧结局，因为死亡的阴影常常在歌剧中盘旋），那部歌剧也是苦乐参半，因为胜利通常站在爱情一边。

有一部戏却与众不同。在罗西尼的《塞维利亚的理发师》一剧中，阿尔玛维瓦伯爵试图追求一位名叫罗西娜的年轻美女，伯爵不希望罗西娜爱的只是他的头衔，于是先装成了一个醉醺醺的士兵，又装成替人代课的音乐老师（伯爵显然该向在线约会网站学一学婚恋招数），前去教授罗西娜音乐课程，结果罗西娜发现了伯爵的真实身份并答应与他共结连理，公然对抗那个对她图谋不轨、令人毛骨悚然的老头。罗西娜与伯爵过得幸福美满，但跟其他歌剧角色不一样，当大幕落下以后，罗西娜与阿尔玛维瓦的故事并未就此落幕。

莫扎特为两人数年后的故事谱了曲，那部歌剧名叫《费加罗的婚礼》。剧中的伯爵与罗西娜已经是结婚多年的夫妇，曾经的激情一去不再复返，两人的婚姻失去了神奇的魔力，夫妻之间难得说上几句话。

我十分钟爱莫扎特，但我再也不看那部歌剧了。

凯特再次展示了她的魔力。电梯门刚刚打开，我迈步走进医院的大厅，凯特便立刻发来了一条短信，声称她已经派人把我的“捷豹”车送去了医院的停车场，把钥匙留在了前台——不管迈克尔给她开了多高的薪水，那也是不够的。

有那么一瞬间，我想象着开车驶出停车场，不走该走的那条路，反而急速向高速公路驶去，哪条公路都行。我的钱包里有几百美元，如果我打算销声匿迹，打算不留下信用卡的蛛丝马迹，这笔现金倒是够我花上一两个星期了。我可以摇下车窗，开大电台的音量，用前脚掌紧紧地抵住油门踏板；那样一来，我的车里便再也容不下别的东西，就连冰冷的感觉也无处藏身——那种感觉告诉我一场风波即将向我袭来，而我将无法逃脱。

我叹了口气拧开点火开关，感觉“捷豹”随着一阵轻柔的嗡嗡声发动了起来。刚才迈克尔向我表白爱意时我几乎忘了回答，这一点已经糟糕透顶，如果我现在驾车潜逃的话，只怕就别再想被提名成“年度最佳太太”了。

路上的车辆颇为稀少；即使眼下正是中午，这种状况在华盛顿也算得上闻所未闻的奇遇。没过多久我便开上了自家的车道，车道两旁都有高大的松树与别家隔开。我用遥控器打开安全门，把车停在室外喷泉旁边。我迫不及待地想要打开前门，但试了两次才成功；尽管纸杯蛋糕带来的劲头早已消失，但我的双手还是抖个不停。

我走进屋里关掉了警报，欣赏着门口墙壁上色彩亮丽的抽象画，总算感觉僵硬的脖子和双肩放松了一些。每次走进这所房子，我都感觉像是旅客进了一家奢华的酒店，也许原因在于我多多少少算是一位客人：房子的钱是迈克尔付的，装修是一队室内装潢师做的，从墙壁的颜色到沙发上的抱枕，每一件都是他们的功劳。当时那队装潢师简直把我们逼得发疯，不过他们最后交出的房子倒是跟承诺的一模一样（当时他们为象牙色样与浅黄色样的好坏争得面红耳赤，直到今天我还对他们的激情油然生畏）。这并非一所房子，而是一座展览馆，其中填满了空气、光线和巨大的玻璃墙。装饰艺术风格的巨型吊灯从两层楼高的天花板上悬垂下来，闪闪发光的主餐桌能摆下二十四个座位，两间厨房里到处是花岗岩和铜质器皿，主层有宴客用的大厨房，楼上有自家用的小厨房；六间浴室里搭配了手绘瓷砖、玻璃洗手盆等配饰。“如果是使馆宴客的话，放在这里倒是挺适合。”我们的房地产经纪人一边喃喃低语，一边指着一个个豪华的房间，仿佛我们也许会突然决定把某位驻瑞典大使赶下台，坐上大使的位子。

迈克尔遵守了他的誓言，他做出了一番成就，而且成就颇大：在我们那间又窄又旧的公寓里，他在厨房里开创了一家小公司，生产了一瓶瓶纯天然、有滋味的低糖饮料。这家公司的股票上市以后，迈克尔所赚的钱超过七千万美元，刚刚赶在一些竞争对手崭露头角之前，比如“维生素功能饮料”[①]和“聪明水”[②]。

七千万美元。这个数目简直让我绕不过弯来，就跟太空中的黑洞、空气动力学原理，或者十年级的几何一样，都是天方夜谭。

但成功并未让迈克尔有过一丝松懈。他又开发了新产品，比如有机能量棒和符合健康膳食指南的儿童午餐。这些产品看起来颇有潜力，将来也许会跟他创建的“畅饮”饮料一样值钱。

《渴求成功的邓希尔：他是否会有满足的一天？》——《财富》杂志上一篇占了两版的文章用了这么一个标题。眼下这篇报道被裱起来挂在迈克尔的办公桌上方，看上去十分显眼（对于这个问题，我倒有一个从来没有说出口的答案：门儿都没有。就算迈克尔喝下了整个尼亚加拉大瀑布，他也会被成功的渴求烧得口干舌燥）。

我没有用电梯，而是迈步走上了豪华的旋转楼梯，该楼梯通向我们的主卧套房。我匆匆走进迈克尔的浴室，翻遍了他的药柜和衣橱，终于在一个浴室柜抽屉里找到了他的盥洗包。想想看，他需要香体露、剃须刀，也许还要一些擦脸的乳液……我找到了一只黑色的玻璃瓶，上面有个难懂的法文名字，接着又发现了两个别的品牌。他究竟用哪种产品？我耸了耸肩，决定把三种牌子都塞进盥洗包。他的牙刷又在哪里？我在他的医药箱里找了两遍，最后才发现水槽旁边摆着一把电动牙刷。“可是迈克尔挺讨厌电动牙刷啊。”我感觉有些奇怪。他曾经说过，电动牙刷的噪声让他有种到了牙医诊所的感觉；他是什么时候改了主意的？

---

①② 饮料产品的名称

我站在那里，低头对着牙刷皱眉，一幕回忆突然从脑海里一闪而过。迈克尔与我刚搬到城里时租了一间公寓，当时我们共享的那个浴室简直算得上“全世界头号袖珍”浴室。每天都是迈克尔先洗澡，因为他总是像被赶牛棒电过一般突然醒来，然后一跃跳下了床。等到闹钟响起，我揉着眼睛打着大大的哈欠东倒西歪地走进浴室里时，他已经刮上了脸。

“早安啊，宝贝。”他的口吻听上去像个爽朗的幼儿教师。

“见鬼去吧。”我咕哝着甩胳膊把他挤到一边，好挤出一条路穿过印有棕榈树的塑料帘子，打开淋浴冲个澡。一会儿冷一会儿热的洗澡水落到我的身上，我立刻打起了精神（我家的水温确实一会儿冷一会儿热，不过我决定在对付房东的时候抓住重点，先处理好坏掉的冰箱），迈克尔和我含着满嘴薄荷牙膏聊聊天，或者在电吹风的轰鸣声里讲讲话。我们会各自讲讲一天的安排，跟伴舞演员一样撞开对方，抢占镜子前的位置。用不着我开口，迈克尔就会把那把扁平的梳子递给我，而我则会用毛巾为他擦掉耳后的剃须泡沫。

迈克尔与我第一次参观这所房子的时候，我望见阳光从天窗洒进浴室，望见阳台俯瞰着翠绿的后院，不禁觉得心醉神迷。如果房主喜爱与人共浴，这里的蒸汽浴房容得下十二个人（在此声明，我可没有这种喜好），两个石灰岩水池上的洁具仿佛艺术品一般精致。以往我曾在凌晨三点坐到没有放下垫圈的马桶上，为了惩罚不放下垫圈的迈克尔，我会给他几脚把他踹醒——感谢上帝，这些日子已经一去不复返了。

搬进新家后的头一个早晨，我迈步踏上碧绿的瓷砖，兴高采烈地蜷起了脚趾。“瓷砖是热的！迈克尔，你一定要来感受一下！”可是迈克尔的浴室还隔着卧室和休息区，那扇门一直没有打开——他没有听见我的声音。我耸了耸肩，然后迈步走进了我的“极可意”[①]超大按摩浴缸。

我还想这些干什么？我有点儿纳闷，于是眨眨眼赶走了回忆：必须赶紧回医院。我往盥洗包里扔进一把便携牙刷，又把一件羊绒睡袍塞进了旅行袋，还塞进了牛仔裤和休闲衬衫，免得迈克尔还得换上他的西装和撕破的衬衫。一旦迈克尔出了院，他大概不会乐意想起今天的遭遇。出门途中，我犹豫了一会儿，又从迈克尔的办公桌上拿起了他的笔记本电脑：也许再过几个小时，他就会让人来取手提电脑了。

我把旅行袋放在“捷豹”的副驾驶座上，开车驶出了车道，这时手机响起了一阵铃声。我一眼认出了来电号码，伸手按下免提键。

“嘿，拉吉。”朋友的电话让我松了一口气。拉吉是迈克尔读商学院时的一位教授，自从加入迈克尔的公司以后，他便成了我们两个人的好友。

“茱莉娅。”他用可爱的印度口音跟我打了个招呼，“今天下午出了不少事啊。”

“确实不怎么样。”我一边附和一边把乔治·华盛顿大学医院几个字输入GPS导航系统。我有点儿受惊，说不定靠自己找不到路。“不过关键的一点是，迈克尔没事。”

---

① 商标品牌。

“感谢上帝。”拉吉说完顿了一顿，“我其实不想打扰你。”

“没关系。”我说，“我正在去医院的路上。”

“哦。”拉吉的声音中有种古怪的口吻，“你还没有见过迈克尔？”

又来了：那是一丝不安？还是一丝困惑？在迈克尔心脏骤停以后，似乎每个跟他接触过的人都冒出了这种情绪。

“不，不，我已经跟他见过面了。”我说，“我只是回家一趟，给他取一些换洗衣物。”

“怎么样？”拉吉清了清嗓子，又开了口，“他感觉怎么样？”

“他绝对比平时要镇定。”我微微笑了一声，但拉吉并没有跟我一起笑。

“当时我在场，知道吧。”他说，“我在会议桌的另一头，刚刚转过身去倒咖啡。我没有看见他倒下去，但我听到他摔到地上的声音。”

拉吉没有再说话，我琢磨不透他的这个电话是什么意思：看上去他仿佛在等我采取主动。

“我会告诉迈克尔你打过电话。”我总算开了口。

“那就拜托你了。”拉吉说，“无论你们两人有什么需要，我都在这里，尽管开口。”

“谢谢。”我说。我刚刚打算挂断电话，拉吉的声音却又拦住了我。

“茱莉娅？”他问道，“迈克尔……在医院说过些什么吗？”

“什么？”这时我遇上一个红灯停下了车，低头望着手机，感觉一阵凉意蹿上脊背。

"只是问一问，没有什么大事。"他的声音多了几分力度，"他似乎有点儿茫然，就是这样。随时打电话给我，"拉吉又说了一遍，"我会通宵开着手机。"

我挂断了电话，一边开车越过弗吉尼亚州的边界开进华盛顿特区，一边开大CD的音量播放普契尼的作品，试图用音乐声盖过脑中嗡嗡作响的胡思乱想。

迈克尔与我是怎么从如胶似漆的情侣变成陌路人的呢？我无法像封在琥珀中的古老昆虫一般停在那一刻，也没有办法回到那一刻——我无法确定地说，你看，这就是那一秒，就在那一秒，迈克尔与我之间的一切从此改变。不，我们的婚姻更像趁潮水退去的时候在海滩度过的一个下午。你也许会躺在柔软的沙滩上，后背晒着温暖的阳光，耳边回荡着孩子们快活的喊声，根本察觉不到周围细微的变化——激情的海浪正在一点接一点地退去。随后你从一部小说的最后一页上抬起目光眨眨眼，感觉有些茫然，有些纳闷海面怎么会退得这么远，纳闷你身边的一切在什么时候已经改变。

我的丈夫倒在会议室的时候，我和他已经有好几年没有谈过话了（我指的是像过去那样整夜整夜地促膝而谈），这种事简直说不通，因为过去我们两人在一起就只做一件事——聊心里话。好吧，也许不只做了这一件事。当时我们还是十多岁的少男少女，体内的激素简直压抑不住，我们走到哪里，哪里就飘散着激素的气息，仿佛面包屑一般在身后留下一条轨迹。只要每天放学的钟声敲响，我们便会全速跑到郊区的河堤上，摊开一条毯子，把功课抛在脑后，倾听着对方的话。即使是鸡毛蒜皮的小事，我们也会分享：他恨透了泡菜，我则不碰番茄酱。“这样一来，我们永远也办不出一场像样的烧烤了。”迈克尔哀叹了一声，“人们绝不会让我们住在郊区。”我们两人暗地里都是游戏节目《家庭问答》的忠实观众，这个爱好让我们觉得有点儿难为情。我告诉迈克尔，几个在操场上训练的贱人说我脸上的酒窝看上去好像模样难看的洞眼，此后整整一年我都千方百计绷住不笑。“我会在那几个小贱人的胸衣里放上痒痒粉。”迈克尔郑重地发了个誓，伸出指尖温柔地轻抚着我的酒窝，“我会在她们的健怡可乐里偷偷放上一大堆维生素C，让她们的肤色变成橙色。我们将创建一支胸部发痒、肤色发黄的大军，让她们听从我们的命令。”

我们的一次次聊天好似俄罗斯套娃，每当挖掘出一些念头、恐惧和记忆，我们便迫不及待地要揭起下一层，想要抛开表层发掘出对方心中深藏的秘密。我们迟迟不肯让那些宜人的下午画上句号，除非蚊子已经动手拿我们当了晚餐，而我又想到母亲焦急的脸从客厅窗口向外张望，我们才会双双叠起毯子，背起背包。

尽管迈克尔过了一段时间才开始说出心里话，我仍然渐渐了解到他在家中的悲惨境遇。他的两个哥哥在搬出家门前曾经毫不留情地取笑迈克尔，给他安上“呆子”、“怪物”之类的绰号，还把自己紧绷的肌肉压在迈克尔瘦弱的肱二头肌上，或者伸出一只脚绊倒路过的迈克尔——迈克尔正全心沉浸在书中。最糟糕的是，他的父亲并不怎么管束两个恶作剧的兄长。曾经有一次，迈克尔的长兄一拳打在他的肚子上，迈克尔疼得直不起腰，他向父亲投去了求助的眼神，结果却望见了父亲脸上的傻笑。

“我觉得爸爸是嫉妒我比他聪明。”迈克尔的口吻听上去颇为快活，跟他说话时那副费力的模样自相矛盾，“而且我看上去更像我的……嗯，我的母亲。我猜这是关键。”

到了最后，我把父亲的事情告诉了迈克尔；在此之前，我还从来没有向任何一个人提起过他的事。

有时我们只是静静地躺上几个小时，我们的双腿、胳膊甚至手指都互相缠绕在一起，仿佛我们的每一寸肌肤都要与对方贴紧。说实话，我相信那一年迈克尔和我互相拯救了对方，那也是我们在家乡度过的最后一年。

时至今日，当我回想我们两人的恋情（无数个寂静的夜晚里，我独自守在家中，有许多时间去回想），我意识到了一件事：我们两人现在的情形并不是因为某次大爆发，也不是因为某次大吵了一架。然后当我反思我们的恋情是如何变了味，又在何时变了味，我总会想起那个晚上。那一晚我听了一部歌剧，生平第二次坠入了爱河。

在此之前我当然听过歌剧音乐，不过我要么略过它调到另一个电台，要么在晚宴上伴着歌剧的背景声毫不在意地侃侃而谈。要我去看歌剧？——如果想找这种刺激的话，为什么不自愿去老年人的特设游轮上为沙狐球比赛当裁判呢？

后来我同意接手“华盛顿歌剧团”这家客户，为它提供无偿服务。这是一桩双赢的生意：我的公司能够借此免些税，歌剧团则急需募捐活动吸引现金。为了感谢我，歌剧团送给我两张《蝴蝶夫人》首场演出的门票。

“你想去看吗？”迈克尔边问边对着走廊的镜子整理领带。那天清晨，他出门的时间比平常还要早：迈克尔刚刚买下了“火焰队”的少数股权，正要出门与华盛顿市长谈一谈建个新篮球场的事。

“当然去啦。”我耸了耸肩，睡意十足地打了个哈欠，瞥了瞥手中的门票，“也许我该去了解了解新客户。”

“是星期五晚上吗？周五晚上我还有什么别的安排？”他问道。

我眯起了眼睛：“你最好别忘了。”

迈克尔微笑着举起公文包，仿佛正在举起一块盾牌挡住我那锋利的眼神。“开个玩笑嘛，周五我要去纽约。”他说着打开前门走到室外，又匆匆溜回来吻了吻我，“到时候见。”

傍晚越来越近，我也越来越期待那场歌剧。迈克尔和我至少可以拿那些自诩精通歌剧的家伙开开玩笑——这些人不会真的掏出傻乎乎的小眼镜来看歌剧吧？笑上一场以后，我们可以再补上一顿晚餐。我决定给自己的丈夫一个惊喜，于是心血来潮拿起电话在一家豪华的意大利餐厅订了席位，这个餐馆的每个卡座都用厚厚的天鹅绒窗帘封了起来。

到了下午五点，我停止工作，钻进蒸汽四溢的按摩浴缸久久地泡了一个澡。我花了好一阵子精心打扮，在颧骨抹上桃色的腮红，双眼画上烟熏妆，再穿上崭新的翡翠色真丝内衣。迈克尔曾经告诉过我，翡翠色衬出了我那淡褐色眼睛里的绿意，这一点很讨他的欢心。如果我的魔术胸衣能够兑现它的承诺，神奇地变出一对丰满的胸部，恐怕迈克尔今晚就不会留意到我的眼睛了。

迈步走上歌剧团前门雄伟的大理石阶时，我几乎有些飘飘然。我和迈克尔真应该多来听几次歌剧，来吸一吸清新的空气，这股气息让我想起篝火和热热的苹果酒，想起橙色与金色的树叶在脚下嘎吱作响的声音。我们两人有多久没有单独享受一顿安静的晚餐了？

我望着远方的华盛顿纪念碑，差点儿忍不住笑出声来，因为我想起了第一次看到它的情形，那已经是十多年前的往事了。当时迈克尔和我还是高中刚刚毕业的少男少女，驾着一辆上了年头的旅行车一起奔向新生活，车身的一侧少了一块板，后备厢里放着垃圾袋，袋里塞满了我们的东西。每开上五十英里左右，我们就不得不停下车往散热器里加些冷水，再瞧一瞧补过的轮胎有没有漏气。

我们越过弗吉尼亚州的边界驶进华盛顿特区，那座铅笔一般的巨型纪念碑也隐约映入眼帘。迈克尔把车停到了路边，我们两个人目瞪口呆地望着纪念碑。我们真的成功了：我们逃离了小镇和各自的家庭，正一起迈过一道门槛，迈进一种全新的生活。

“我简直不敢相信。”迈克尔说。

我眨了眨眼强忍住泪水，一句话也说不出来。

“我是说，我不敢相信他们建造这座碑只是为了向我致敬。”迈克尔牵着我的手搁到他的腿上，“难道那东西不算是个完美的翻版吗？”

我拍开了他的手。“弗洛伊德对你们这些男人的评价真没错。”我说，“你真的以为一切都绕着你们的身体转吗？”

“怎么会呢！小黄瓜泡菜和维也纳香肠怎么会是一回事呢。”迈克尔说着抛了个眼色，我又打了他一拳，然后给了他一个长长的深吻。一辆辆汽车从我们的身旁疾驰而过，不时鸣着喇叭，在车道之间穿梭。

《蝴蝶夫人》还有五分钟便会开演了，我脸上的笑容也渐渐消失。迈克尔频频推掉晚宴，我不仅习惯了向外人婉言辞谢，还取消了和他一起的巴黎之行——那是我们计划中第一个真正的假期。难道他一定要在今天晚上这么做，一定要在心知我站在门外等他的时候这么绝情吗？

正在这时，我的黑莓收到了一条新信息：“会议延迟，打算明早乘飞机回家，对不起。”

我犹豫不决地站在那儿，望着几个零散的宾客匆匆进了剧院。

*你没有难过的权利。*我一边告诉自己，一边压下心中的愤怒和伤感。*你希望迈克尔有所成就，那他就必须工作到很晚。时至今日，你已经没有办法改变规则。*

多年以前，当我与迈克尔站在另一段前门台阶上的时候，他身上那股冲劲正是吸引我的因素之一。他给了我所有女人梦寐以求的生活，他成就了一切曾经允诺过的梦想，而且远远不仅于此。时至今日，我又怎么能够抱怨呢？

于是我既没有回短信，也没有给他打电话；我没有让迈克尔知道我有多么想跟他待在一起。或许是因为我承受不住迈克尔的答案——如果我开口让他在我与工作之间做个选择，他会怎么说呢；或许只是因为放手让这一秒溜走似乎容易一些——仿佛海潮又退去了一波。无论如何，一切已经来不及了，这一夜已经毁了。

“我要回家看个电影。”我一边走下台阶一边打定主意。脱下新衣，穿上柔软的睡衣。也许我还会在酒窖里转一圈，挑出一瓶特别的酒尝一尝。厨师每周都会到我家里来两次，他总在冰箱里摆满我最爱的食品：泰式花生面，加了新鲜鳄梨酱的玉米虾饼，还有各种各样的沙拉……我差一点儿就成功了，差一点儿就换上了一副好心情，仿佛我正在哄一个快要发脾气的小孩。正在这时，我心中暗自筹划的那场浪漫晚餐突然从脑海中一闪而过（也就是迈克尔和我两人单独在烛光摇曳的卡座里共进晚餐），一股强大的孤独感几乎让我喘不过气来。我猛地低下头伸出双臂环抱着自己，凝视着眼前的台阶。

我不能回家灌下几杯“霞多丽”葡萄酒麻痹自己的感情——在这之前，有许多个夜晚，我便是这么做的。但我还能怎么办呢？

“打搅了，你打算进门吗？”

我扭过头瞧见一名身穿红色外套的引座员，他正打算关上大门。

“不……”我刚刚开了个口，双脚却带着我转过身，又三步并作两步跨上了台阶。我溜进了高高的大门，引座员刚刚带我找到自己的位子，灯光便暗了下来。

九十分钟后是幕间休息时间，剧场里重新亮起了灯光。周围的人们纷纷站起来舒展身子，互相喁喁细语，三三两两地朝大堂酒吧和洗手间走去，我却没有动。我只是坐在座位上慢慢地眨了眨眼睛，感觉好像正从一场美丽的梦中醒来。我心中所有的空洞都涌满了暖意和色彩。过去我真是错得离谱了！歌剧一点儿也不乏味，它是那么天马行空、激情四射，而且……而且真实。

那是借着曲子唱出的故事，讲述一位年轻美貌、名为巧巧桑的日本女人十分思念她的美国丈夫，她的丈夫却回到了美国，把日本妻子忘到了脑后。蝴蝶夫人唱着被抛弃的痛苦与悲伤，我不禁在心中暗想：我的姐妹，我深知你的心。当那位丈夫新任的美国妻子踏上舞台时，汹涌的愤怒涌遍了我的全身；当巧巧桑发现丈夫并不爱她时，我抹去了脸上的泪水——她的丈夫并不像她向往的那样爱她，他的爱不及她的爱。

蝴蝶夫人唱起了令人心碎的咏叹调，我的心中涌上了一个念头：她在对我歌唱。

那夜过后，我偷偷地在正厅前排区订了一个位置，那里离表演如此之近，令人感觉几乎可以摸到沙沙作响、珠光宝气的服装，感觉音乐像空气一般在体内充盈，几乎将我从座位上轻飘飘地托了起来。我迅速迷上了歌剧，它成了我的解药，我靠着这个秘密通道逃离了曾经梦寐以求的生活；至少在表面上，那是我曾经梦寐以求的生活。

当天晚上，我回到家中的时候，巧巧桑的咏叹仍然在耳边回荡。我打开大门一眼瞧见宏伟的门厅，目光顿时落在厅里的一张桌子上——一只巨大的水晶花瓶里盛满了深红的玫瑰花。一定是我们的女仆南迪把花放在了桌上，好让我进门后一眼就能看见。

至少迈克尔还记得订婚时在我的耳边说过的话：当时他送了我一朵美得不得了的玫瑰（谁让他只买得起一朵玫瑰呢），许下了一个诺言："以后在结婚纪念日那天，我会按年给你买玫瑰：我们结婚了多少年，我就给你买多少打玫瑰。"

"结婚五十周年纪念日也行吗？"我笑着伸出双臂搂着他。

“尤其是五十周年纪念日。”他边说边用柔软的花瓣挠着我的脖子。

我走到花瓶旁边，一枝枝地数着玫瑰。那是整整五打，正是迈克尔曾经许诺的数目。我拿起白色的小卡片，上面是花店打印的留言：“我会在结婚六周年纪念日补偿。爱你的迈克尔。”

那夜以后，我便尽量抽时间去看歌剧，它也次次让我满意而归，但我一直梦想着回到过去亲眼见证那些歌剧原本的面貌。如果回到一两个世纪之前，你会把昂贵的席位、擦眼泪的蕾丝花边手绢、文雅的低声叫好都抛在脑后；在鼎盛时期，歌剧是一种残忍喧嚣、伤痕累累的运动。

要是观众们看不上某个曲调，他们会疯狂地喝起倒彩；要是观众们爱上了某个曲调，他们的喝彩声能够压过狂热的球迷。那时的歌剧厅里到处是咆哮、打斗、跺脚、欢呼四起的庆祝。在歌剧诞生初期那些激动人心的日子里，礼仪与歌剧一点儿也不沾边，它说不定正缩在某个座位下面，生怕有人会灌它一杯酒，逼着它在过道上跳舞。

当时的歌剧界人士完全是一群疯子，也许正因为如此，他们周围出了一堆乱七八糟的风波。女高音弗朗西斯卡·库佐尼曾经拒唱作曲家格奥尔格·弗里德里希·亨德尔的某部咏叹调，结果他一把抓住她威胁要将她从窗口扔下去，除非她改变心意乖乖听话。某位女士曾出演瓦格纳的《爱情的禁令》，她与一位男高音在台上打情骂俏，惹得观众席中的丈夫格外吃醋，在表演中途便怒火万丈地蹿上了舞台，对着可怜的男高音大打出手——不过话说回来，这桩风波足以证明那位倒霉的男高音演技高超，也算是让他有些慰藉。我还喜欢另外一个故事：一个女人在演出中途给对手提了个醒，声称对手的假眉毛掉了一只。于是对手撕掉了另一只假眉毛坚持演了下去——其实她的假眉毛根本没有掉过，于是这个可怜的女人便以一副稍显疯狂的模样演完了整部剧。

难道你看不见那一幕吗？人们一起观看着舞台上的精彩演出，用肩膀扛着一位成功的作曲家拥上街头，回味着有史以来最辉煌的华彩乐章，一个个陌生人在瞬间成为密友。

时至今日，观众们似乎远离了幕后的那些疯狂与混乱；这倒不是因为演员们突然少了几分古怪（鲁契亚诺·帕瓦罗蒂就颇为迷信，他会把舞台搜个遍，要是找不到一枚弯钉子就不肯表演）。不知道什么原因，有种观念已经成了时尚：歌剧跟严重的伤风一样令人憋闷。

为什么万事万物非要改变呢?

我一生都活在一层面纱背后，当时那层面纱就那么揭开了。茱莉娅，那些我曾经以为我想要的东西，其实早已经拥有了，它们通通在我的心里。

Chapter 4

重来的机会

从眼前的情况来看，迈克尔丝毫没有动过。电视遥控器搁在他的床头柜上，碰也没有碰。护士和戴尔已经离开了房间（也许是有人出动了强有力的装置，才把戴尔给拖了出去）。终于只剩下我与迈克尔两个人了。

“我把东西给你带来了。”我在床边的椅子上放下磨旧的皮革旅行袋，拉开袋子的拉链，取出迈克尔的盥洗包进了浴室。

“我不清楚你是不是想要自己的电动剃须刀。”我喊了一声，“所以就把我的一次性刮毛刀给带来了。我不是故意冒犯你的男子汉气概，不过这刮毛刀是粉红色的。”

“茱莉娅，”迈克尔轻声说，“过来坐下。”

“没问题。”我说，“先让我把你的衣服放好，免得衣服起皱。

喔，还有一件事，拉吉打过电话。也许你应该给他回个电话，他听上去还是有点儿担心。”

我抖出迈克尔的牛仔裤，突然又迫不及待地想把它叠起来；迈克尔出神地看着我的一举一动。

“你想打个电话给凯特吗？”我又把他的一双袜子团成团。看上去，我恐怕得了轻度强迫症，这说不定倒有点儿好处：我的桌子上简直乱七八糟。“是不是应该让凯特取消这个星期的会议安排？除非你打算在电话上处理公务；你倒是可以随时打电话。我知道，你说过不需要电脑，不过我还是带了一台过来，免得……”

“茱莉娅，”迈克尔又叫了我一声。他那温柔的声音拦住了忙碌不停的我，让我好似短路的机器人一般突然停了下来。我把袋子搁到地上坐了下来，设法驱散心中越来越浓的焦虑。迈克尔伸出手来握我的手——问题又冒出来了：房间里温度很低，他的身上只盖着一条薄薄的床单，但他的手为什么如此温暖？

“我遇上了一些不可思议的事。”迈克尔的蓝眼睛凝视着我的眼睛，他的眼神让我十分紧张，手里顿时变得汗津津的——也有可能是因为迈克尔的体温高得出奇。

“这是一个奇迹。”他低声说。

“我知道。”我迫不及待地插了嘴，“如果你不买那台心脏除颤器的话……”

“我说的不是那件事。”他说了一句话，我陷入了沉默。这个房间是如此白，如此朴实无华；当然，这是一家医院，不过他们就不能稍微别出心裁一点儿吗？挂上一幅裱得不太像样的画也不行吗？如果屋子里除了迈克尔的蓝眼睛还有其他东西可看的话，这番谈话一定会变得轻松一些；可是此时此刻，迈克尔的眼睛似乎是屋子里唯一有颜色的东西。他的眼睛如此生动，如此深情，仿佛他的眼神会活生生地把我钉在椅子上。

“在心脏停跳的那段时间里，我遇上了一些令人惊讶的事。”他又开口说道。

迈克尔笑容满面，看上去仿佛刚刚宣布他中了“刮刮乐”彩票。

“在你心脏停跳的那段时间里。”我一字一句慢吞吞地说，仿佛把话重复一遍才能弄清它的含义。

“当时发生了……一些事，”迈克尔喘了一口气，“我不知道该怎么说，当时的感觉和见闻简直没有办法用语言表达。”

我使劲吞了一口唾沫：“我给你拿片阿司匹林来好吗？”

迈克尔大笑着伸出了手，用两只手把我的手握在中间。

“我们两个人过担惊受怕的日子已经过了很久，这种日子蒙蔽了我们的眼睛，让我们看不到真正重要的东西。我明白我的话听上去可能有点儿古怪，不过你能不能敞开心扉听我说几句呢？当时我所感觉到的那种爱，还不仅仅是爱……是那种领悟。我一生都活在一层面纱背后，当时那层面纱就那么揭开了。茱莉娅，那些我曾经以为我想要的东西，其实早已经拥有了，它们通通在我的心里。”

迈克尔眨了眨眼睛把泪水忍了回去，我无比震惊地盯着他。敞开心扉？生活在面纱背后？我的丈夫不会说这样的话，他会认真地望着我的眼睛说道："你见过我的手机吗？我正考虑着卖空通用电气的股票呢。"

"安定"药片再加上头部损伤就能把人变成这样，我暗自提醒自己。过去我也曾经听说过"濒死体验"这个词，但我并不愿意承认迈克尔遇上了这种事。

我并不相信来世，不相信天堂，不相信任何一个类似的词语；迈克尔也是如此。可以说，我们两个人是无神论者。我们的婚礼由一名治安法官主持；自从参加过一个朋友的儿子四年前的洗礼之后，我们就再也没有踏进过教堂一步。即便是在观洗礼的时候，我们也一直跟劳莱与哈代[①]一般笑料不断：到了该跪下的时候，我们却一个站着一个坐着；到了众人都起身领圣餐的时候，我们却双双朝门口走去。我把这事怪在了迈克尔头上：谁让他在神父号召信徒领受圣餐时动手查起了电子邮件，把神父的话当成了耳边风呢。

"拜托，先听我说。"迈克尔恳求道，"我原本以为自己想要财富，我原本以为金钱会使我强大起来，但对金钱的追求永无止境。难道你没有发现吗？我越是有钱，便越是想要赚更多的钱；我是一只沙鼠，踩着一只很小的轮子。我踩得越来越快，却从来没有真正到达过实地，一切不过是一座空中楼阁。"

"你，嗯，你是不是跟拉吉或凯特提过这些事情？或者跟戴尔提过？"我对答案已经心知肚明。

"那还用说嘛。"他说，"我希望告诉每个人，只要我能拦住一个

---

① 长期搭档演出滑稽片的两位演员，二人合拍的影片超过一百部。

人，不让他重蹈我的覆辙……”

“我可以解决这些麻烦。”我已经换上了应对危机的架势。跟一位喜怒无常的女高音假装喉咙疼相比，这点儿小事算得了什么呢？迈克尔可能有那么一两天无法工作，但过一阵子他就会恢复正常。不说别的，他刚刚才受了一番惊天动地的惊吓，怎么能指望他行为举止完全正常呢？我的脑海里飞快地转着一个个念头：要吩咐拉吉和凯特管好办公室事务，我则留在医院里，不让任何人接近迈克尔。

“我有好多好多话要对你说。”他说。

我打起精神准备听上一阵胡言乱语，听迈克尔讲些关于平和、白光之类的东西。顺便说一句，一片小小的橙色“赞安诺”药片便能带来平和；再说要是头上挨了一下，那看见白光也不是没道理的事情。

迈克尔接下来说出的话却令我十分震惊。

“茱莉娅，在这之前，我居然打算不参加你的生日晚宴，实在是对不起。就因为要出差，我错过了多少个我们的周年纪念日！”

他又握紧了我的手：“不过最糟糕的是，我竟然没有赶紧从洛杉矶赶回家……我简直不敢相信，我居然留在洛杉矶开了一个傻乎乎的会议，尽管……”

我打断了他的话：“迈克尔，你现在谈这些干什么？”

“当你最需要我的时候，我却不在你的身边。”他说，“我心里的后悔简直无法用言语表达。”

泪水涌上了我的双眼，仿佛时间还一直停留在那吞噬一切的一晚。这不公平，迈克尔的话让我措手不及；迈克尔不会和我谈这些话题，永远也不会。

“我希望能够补偿。”他轻声说道，“把以前欠下的都补上。”

“迈克尔，”我强忍着眼泪，摆出一种镇定的口吻，“那是很久以前的事啦，我们已经向前看了。”

“我知道已经过去很久了，但我们并没有向前看。”他说。

我受不了了，迈克尔让我难以应对。他怎么敢揭开我们两个人往日的伤疤？——说实话，那其实只是我的旧伤疤，因为那伤疤似乎从来没有伤到过迈克尔。

“我得喝点儿东西。”我说着猛地甩开他的手，“我去餐厅一趟。”

我急匆匆地奔向门口，一股深埋心底的怒火随之燃遍了全身，烧尽了我心中对迈克尔的关爱——那份关爱原本是油然而生的感情。

“等一等。”他挣扎着坐了起来。这时，我听见迈克尔床边的一台监测仪拉响了警报，但我没有理睬他。“我有些重要的事情要告诉你……”迈克尔说。

我任由那扇门摇摆着关上，将迈克尔的话拦在了门内。让他滔滔不绝地念叨“领悟”和“平和”去吧，这模样跟那些在机场分发雏菊的男人差不多，那群人还身穿长袍、留着胡须呢。让他去收尾吧，这则故事说不定会登上《华盛顿邮报》的八卦专栏，变成一则隐去当事人姓名的小道消息呢。我们曾经上过该专栏两次，一次是迈克尔成为“火焰队”东家的时候，当时他举办的宴会引来了沙奎尔·奥尼尔[1]；另外一次则是我们买下那所房子的时候。房地产交易通常不太吸引眼球，不过那

① 美国职业篮球运动员，NBA篮球巨星，有“大鲨鱼”之称。

一周没有多少出彩的新闻，其他人说不定也跟我们两人一样对那栋价值九百万美元的房屋颇为惊叹。当时报上登出了长达两段的报道，详细地描述了我家藏书室天花板上的手绘壁画、有二十个座位的家庭电影院，以及家庭健身房内设的蒸汽浴室。

我能想象得出这篇报道的标题：《胡思乱想的大亨把自己比作沙鼠》。

不知道什么原因，我的脑海中浮上了戴尔那张笑眯眯的面孔。拉吉和凯特不会把迈克尔的话传出去，但戴尔这家伙说不定会捣鬼。

我乘上电梯前往楼下的餐厅，途中还逼着自己向电梯间里的中年女子点点头。

“真是美好的一天啊。”她兴高采烈地说。

*那还用说嘛。如果你丈夫的脑袋没出事，如果你精心策划了一个月的筹款活动没有搞砸，如果你的肚子里除了价值十五美元一个的纸杯蛋糕外还装着别的东西，那今天当然是美好的一天。*我心想。

“他说什么？”几小时以后，我的闺密伊莎贝尔问道，“等一下，我得先给自己来上一杯。”

她伸手从咖啡桌上抓起那瓶“桑格里厄”酒，给我们两人都满上了一杯。

“我回到家以后就一直喝个不停。”我又灌下了一大口酒，嘴里却说，“如果再灌下几杯，恐怕我会一头栽倒在地上。”

“算你走运，你现在正坐着呢。”伊莎贝尔说，“再说这东西基本上只能算有点儿酒劲的混合水果汁，我们两个人可没有做什么越轨的事情。”她说着把两条长腿盘到身下，“现在从头再给我讲一遍。”

她靠在沙发上，一头乌黑光亮的长发映衬着白色的垫子，显得分外鲜明。我明白我可以向伊莎贝尔吐露心声，眼下只有她能算得上我真正的朋友。迈克尔的暴富带来了一些并发症，“缺乏挚友”便是其中出乎我意料的一条：你不能总是相信对你友好的人们心中同样藏着好意——我可是吃了苦头才学到了这个教训。

“他说他现在看穿一切啦。”我端着“桑格里厄”酒绕了一圈，总算没有把鲜红的酒液溅到沙发上。真有意思：我们随时可以买一张新沙发，可是我仍然害怕弄脏沙发之类的事。“就算走出了西弗吉尼亚州……”

我喝了一大口酒，瞬间感受到树莓和血橙浓郁的甜味。伊莎贝尔没有说错，人们应该把这种酒摆到健康食品店出售。

“他看穿了一切？这话还真是说得不清不楚，烦人得很。”伊莎贝尔说着扬起了一条完美的眉毛。正是伊莎贝尔把我介绍给了修眉专家萨沙，而我认定萨沙之所以敢开高得离谱的价格，是因为他总在离顾客角膜仅仅一英寸的地方挥舞着那些尖尖的小工具。哪个顾客敢对收费有半分异议，惹恼了萨沙呢？这简直就像一位马上要动脑外科手术的病人拿医生的假发开玩笑，而那个病人的麻醉剂在片刻之后便会生效。

“喔，他还为他曾经对我犯下的过错道了歉。”我说着皱了皱眉，“突然间，他就觉得自己变成了特蕾莎修女。”

“不过说到来世……我的意思是，你不觉得好奇吗？”

“嗯，我知道有人曾经声称有过这样的遭遇。”我说，“不过我压根儿没空想这些，我要担心迈克尔，简直忙得不得了；他现在的举止很奇怪。”

伊莎贝尔若有所思地说：“如果死后并非一了百了呢？如果迈克尔的遭遇是真实的呢？”

我轻轻地转了转手中沉重的水晶酒杯，望着杯中的“桑格里厄”酒荡起一层层漩涡。“太诡异了。”我终于开了口，“这种事怎么会落到一个不信鬼神的人身上？难道管事的神明不会说上这么一句：‘喂，你这个家伙压根儿不是信徒，难道还想混进门来吗？’”

“我可不信天堂上有人守门。”伊莎贝尔说着用枕头拍打着我的膝盖，“迈克尔感觉到什么精灵鬼怪了吗？他见到了些什么？”

“他没有说。”“桑格里厄”酒温暖了我的五脏六腑，恐惧感和怪异感都渐渐退去。伊莎贝尔对自己所属的阶层从未有过怀疑，也从来不缺乏底气，每当我在她的身边，她的自信便会感染到我。我觉得，含着金钥匙出生确实可以给人带来那种泰然的气度。伊莎贝尔家拥有一个冷冻食品王国——“从各种蔬菜到苹果派，应有尽有。”当我第一次在晚宴上遇见伊莎贝尔时，她这么说，“我念寄宿学校的学费全是靠球芽甘蓝攒起来的。”我听完以后不知道如何回答。这算是富人之间的玩笑话吗？迈克尔的公司在一个月前公开发行了股票，他的名字随即登上了各种各样的媒体，我们两个人也被推进了一个崭新的世界。我正千方百计想要弄明白该用面前四把叉子中的哪一把——正在这时，伊莎贝尔冲我眨了眨眼睛。我目瞪口呆地望着她那长长的睫毛，她却让我彻底放下了戒心。

“你知道每个孩子都恨球芽甘蓝吗？”她问道，“不过我跟球芽甘蓝之间是私人恩怨，因为寄宿学校真的十分可怕。”

我惊讶地笑出了声，笑得毫不做作，伊莎贝尔也跟我一起笑了起来。那天晚上，我们一直闲聊着各种书籍，也聊着周末在拉斯韦加斯闪婚的一对新婚夫妇——一位上了年纪的影星娶了一位酒吧女招待。“难道再没有人相信真爱了吗？”伊莎贝尔纳闷道，“我觉得那些疯狂的家伙说不定能成。”迈克尔狼吞虎咽地吃掉了他自己的甜点，又吃了我们两人的甜点，我和伊莎贝尔一起翻了翻白眼。

“他总是这么大胃口吗？”伊莎贝尔问我。

“不，我觉得他正在节食。”

“我们应该杀了他。”伊莎贝尔打定了主意，“有些人犯下的罪还不如他这贪食罪深重，不也因罪丢了性命吗？”

“可要是杀了我的话，谁来开车送你回家呢？”迈克尔问我。

“哦，你是说你……”伊莎贝尔陷入了沉默。

“怎么啦？”我追问道。

“抱歉，刚才我只是想说，难道你没有司机吗？通常我会让司机送我去参加宴会，这样就不用担心酒后驾车的问题了。”她说。

迈克尔和我互相对望了一眼，我可以看出他刚刚暗自把这一条加进了他的待办事项里：要雇一个司机，要雇一个厨师，要学习如何品酒（伊莎贝尔的男伴和桌上另一名男子花了整整十五分钟讨论我们喝的勃艮第白葡萄酒有什么妙处，我能看出，插不上话的迈克尔备受煎熬）。

迈克尔和我正在拼命赶上上流社会的步伐，但我觉得所有人都能看出我们两人手忙脚乱的模样。

“到底是什么样的感觉？”伊莎贝尔说着向我靠了过来，“我是说，这事太疯狂了，当时他是不是看到了一道白光？”

我摇了摇头：“我不这么觉得，我们没有花多少工夫谈那件事，他只是说是一种很奇妙的感觉。”

“比做爱还奇妙？”

“全世界就只有你会这么问。”

“他还说了些什么？”

这时我家的电话响起了一阵铃声，我拿起无绳电话看了看来电号码。

“是贝蒂娜。”我痛苦地呻吟道。

“为什么电话不带警示标记呢？”伊莎贝尔懒洋洋地用指尖绕着玻璃杯的边缘打转，“上面写着：通话也许有害健康，接听者风险自负。”

贝蒂娜是戴尔的太太，看上去仿佛是用直尺一笔一笔画出来的人物：衣服垂在她身上的模样好似挂在一副金属衣架上，齐下颌的淡金色头发总是拉得笔直，鼻子恰似一个锐角三角形，就连说话也是断断续续不成句子。有一次我在她家参加一个鸡尾酒会，她却漫不经心地说起了她家女佣的是非，仿佛那些女佣不过是些开胃小菜。

“我试过拉美裔的用人，亚洲人比她们好。”一位女佣正从附近走过，贝蒂娜却开口说了这么一句——那位女佣分明听得见她的话。

她和戴尔真是绝配。

“交给答录机吧。”伊莎贝尔劝我。

“算了，我还是接吧。”我说，“要是工作上有什么急事呢？”

“茱莉娅，你怎么样？”贝蒂娜问道。她不等我回答又接着开了口，“我听说了迈克尔的遭遇，真是难以置信啊！”

“我知道。”我急着把对话往好的方向引导，“迈克尔康复得很好，很有可能不到周二就可以出院。”

“我明白了。”贝蒂娜说，“那你下一步准备怎么办？”

“下一步？”我问道，“你是什么意思？”

贝蒂娜顿了顿，我能听见她吸了一口那种长而细的香烟。

“迈克尔告诉大家，他不会回去工作。戴尔说，他是在大家把他抬上救护车的时候宣布这些话的。”

我忍不住了，我倒抽了一口气。我几乎可以望见贝蒂娜的嘴唇上渐渐浮现出一缕胜利的笑容。今晚她可能会拼命打电话给大家，把我倒抽一口气的消息告诉她认识的所有人。

“他没有告诉你吗？”贝蒂娜的语气甜得让人腻烦。

“怎么啦？”伊莎贝尔冲着我比口型。我对着她摇了摇头，仍然说不出话来。伊莎贝尔看出了我脸上震惊的神色，一把从我手里夺过了电话。

“我是伊莎贝尔。这到底是怎么回事？迈克尔出了什么事吗？”

伊莎贝尔一声不吭地听着，但我可以看出她绷紧了下巴。

“你真是惹人爱啊。”她平静地说，“迈克尔今天险些送了命，你却打电话给他的太太，让她更加难过。你有没有想过去《国家询问报》

找一份工作？你倒是个绝佳的人选。哦，顺便说一声，你应该穿长一点儿的裙子，你的膝盖上长皱纹了。”

伊莎贝尔猛地放下电话：“趁火打劫的东西。”

我终于挤出了一句话：“她到底是什么意思？”

伊莎贝尔摇了摇头：“她是个可怜的长舌妇，只不过是嫉妒我们没有邀请她去你的生日派对，别理她。”

“你真的觉得他想要罢手不干吗？”

“不，他会先跟你商量一下的。也许他想休几天假去旅行一趟呢，也许他说那些话的意思不过是想稍稍休息一下。”

“伊莎贝尔，”我低声说，“迈克尔原本想跟我谈一些重要的事情，但当时我很生他的气，因为……嗯，原因我现在没法儿说。总之当时我出了房间，不肯听他的……一小时之后我才回去，不过医生已经把他带去做检查了，那段话一直没有讲完。”

我能看出，伊莎贝尔脑子里正在转着各种念头。她想安慰我几句，但她还从来没有对我撒过谎。

“好吧，”她终于开了口，“我们这么办：明天一早你就去医院跟迈克尔聊聊，看看到底出了什么事，然后我们再想办法。”

“你说得对。”我说。不知道为什么，我的声音听上去仍然风平浪静，但我的心中惊恐万分。迈克尔居然想辞掉工作？这该死的到底是怎么回事？在那四分零八秒的时间里，他到底出了什么事？

我伸手从沙发的扶手上拿起柔软的盖毯裹在肩膀上；突然间，我感觉冷气刺骨。

"喔，上帝啊，还有生日派对呢，如果迈克尔这么闹下去……"

她耸了耸肩膀："那我们就取消派对，还能省下一些蛋糕自己吃。"

"如果取消的话你不会介意吧？我只是不知道到时候迈克尔会不会恢复正常。"我说。

伊莎贝尔紧皱眉头望着我："看你这样，还是来点儿'玛格丽特'鸡尾酒吧。我去弄一些'玛格丽特'来，别担心，喝那种酒不会宿醉，它跟'桑格里厄'酒是一家子。"

"是吗？"我呆呆地问。

"当然啦，这两种酒的名字尾音都差不多，不是吗？"

我不由得露出了一缕微笑。"可你今晚还有个约会。"我说。

别走。我暗自心想，"你该出发了。"我说道。

"首先，跟我约会的是一个名叫诺姆的家伙，他把收藏的古董步枪当成自己的骄傲和快乐；你来说说看，他是不是哪方面不得意，拿步枪当补偿呢？"

"但是今天晚上我们什么也做不了。"我颤抖着慢慢吸了一口气，"我不会有事，真的。"

"我不会扔下你一个人去跟诺姆约会的，那个有了毛瑟枪就自豪无比的家伙。"

我又哼了一声；当然，这一次我用了比较优雅的方式——有人告诉我，社交礼仪学校已经把我的哼声当作典范传授给了学生。"好吧。"我感觉四周的冰层仿佛正在崩塌，暖意又流回了我的身子。伊莎贝尔在拿主意，我对此简直感激涕零，不得不眨眨眼忍住泪水。但我知道伊莎贝尔已经见到了我的眼泪，什么事都瞒不过伊莎贝尔的眼睛。

“其次，”伊莎贝尔说着伸手握了握我的手，“今晚我们还是有点儿事情可以做的。”

她拿起电视遥控器像举奖杯一般高举在空中，脸上露出了美妙的笑容：“《天桥风云》[1]来啦！”

我觉得最后一缕恐慌也随之消散：“我说不定偷偷藏了些巧克力呢，当然，纯粹是应急用。”

“《天桥风云》、巧克力，再加上‘玛格丽特’酒。”伊莎贝尔说，“突然间又天下太平了。”

“我应该先跟你说一声的。”

迈克尔装出一副吃了苦头的样子，但他的眼睛出卖了他。他的眼神明亮而欢快，仿佛他刚刚打了个长得不得了的盹儿。对迈克尔来说，睡眠是不共戴天的死敌，他对它怀着满腔怨恨，恨它每天晚上都会从他那里偷走四五个小时。如果迈克尔能把“睡眠”告上法庭，给它安个盗窃的罪名，或者能约它来场街头大战，恐怕他早就已经这么做了。

“你不可以——不可以不跟我谈就定下这种大事。”我气急败坏地说。

“茱莉娅，亲爱的，我没有选择，我觉得必须那么做。”

“这么说你要辞职？那也行。等六个月以后你感觉烦了，又想回去上班了，那怎么办？我了解你，迈克尔。我敢说，你要是待在家里，一

---

① 又译《天桥骄子》，美国一档关于时装设计的真人秀节目。

定会被逼疯的，用不着六个月，六天就够了。接下来怎么办？如果你雇别人来经营公司，事情会变得很麻烦，会有人来收购我们的公司，说不定还有官司……”

“我已经打定主意了。”

这时一位身穿白衣的医生走了进来，我如释重负地向她扭过身去。

“医生？对不起，我能问一个问题吗？我是他的妻子，我想知道医院给他用了什么药，他的举止有些反常。”

医生摇了摇头，一条长长的金色马尾跟着“嗖嗖”地甩来甩去，让我感觉她非常不像一名医生。“他没有吃任何会影响精神的药。”

“没有吃‘赞安诺’？”我问道，“你确定吗？你能再确认一下吗？我以前吃过‘赞安诺’，我敢肯定他也吃了那种药，也许院方把他跟别的病人弄混了。”

“心脏科主任亲自负责他的病情，”她说着皱起了小巧的鼻子，“我敢保证不会弄混。”

“亲爱的，”迈克尔说，“我知道你一下子接受不了这么多，但你能相信我吗？我保证这样做没有错。”

“当然啦。”我说着对迈克尔装出一丝微笑，“会不会是头部受伤的原因？”我急切地压低声音对医生说道，“说不定他跌倒的时候狠狠地摔到了头。”

“你的话我都听得清清楚楚，再说我也没有摔到头。”迈克尔反驳了一句。

“别听他的。”我对医生说，“查查他的瞳孔。”

也许正是医生把事情搞砸了，我边想边眯起眼睛打量着那位医生。她看上去太年轻、太活泼，不像是个真正的医生。说不定她是位住院医师——可是话说回来，医生们难道不该是一副疲惫不堪、眼窝深陷的模样吗？我瞥了一眼她的外套上用蓝线绣出的名字，暗自发誓待会儿要上网去搜一搜她的信息；也许我会把她的事情爆料给罪案新闻节目呢。我胡思乱想着。

"茱莉娅。"迈克尔用一种恳求的语气说道。我转身对着他，对着这个躺在医院病床上冒充我丈夫的陌生人。不工作？迈克尔从来没有不工作的时候。

"你能让我们两个人单独待一会儿吗？"迈克尔对医生说。医生随后离开了房间——在我看来，她的动作慢得有点儿出奇。她很可能马上就会打电话叫上她的那些啦啦队闺密，她们会抱着一碗爆米花来一起观赏这出闹剧。

迈克尔深吸了一口气。"以前我算不上一个好丈夫。"他的声音很柔和，"我希望我们两个人能够重新来过。如果你给我一个机会的话，我会让你非常幸福。"

我惊愕地瞪着他，一句话也说不出来。如果这是我们刚结婚的那些日子，迈克尔言语中的诚意恐怕早已冲破了我心中那一层层包裹着的硬壳，说不定还已经让我扑进了他的怀中，仿佛我们两人在演一场好莱坞浪漫喜剧的大结局：一对恋人坠入了爱河，接着失去了对方，最后重归于好——这时心脏监护仪"哔哔"乱叫着为他们欢庆团圆，担心的护士们冲进了房间，随后爆发出了热烈的掌声。

迈克尔想要重新开始？他挑选的时机原本算得上有些好笑，可惜这件事实在令人难过。此刻我的钱包里正装着一张离婚律师的名片。拿到名片已经有一段时间了，但我还没有拨打上面的电话。那张名片算是某种安慰，它意味着，如果我愿意冒着风险将现在的生活方式抛诸身后的话，我还可以抽身离开。不过事情还没有那么糟糕，至少目前还没有。

“如果你不再工作，那你打算干些什么？”我终于说了一句话，却没有理睬他的问题。

迈克尔露出了明朗的笑容，仿佛他是一位参加游戏节目的选手，而这正是他苦苦等待的加分题。“我要把公司卖掉。”他说。

我倒抽了一口凉气，抓住了椅子的扶手。突然间，屋子似乎正在一寸寸地缩小，我感觉恶心作呕，只好闭上眼睛，抵挡着那股汹涌的眩晕。

“把你的公司卖了？”我呆呆地重复了一遍。

我以为迈克尔再也说不出更让我震撼的话，可惜我错了。

“我想把一切捐给慈善事业。”他望着我，好似他不是在毁灭我们两个人的梦想，而是在给我一份礼物。“我的公司毁了我，茱莉娅；它也几乎毁了我们两个人的感情。我知道你不开心，你已经有好几年开心不起来了。我所做的那些事情，那些被我欺负的人……”

他的声音越来越低，我的脑海里却闪过了葛洛仙妮的影子——她曾经是迈克尔公司的宣传总监。他可以把种种罪名怪到他的公司头上，但正是他与葛洛仙妮的外遇改写了我们的婚姻。

“我得到了重生的机会，”迈克尔说，“有多少人得到过这种机会？我现在要把以前犯下的错一一纠正过来。”

我确实希望能够享受奢侈的生活方式，却又不愿意为之负起责任。可事到如今，当年的未雨绸缪却让我自食其果。

Chapter 5

回忆是尘埃

我发誓，在当时看来，签订婚前协议似乎有些道理；那个主意还是我出的（你听见的“砰砰”声是我现在用头撞桌子的声音）。不过，要想理解我为什么会想签一份婚前协议，你必须首先理解我与我爸爸的关系。

自出生以来，我便是爸爸的乖女儿。如果做了我爸爸的女儿，又有哪个人不会当乖女儿呢？要是搬家具时想要找人帮个忙，要是多出了一张球赛的门票想要送人，人们想到的第一个人便是我爸爸；他能把星期三的晚饭弄得跟新年夜的晚会似的。

“今天托尔森先生又从商店里偷了一块‘士力架’巧克力。”爸爸边说边在盘子里盛满土豆泥和鸡胸肉，讲着他这一天在店里的经历——我的爸妈拥有一家小小的杂货店。“他把‘士力架’塞在了裤裆里面。

托尔森是个天才，他知道我绝对不会把手伸进他的裤裆的，要是没抓到巧克力棒，一不小心抓住了别的东西怎么办？”

“史蒂芬！”妈妈会出声告诫他，我则忍不住哈哈大笑，爸爸俯身给她一个吻，妈妈也会跟着笑起来。妈妈总是说，在我还是小婴儿的时候，爸爸是唯一可以把我摇睡着的人。小时候，我最喜欢骑在爸爸宽阔的肩膀上；到了少女时期，爸爸总会在星期天下午跟我一起出门办点儿杂事，每次都只有我们两个人。这种时候他绝不会打开收音机，只会向我打听老师和朋友的事情。他听得如此专注，笑得如此轻松，让我觉得自己也是个讲故事的能手。周六是商店最繁忙的时候，我们一家便一起在店里干活。妈妈把各种货物装到袋子里，爸爸负责收账，我则负责为货架上货。

当时我们很开心，我觉得比大多数家庭都幸福。尽管只有我们三个人，家里却似乎从未有过悄无声息的时候，也没有空荡荡的时候；虽然有时我暗暗希望有个姐妹，但我也深知自己是多么幸运，居然拥有这么爱我的爸妈。

有时我不禁会纳闷一切是如何起了变化，又为什么起了变化。爸爸的胃口一直很大；妈妈和我连一份晚餐都还没有吃完，他已经吃完了两份。人们总会聚到他的周围，会穿过马路来跟他打个招呼，如果见到他在我家的前院干活，人们还会放慢车速探出窗外跟他聊上一聊。有时候我百思不得其解：莫非这种饥饿感一直埋在爸爸的心里，就像一颗种子，只待时机成熟便会冲破地面长成参天大树，连最阳光明媚的日子也会被它投下的阴影笼罩？

在很长一段时间里，我们没有起一点儿疑心，没有注意到蛛丝马迹：爸爸接到了一些语气迫切、压低声音的电话；如果客户们愿意支付现金，爸爸会突然同意给他们打5%的折扣；我家有时会被莫名其妙地断了电，我们不得不把容易坏掉的东西放在邻居家的冰箱里，点着蜡烛吃晚餐。

“一定是邮局把支票弄丢了。”爸爸怒气冲冲地说，我和妈妈则默默地望着他，还是没有开口问一个问题：为什么电力公司没有先发一封警告信和账单过来呢。

在我高中二年级那年，也就是我与迈克尔相遇的前一年，一个名叫布赖恩·勒克的家伙趾高气扬地走到我的储物柜旁边，让我跟他一起去参加他的毕业舞会。我目瞪口呆地望了他好一会儿，才结结巴巴地答应了。如果把我们学校女生暗恋的对象编成一本手册，布赖恩会是这本手册的封面人物：他身材高大、皮肤黝黑，还是橄榄球队的一名跑卫。

我有一些替人做保姆攒下的钱，于是决定用这笔钱来购买自己的第一件礼服。我还不算太糊涂，不会开口让爸妈给我买礼服。自从爸爸出了车祸以后，他们那辆卡车的保险杠就掉了下来，到现在还没有把车修好。上个月我家的电话有一个星期不通，尽管爸爸嘀嘀咕咕地埋怨电话公司的蠢人们把我们的账单跟拖欠电话费的人弄混了，我却感觉出了什么大事。妈妈脸上的笑容不如以前那么灿烂，有天晚上我半夜醒来上洗手间，路上却发现了正坐在餐桌旁的妈妈。我叫了两次她的名字，她才抬起头来。

“嘿，亲爱的……我睡不着，就来这里吃些点心。”妈妈说道，但她面前的桌子上什么也没有。

每当我吓得不得了的时候（我担心得吃不下饭），爸爸便会带着一摞我喜爱的光面纸时尚杂志和一盒妈妈最爱的黑巧克力糖冲进门。他会拿着支票簿坐下来付完账单，然后问上一句："我最喜欢的两个女人是不是正好有空儿吃个晚餐呢？"于是我们全家就一起去吃比萨，爸爸会给女招待高得离谱的小费，还非要点冰激凌圣代。他会大喊一声："别在浇糖浆的时候偷工减料！"这时，坐在柜台边凳子上的人们纷纷转过身望着他，爸爸在空中晃着拳头，咧嘴露出了笑容。"我们是热爱糖浆的一家人，我们不觉得羞耻！"在那些神奇的时刻，我相信一切平安。不，我说服自己，要相信一切平安。

再过一个星期，我就会跟女友萨拉一起去买礼服了，布赖恩的一个朋友邀请了萨拉一起去参加毕业舞会；爸爸却在这个时候让我吃了一惊。他开着那辆破旧的福特小卡车在学校外面等我，车上仍然没有保险杠。

"我想着能送你去贝琪家。"爸爸说，"你今天要做保姆，对吧？"

我点了点头，兴冲冲地跳上卡车吸了一口气：那是爸爸的古龙水散发出的旧木味道。我已经有一阵子没有搭爸爸的车了，最近他一直忙得抽不出时间，连星期天开车跟我一起出门兜风的习惯都改了。

"妈妈自己一个人在商店吗？"我问道。

"嗯。"爸爸心不在焉地说，目光落在眼前的道路上。

"今天肯定没什么事吧，你才会这样溜出来。"我说了一句，爸爸却没有吭声。我们一起沉默了片刻，我能感觉到车里有种浓厚的紧张气氛，它仿佛正在拼命挤进我和爸爸之间的座位，我第一次有了伸手拧开收音机按钮的冲动。

“我真不好意思开口，”他终于说了一句话，目光凝视着正前方，“茱莉，有些家伙没有支付这个月的账单，我只好让他们赊着账。他们都有家人，我能怎么办呢？我要付账给我们的供应商，可是我没有钱。只要一笔钱周转几天就好。”

我一边告诉爸爸在我那个梳妆台的抽屉里可以找到我做保姆攒下来的钱，一边努力咽下喉咙里泛上的苦味。

“只要一笔钱周转几天就好。”爸爸是这么说的。可是一个星期过去了，他没有开口提过钱的事情。

到了第二周的周五，萨拉和我一起在体育课上排队等着做爬绳训练，这时她向我转过身来。“我们明天一起去买礼服，对吧？”她妈妈同意开车载我们去隔壁镇子里挑礼服，那里有个规模还过得去的商场。

“我想买一件后背开得很低的礼服。”萨拉宣布，“我在《十七岁》杂志上看到有个模特儿穿这种衣服，看上去酷得很。”

我能感觉到其他女孩纷纷向我们投来羡慕的目光，但这并不是我保持沉默的原因。

“怎么啦？茱莉？”萨拉听上去有点儿恼火。

“对不起。”我说。我的嗓子苦涩僵硬，挤出一个字都很困难。

“她正在想布赖恩呢。”有人说着笑出了声。

“难道你不会想布赖恩吗？”另一个女孩叹了一口气，“你真走运，茱莉。”

“明天九点来接你好吗？”我们慢吞吞地跟着队伍向前走，莎拉说。“我还要去修指甲，所以我想早点儿走。”

我犹豫了一下，终于点了点头：“没问题。”

当天晚上，我小心翼翼地去找了爸爸。晚餐时他避开了我的目光；妈妈问他是否要添点儿沙拉的时候，他冲着她大嚷起来，然后又道了个歉，推开椅子离开了餐桌，那时他的盘子里还有一半没有吃完。

“爸爸？”我说着把头伸进了他的卧室。他正躺在青色的涤纶床罩上，穿戴得整整齐齐，连鞋也没有脱。爸爸没有关顶灯，右臂搭在眼睛上。在那吓人的一瞬间，我的脑海里闪过一个念头——爸爸断气了，接着却望见他的胸膛正在慢慢地起伏。

“你在睡觉吗？”我轻声问道。

爸爸迟迟没有回答，我几乎已经转身准备离开，这时他说，“没睡。”

“我只是想打听一下我给你的那笔钱。”我吞了一口唾沫，低下头望着自己的脚尖越过门槛来回比画着。

爸爸沉默着。

“我可以自己去你的钱包里拿。”我试探着说。爸爸总把他的钱包和钥匙放在办公桌上的一只白色小碟子里，眼下我就可以看见那两件东西。我慢慢地穿过房间，当爸爸的声音在耳边炸开时，我感觉就像自己的五脏六腑挨了一拳。

“该死，茱莉！我没有钱。现在就给我滚出去！”

我呆住了。爸爸从来没有这样冲我嚷过；他从来没有冲任何人这样嚷过。这个人曾经在河中把我高高地抛向半空，在我又笑又嚷地落入水中时，他又稳稳地接住了我；这个人在每年的圣诞前夜都会踩着糖粉在家里走来走去，好让我一觉醒来觉得圣诞老人到处留下了带雪的脚印——那时我早已过了相信雪橇铃和魔法的年纪。

“滚出去！”爸爸又嚷了一声，我逃出了房间，突然记起了过往的一幕幕情形：爸爸开口向我借钱时，紧握在方向盘上的手指有些发白；他离开贝琪家时连“再见”也没有说一声，留下我站在人行道上盯着他远去的背影。

第二天一早，我给萨拉打了个电话，告诉她我的喉咙有点儿痛，因此不能去商场了。她对我的话信以为真——我把嗓子给哭哑了。两天后，我告诉布赖恩，我的爸妈不许我去毕业舞会，结果他带了另外一个女孩去舞会，从此以后再也没有理睬过我。

爸爸再也没有提过那笔钱，我再也没有问起。

但我对爸爸的怒火并不是因为这件愚蠢的礼服，而是因为他毁了我们的家庭。

到了秋天，债主们的电话一个接一个地打到了我家和商店里。爸爸用房子和商店做抵押借了一大笔钱，却压根儿没有还债，他把钱全输在了彩票、体育赛事和扑克上，输在了他能找到的任何赌博上；直到现在，他每周基本上都要去大西洋城一次。

“我工作那么辛苦，放松下也不行？”每次妈妈开口表示反对，他便气势汹汹地回答。妈妈实在不喜欢跟他吵，再说她也不敢在爸爸生气的时候跟他吵。他以前从未利用过她的这个特质，直到赌博把他一步步拖进了深渊——怒火成了他手中最有力的武器，只要发怒就可以不用再谈下去。“每过一段时间，我才出去玩儿一晚上找找乐子，有什么大不了的？”爸爸的声音越来越高，接着便“砰”的一声甩上了门。

布赖恩的毕业舞会过后大约一个月，有天晚上我打开了我家的前门溜进屋里，打算奔进自己的卧室。那阵子我一直尽可能地躲着父母，但这时我听见客厅里传来妈妈的声音，不由得停下脚步听了起来。“我们损失了多少钱？”我听见她说。

“我会转运的。”爸爸说，他的声音又紧绷又刺耳，我几乎没有听出来，“我向你发誓，我们会好起来的。”

他们并排坐在沙发上，互相不看对方。爸妈都懒得去把灯打开，房间里一片朦胧，我简直看不清他们的面孔。

“多少钱？”我的妈妈问道，“店怎么办？别告诉我你是用杂货店做抵押借的钱。”

“伊丽莎，我答应你会把店赢回来的。”爸爸说。

“房子呢？”妈妈问道。爸爸的声音高亢而焦虑，妈妈的声音却沮丧而疲惫，仿佛一枚在阳光下闪闪发光的一便士硬币，反面却已经有了斑斑锈迹。

“我向你发誓，”爸爸狂热地重复了一遍，“我确实走了一阵子霉运，但你知道上个星期我赢了多少吗？两千美元。就一个晚上！我马上就要转运了，亲爱的，再撑一阵子。我们会把本儿捞回来，然后就金盆洗手了。”

“哦，史蒂芬。”妈妈温柔的话语中透出一丝凄凉，听上去让我心碎。

什么也拦不住迷上了赌博的爸爸：那年冬天，当银行没收杂货店的时候，爸爸没有住手；几个月后，当我家的小卡车因欠款被收回的时候，爸爸没有住手；到了高中二年级结束后的那个夏天，我们被逐出了家门，只好搬去跟爸爸的哥哥嫂子一起住，就连这个时候，他也没有住手。

如果没有在几个月前遇见迈克尔，我不知道自己会做出什么事来。也许我会逃跑，要不然就辍学找一份工作，以便搬出家门。家里所有的人都过得苦不堪言：我们一家搬进去惹得伯母非常恼火，她不时把嘴抿成一条细线快步走来走去，除了跟伯父关上卧室门吵嘴之外，她难得说上几句话。我的妈妈看上去满脸病容，面色苍白，仿佛已经放弃了生活的希望，只等着生命走到尽头的一天。我们的生活中再也没有一丝欢乐，但最糟糕的一点，也是我永远无法释怀的一点是：爸爸仍然没有住手。他设法从邻居那儿借钱，从他的朋友那儿借钱，甚至想从车店的技工那里借钱。那个技工的两条手臂上都文满了文身，他把沾满油渍的手搁在爸爸的肩膀上，我听见他压低声音说道：“你得去寻求帮助……我也有过这种经历……”这时我正盯着技工瘦削的前臂，上面有个蓝墨水文出的玛丽莲·梦露在卖弄风情。我不禁有些纳闷：到底是从什么时候开始，我感觉自己这么苍老了呢？

我们的家庭仿佛被撕开暴露在了众人的面前，家事仿佛泰迪熊肚子里丑陋的灰色填料一般一股脑儿涌了出来——那只泰迪熊曾经是一副笑容满面的模样。有时候爸爸会连着几个晚上不回家，我便知道他又找到办法去大西洋城了，也许是找人搭了便车。这种时候我几乎没有办法在家里待下去：我知道爸爸回家时会十分狂热，他会设法用一堆礼物和一番花言巧语补偿我们在整整一年中经受的痛苦，但他这些花言巧语过不了多久便会不见踪影；要不然的话，爸爸回家时便十分阴郁而沉默。

我和爸爸再没有一起开车去兜过风。

你瞧，婚前协议是我设法保护自己的一种手段。和我结婚的时候，迈克尔仍在苦苦挣扎着要让新公司起步，还因为念大学和商学院欠了数万美元的贷款。当时我赚的钱比他多，欠的债也比他少。我并不怀疑迈克尔将来会有成功的一天，尽管我非常爱他，尽管我如此不顾一切地要和他在一起，我却无法勉强自己把这么大的赌注押在他的身上。

我们的婚前协议十分简洁，当时律师只花了一小时便拟好了文件：我们两个人会结为夫妻，但在财产上，我们基本上算是各管各的。无论我们各自带了多少财产进入婚姻，无论我们随后又各自挣了多少钱，这些都归个人所有，这文件就好像在我与迈克尔的财产之间垒了一堵砖墙。

“我理解你为什么需要这份婚前协议。”当时迈克尔说了这么一句话，边说边把文件放进了办公桌的抽屉里，然后换上他最体面的一件衬衫去法院参加我们那个由法官主持的婚礼。他给领带打了结，又使劲儿咽了一口唾沫，我望见他的喉结动了动。突然间，他的脖子看上去是如此纤细脆弱，让我感觉这样迈出婚姻生活的第一步实在是糟糕透顶。

“别再去想它了，好吗？”他说着避开了我的目光。

我确实一直没有再去想它，直到有一天迈克尔从医院的病床上抬头望着我，告诉我他想放弃一切。

理查德·施特劳斯[①]写过一部叫作《阿拉贝拉》的歌剧，故事中一位因赌博变得一贫如洗的爸爸千方百计想把女儿嫁给一位腰缠万贯的追求者。他的女儿最后嫁给了另一名富人，但是结果没有什么不一样——女儿逃离了爸爸的枷锁，得到了她梦寐以求的一切。

在这部歌剧中，我隐约看到了我爸爸、迈克尔和我的影子；但有时我暗自希望施特劳斯当时还写了第四幕，因为我一直纳闷故事在剧终以后如何进展。金钱让阿拉贝拉得到幸福了吗？阿拉贝拉与她的丈夫是白头偕老呢，还是渐行渐远呢？

他们两人的故事会有个什么样的结局？

十点整，在位于切维柴斯[②]的一家精品店里，我迈过了该店的门槛，女店员匆忙赶过来帮我拉住沉重的玻璃门，我向她露出一丝微笑表示感谢。今天看来是没有办法定下神来工作了，于是我吩咐助手传消息，出了急事再跟我联系。我要帮伊莎贝尔挑一挑她跟诺姆约会的行头，她原本疑心诺姆把步枪当作“伟哥”用了，结果发现完全是一场误会：诺姆的祖父只传给了他一支内战时期的步枪，联邦快递又正好在诺姆遇见伊莎贝尔的那天送来了那支枪；因为这个缘故，诺姆才和伊莎贝

① 理查·施特劳斯（1864—1949）：德国浪漫主义作曲家、指挥家。

② 美国马里兰州中西部村庄，位于华盛顿特区的郊区。

尔提起了那支枪。

“你以为我是一个枪支收藏家？怪不得你取消了跟我的约会！你还没有把电话号码改了逃出城去，已经让我很吃惊了。”伊莎贝尔打电话给诺姆感谢他送去的漂亮鲜花时，诺姆笑道。

“他挺有潜力。大多数男人在约会之后才送玫瑰。”我们两人互相拥抱打了个招呼，伊莎贝尔说，“算了，当我没说过刚才那句话，其实大多数男人压根儿连玫瑰也不送，不过他们应该送的。难道是因为女性解放运动，他们才不好好送花的吗？难道我们应该把这怪在希拉里·克林顿的头上？”

“你要么那么想，要么也可以朝另外一个方向想：男人就喜欢那种不好好待他们的女人。”我说着举起一件精致的金色网眼背心，“要不你今天晚上对着他的裤裆踢上一脚，看看他会不会当场求婚？”

伊莎贝尔用手指抚摸着那件背心，皱起了鼻子。

“好吧，不过你穿这件也没什么问题。”我说着不情不愿地把背心放了回去。我绝不会买这种衣服——我的模样看上去太过正派，承受不起这么奇异的服饰，但伊莎贝尔长着一双猫一般的眼睛和一副瘦骨嶙峋的身材，她能够驾驭的打扮要夸张得多。

“不管怎么样，诺姆并不是在拿步枪填补某种不足。”我迫不及待地让谈话继续下去，这样就不用动脑子。我需要的正是这一切：跟闺密好好聊聊天，免得去想迈克尔今天早上的举止。

“目前看来是这样。”伊莎贝尔接口道，“如果我认定有必要进行一番调查的话，我会给你一份详细的报告。今天晚上我会跟诺姆共进晚餐，我已经打定了主意：我在最后一刻取消了约会，结果他还送来了花，那我至少该穿件新衣服去见面。”

“你真高尚。”我边说边在她面前挥舞着一件蓝色高腰丝绸连衣裙。伊莎贝尔拿着衣服在身前比画了一下，我们两个人都摇了摇头。

这时我的手机忽然在衣袋里响了起来，吓得我猛然一惊。伊莎贝尔伸手抓住了我的胳膊：“你还好吗？”

我说了一句“当然”，声音却有些颤抖，伊莎贝尔仔仔细细地打量着我。装不下去了，我再也没有办法装下去了。

“我不敢相信迈克尔会这么做。”我低声说道，感觉自己的双肩没精打采地垮了下来。迈克尔昨天下午已经出了院，今天早上七点整去了办公室，跟以前没有什么不同；但破天荒的头一遭，他去公司并不是急着投入工作，而是要开始摆脱自己的公司。迈克尔将在上午十点召开一场全员参加的会议，向员工宣布这一消息。我瞟了一眼手表：现在是十点一刻。他很有可能已经发表了讲话，并向众人保证他会尽最大努力确保他们不丢工作。为了让他的一番话听上去更加顺耳，迈克尔还会把他个人的公司股票给每位员工分上一份。我的意思是，为什么不呢？为什么不把你拼了命挣到的钱到处乱扔，仿佛那是在狂欢节游行上挥洒的五彩纸屑呢？迈克尔的员工很有可能正把他扛到肩膀上在办公室四处巡游呢，说不定他们心中暗自希望他又滑下来“咣当”一声撞了头，然后决定把他那辆玛莎拉蒂车的钥匙交出来。

“拿去吧！”我几乎可以看见迈克尔豪情万丈地大叫，“我坐公车回家！算了，把我的公车票钱也拿走吧，我走路回家！不过可以先把我的鞋拿走！”

他到底出了什么事？为什么当我告诉迈克尔他犯了一个天大的错误时，他不肯听我的话呢？过去的几天里，我一会儿争辩一会儿恳求，唱完黑脸唱白脸，什么招数都用尽了，但他根本不听我的，仿佛过去的迈克尔变成了另外一个完全不同的人，而这个人死活不肯服理。所有曾经推动他前进的东西，所有他亲自浇灌培养了几十年的目标，都在他心脏停跳的那一刻毁于一旦。

我又拿起一件礼服盯着看，但我的视线变得模模糊糊，连礼服的颜色也看不清楚。我叹了一口气，伸出手揉了揉额头，突然感觉筋疲力尽。自从迈克尔宣布了他那疯狂的计划以后，我几乎就没怎么睡觉。我的眼睛涩得慌，下巴也不时作痛：看这副模样，我说不定在梦里磨了磨牙。

伊莎贝尔还在盯着我看。“我们坐一会儿吧。”她说。女店员正小心地在伊莎贝尔和我的周围徘徊，等着要将我们挑中的服装拿去更衣室。伊莎贝尔指了指塞在精品店角落里的超大型椅子，转身向女店员说道：“你不介意给我们端两杯拿铁来吧？”

我一下子坐到柔软的椅子上，满心感激地叹了口气。

“我到现在都不知道要怎么办。”我脱口而出，仿佛伊莎贝尔和我已经聊天聊到了一半。在某种意义上，这么说也不算错：我知道伊莎贝尔和我一直都在思考眼下的遭遇。这种情形跟我爸爸的赌瘾闹得尽人皆知时差不多：人们会望着我们，嘴里聊一些无伤大雅的话题——要么是天气，要么是我们镇里即将举行的国庆游行，但我知道，他们的思绪中总会涌过一股暗流，使众人眼中的我多了一层更加丑恶的身份：她是个赌徒的女儿，她的那个家已经不成样子了。

我的喉咙又肿又痛，也许是因为得了流感，也许是因为这些天来一直强忍着眼泪。

“我一直在反复考虑这件事，但越想越是一团乱麻。”我说，“我不知道是否还能忍住不离婚。”

“如果你离开他的话会怎么样？”伊莎贝尔问。

“我可以申请离婚，让法官设法冻结他的资产。”我耸耸肩道，“当然了，这可能也意味着我一时半会儿拿不到任何资产，我想我得搬个新的住处。”那会是一个截然不同的住处，我不得不独自一个人在那里生活。不，也不算是独自生活；我会收养一只猫，一只小流浪猫，感激涕零的小家伙会每天晚上蜷在我的床脚下。我会给它取个名字叫‘拉尔夫’，跟它分享金枪鱼罐头当作晚餐。也不算太糟，对吧？

“如果你不跟迈克尔离婚呢？”伊莎贝尔问道。

“我不知道，我还没有怎么跟他谈起过未来。我对他火冒三丈，简直在他身边待不下去，我也根本不知道他有什么计划。”

“女士们，请用咖啡。”说话的是女店员，她递给我们每人一只精美的瓷杯。

“你们想要点儿新鲜的肉桂粉吗？”她问我，“还是想要蓝莓烤饼呢？还是热的呢。”

突然间，在这些简简单单的句子里，迈克尔正害我放弃的一切变成了有血有肉的现实：那是一家家美丽的小精品店，店里的售货员会在下午给我端来拿铁和凉爽的“霞多丽”葡萄酒；那是在满天星光下弥漫着香草和薰衣草味道的按摩浴缸；那是一辆散发着新鲜皮革味道的新车，每两个星期就会抛光一次，使得车身闪闪发亮。这样的生活光彩四射，我们才过了短短一阵子。

我甚至还没有学会欣然接受这种生活；在某些方面，我仍然感觉自己像个骗子。当我家的女佣兰迪一大早穿过厨房门走进屋时，我立刻满怀内疚地一跃而起，免得她发现我正在读报纸；我急匆匆地铺好床，要不然就擦干净浴室的水池，免得她私下认为我是个懒惰的邋遢鬼。账单一来我便立刻支付，那时账单还足足有几个周才会到期，倒不是因为我担心家中的财富会凭空消失，纯粹只是为了享受开支票的乐趣——我心里知道开出去的支票有大笔的财富支撑着呢。每次买上一件东西，我仍然会严格盘查它的价格，尽管有时候我会爹着胆子走进商店不看物品标价就买下来，哪怕只是一双手套。

我还没有好好享受过这令人难以置信的生活呢。这么多年来，我们为了这种生活工作、规划、努力，迈克尔让一切梦想成真，现在却又要把一切夺走。这件事是如此不公平，我不禁想放声尖叫。昨天开车去医院的途中，我就已经尖叫过了，当时我驾车飞快地驶过街道，道路两旁的林木都变成了一团朦胧的绿影。

“啊，咖啡味道不错。”伊莎贝尔喝了一口拿铁说道，“来吧，茱莉娅，喝一点儿。”

我望着那杯泛着泡沫的拿铁，心知如果我开口要什么东西，不管是要盐渍杏仁，要一台查电邮的笔记本电脑，还是要让一位身材魁梧的挪威男人给我来上一场背部按摩（他还会关切地低声嘱咐我要注意紧绷的双肩），店员们都会手忙脚乱地把事情办好。

但从此以后再也不会了，从明天开始。

我用力眨了眨眼，默默地将那句话重复了一遍：再也不会了。我站起身走到鞋架旁边，以便躲开伊莎贝尔的目光。

“茱莉娅？”伊莎贝尔站起身来到我身旁，动作一气呵成，“你确定你没事吗？你脸色看上去很苍白。”

“我……我只是想看看这鞋。”我边说边伸手去拿一双鞋。但鞋子比我预想的距离更加遥远，我的手攥了个空。伊莎贝尔又开口说了几句话，但我什么也听不见，只听见那一句句话仿佛疯狂的鼓声捶击着我的脑海：再也不会了……再也不会了。

伊莎贝尔还在说话，但她的话听到我耳朵里一片混乱，仿佛她正在水下说话。我拼命喘着气：氧气似乎无法一路畅通地进到我的肺里。

“我……我……”

我再也说不出话来，感觉自己两腿发软，随后望见伊莎贝尔的面孔涌上担忧的神色。这时我听见女店员的尖叫声，紧接着是伊莎贝尔坚定的声音：“请让我们单独待一会儿。”我感觉到一件又柔软又温暖的东西贴上了我的脸颊，它跟幼时我钟爱的那条毯子一样令人安心。小时候，我在入睡之前总用那条又旧又破的毯子反复摩挲着自己的面颊，它在我身边陪伴了很长一段时间，长得让人有些难为情，但父母从未让我觉得这是多么孩子气的做法。现在我的脸颊又碰到了那件柔软的东西，接着意识到了那是什么东西：那是铺在地板上的地毯。我的脸上湿漉漉的，我发现自己摔倒的时候磕到了鼻子，血正一滴滴沾染着这美丽的地毯呢。我应该站起身找点儿纸巾，趁还没有弄坏地毯前赶紧把它弄干净，但我压根儿不想动。

我感觉到有东西在轻轻地抚摸我，仿佛飞鸟忽闪的翅膀一般轻柔，那是伊莎贝尔的手；就在那时，我意识到脸上濡湿一片的是我的泪水。

“会没事的。”我听到伊莎贝尔说了这么一句话，但她的声音听上去像从很远很远的地方传来的回声。我听见伊莎贝尔用手机打了个电话，仿佛只过了一会儿工夫，一双强有力的胳膊就将我扶起扛到了屋外，带到了阳光下面。

“这是找你的。”迈克尔说着递过来一部电话机。他拍了拍我的肩膀，一只手又在空中徘徊了一会儿，仿佛不确定下一步该放在哪里。“如果你需要什么东西，我在楼下。”

我没有理睬他，把电话举到耳边，伊莎贝尔担心的声音顿时传了过来：“你好点儿了吗？”

我在凉爽的白色丝绸床单下伸了个懒腰，弯了弯脚趾，感觉小腿肌肉还在不停地收缩，昨天上午的一幕又涌上了脑海：伊莎贝尔的司机从精品店的地上抱起我进了汽车；在伊莎贝尔那辆“宾利”汽车的后座上，她一边用一只胳膊搂着我，一边压低声音打了几个电话；戴着一副金属框眼镜的拉希曼医生则一边望着我，一边把听诊器按到我的胸口，那双棕色的眼睛眼神锐利。他给了我一片小小的橙色药片——是“赞安诺”吧，我边想边在心中暗自咂摸着其中蕴含的讽刺意味。我任由苦味的药片在舌头上渐渐融化，随后陷入了令人愉悦的黑暗之中。我一觉睡了整整一天，凌晨一点醒来时发现迈克尔正在我身边打着瞌睡，这种情形并不多：在迈克尔打盹的时候，我很少会独自一个人醒着。

我起床下楼给自己弄了一杯咖啡，打开iPod[1]，戴上耳塞，迈步踏进了我家巨大的石制后院。时间一秒秒地流逝，我蜷在躺椅上望见天空亮起了一缕缕色彩，这才意识到自己感觉好些了。也许是因为“赞安诺”的药效还没有完全消退，但我疑心是别的原因，是一种更加强大的力量从恐惧和混乱中杀出了重围：那是我的生存本能。我已经从父母那种枯燥凄惨的生活中开创了一条路，建起了自己的小公司，一步步地学会了如何组建公司，如何宣传业务，如何通晓各种税费和法规；我还忍受了婚姻中严酷的孤独。我比我自己意识到的更加坚强。

正在这时，iPod里传出了瑞妮·弗莱明的声音。

我认为瑞妮是全世界最美丽的歌剧演唱家：她有着一头浓密的金发，一双聪慧的蓝眼睛，一张调和了力量与善良的面孔；但令她与众不同的并不是美貌。她是一位抒情女高音，换句话说，她有一副甜美的歌喉，而不是像玛丽亚·卡拉斯一般拥有冷冽的音色。你会发现很多人更推崇卡拉斯，要不然便推崇贝弗利·希尔斯[2]，但一旦你听见瑞妮的歌声，就无法不被她降服。最妙的一点是她看似平淡无奇，仿佛她就是你的一位女友，要么抱怨着休假时长的几斤体重，要么争论着约翰·库萨

① 苹果公司的一款音乐播放器。

② 美国女高音歌唱家。

克是不是比约翰·梅尔更加性感。

但她练习歌唱的方式绝不平常——她的训练法恐怕能使任何一位奥运会选手自愧不如。瑞妮扭着身子摆出跟瑜伽差不多的姿势，以确保在弯腰触摸脚趾或者放松身子躺在地板上时仍然能够唱出高音。她背下了一页又一页各种语言的唱词，这些语言她甚至不会讲；在台上她要控制自己的呼吸，要回忆外语单词的发音，还要将这一切用符合角色的手势和动作融合起来——在巨大的歌剧院里，她还需要把美妙的声音一路送到最后一排。光是想想这一幕，我就已经觉得无法呼吸。

但在几年之前，瑞妮差一点儿把多年的训练扔到了一边，永远地走下了舞台。当她正在抚养两个小女儿时，她的婚姻却土崩瓦解，瑞妮出乎意料地染上了怯场的毛病。她害怕自己无法唱完曾经唱过数十遍的歌曲；她害怕遭遇失败。她的身子在演出之前会瑟瑟发抖；瑞妮知道恐惧是美丽歌喉最大的敌人，于是竭尽全力对抗惧意。有一天晚上，她在斯卡拉歌剧院表演，谁知道一切乱成了一团糟。指挥在演出中途晕了过去，一些观众喝起了倒彩，这些观众的人数并不多，但足以传进瑞妮的耳朵。你能想象吗？你正在经历一场离婚，你担心恐惧会夺去你的歌声，你已经开始遭遇恐慌，正在考虑认输藏到某个地方躲起来。此刻你正站在聚光灯下，上帝啊，那可是在万众瞩目的聚光灯下；你又害怕又孤独，但试图咬紧牙关挺下去，人们却在向你发出嘘声。你难道不会就此放弃吗？你难道不会走下舞台，从此永不回头吗？

瑞妮却一件接一件换上了美丽的戏服，一遍又一遍地练习着深呼吸，在重大表演上舒展歌喉。瑞妮从未逃避；时至今日她还在歌唱，用普契尼、施特劳斯和比才[1]的语言歌唱。

斯卡拉歌剧院倒彩事件六个月后，她又回到那里放声高歌，观众长时间起立鼓掌。

听着瑞妮的歌声，望着朝阳升起，我心中不禁想到：如果她能忍受这一切，忍受磨难并战胜磨难，那也许我也能熬过这一切。

我不会乖乖地袖手旁观，让我的丈夫给我们两个人的生活拍板。是时候制订自己的计划了；眼下我只看到两个选择：我可以千方百计说服迈克尔改变主意，也可以打电话给律师让他对婚前协议提出抗辩——律师的名片还塞在我的钱包里呢。我知道我们的婚前协议坚如磐石（我可是亲自确保了这一点），但一位好律师也许能找出什么漏洞，或者让法庭不予采纳这份协议。我倒没有资格得到迈克尔所有的钱，但也许我会从中分到很大的一杯羹。

*要是当初我没有死活坚持财政独立，那就好了。*我边想边用手捂住了脸。当时我不乐意在我们的两所房子上挂名，因为迈克尔为了减税申请了大笔的按揭贷款，而我内心仍然不敢相信他会这么成功。在某种程度上，我还在等待着头上的天花板砸下来的一天，而我不想在这样一场灾难中受伤。承认这一点让我感觉很丢脸，但我确实希望能够享受奢侈的生活方式，却又不愿意为之负起责任。可事到如今，当年的未雨绸缪却让我自食其果。

我把头靠在沙发上，想象着开口向迈克尔提出离婚的一幕。他会说些什么？在那一刻，他脸上会有什么样的表情？我不知道离他而去会是

---

① 乔治·比才（1838—1875）：法国作曲家，著名作品包括歌剧《卡门》、戏剧配乐《阿莱城的姑娘》等。

什么感觉，但那也许只是因为我们厮守得已经太久；也许我可以学会离开我的丈夫愉快地生活。

瑞妮的歌声画上了句号，我起身关掉音乐回到了床上：我知道自己必须积攒力量应付未来的一切。

“向你发誓，我没事。”我尽量轻松随意地对电话那头的伊莎贝尔说道，最近我已经让她操了不少心了，“你了解我，我只是想博取一些关注嘛。”

“噢，亲爱的，你把我给吓坏了。”伊莎贝尔听上去像半哭半笑，“我昨晚打过电话，但迈克尔说你还在睡觉。”

“我觉得我只是一时有点儿茫然。”我说，“我再也不能走进那样的精品店买东西了。见鬼，如果迈克尔一意孤行的话，就算是‘一元店’我也挥霍不起了。”

“他真的那么办啦？”伊莎贝尔问。

“是啊，”我说，“所以他才在家里，不是在上班。”

这时我听到轻柔的敲门声，便捂上听筒叫道：“进来吧，兰迪。”

但进门的并非兰迪，而是端着一只托盘的迈克尔。

“我想你可能饿了。”他说着把托盘放在我旁边的床上。他给我做了法式吐司、炒鸡蛋和咖啡。鸡蛋看上去炒得有点儿老，但迈克尔从我们的花园里摘了一些鸢尾花，放在了托盘角落的一只小玻璃花瓶里。

证据来了：迈克尔完全不了解我。我已经有许多年没有吃过法式吐司了；对于格外注重卡路里的人来说，这种早餐简直出自魔鬼之手。

哦，见鬼，长胖不长胖还有什么关系吗？我想着，叉起一块吐司，那块褐色的吐司有股黄油的香味，几乎立刻融在了我的嘴里。

这么说来，迈克尔记得法式吐司曾是我的最爱。那又怎么样呢？几朵枯萎的鸢尾花还不足以让我原谅他，不过鲜花倒是让我想起了伊莎贝尔的约会之夜。

“别谈我了，谈谈你吧。”我说，“你的约会怎么样？”

我简直可以感觉到电话那头的她露出了笑容。

“挺好的。”她总算开了口。

“一字不漏地讲给我听。”我下令道。

“美妙极了。”她脱口而出，“我的意思是，除了忍不住担心你的那些时候。不过我们去吃了晚饭，感觉就像我们坐下只有片刻，再一抬头就发现我们成了店里唯一的顾客。”

“哇！”我说，“你有多长时间没有这样提起过一次约会了……嗯，你从来没有这样提过一次约会。”

“我们只是有非常多的共同点。”她说，“我们甚至都有过短婚史。”

伊莎贝尔大学一毕业便结了婚，六个月后火速离婚。“为什么人们会容许那么年轻的人结婚？”有一次她问我，“婚姻应该像驾驶执照：三十岁之前只许临时试婚，到了那时，如果你证明自己可以应付所有的跌跌撞撞，你才会得到真正的执照。”

“我跟他提起了你。”伊莎贝尔说，“我是说，没有提到任何具体的细节，但他来接我的时候看出我有些心烦，我又不想再放他一次鸽子。拉希曼医生说，你说不定会睡上一整夜，所以我知道我帮不上什么忙……”

“你已经帮了很多忙了，”我真心实意地说，“跟我多讲讲诺姆。”

“你确定吗？”伊莎贝尔并没有等我回答，我也不信她能憋得住。话从伊莎贝尔的嘴里一涌而出，仿佛一串泡沫从香槟瓶口冒了出来：“我们正要进饭店的时候，饭店外面有个小男孩拿着一只假手机待在婴儿车里，那个孩子可爱得要命，正对着假手机咿呀学语呢，结果手机掉了，诺姆把它捡起来递给孩子说：‘先生，我觉得这电话是找你的。’小男孩听完对他露出了一抹无比灿烂的笑容。那一刻真是太动人了，你知道吗？”

“他听上去很不错。”我说。哇。难道这个满嘴溢美之词的人真是伊莎贝尔吗？真是狡黠、风趣、不易动感情的伊莎贝尔？

“不过最重要的是，他并不完美。”她热切地说，“完美的人会让我起疑心。诺姆的鼻子有点儿大，还有点儿笨拙，走进餐厅时几乎绊了一跤，但这一切让他看上去……不知道怎么说，让他看上去更真实。在回家的路上，他一直跟着车里的收音机唱歌，那歌声真是糟糕透顶，但他不在乎。于是我跟着他一起唱了起来，你知道我可是从来不在公共场合唱歌的呀。我的意思是，不管在美国哪一个州，我的歌声恐怕都算得上是一项轻罪了。”

我坐在那里听着她的话，法式吐司也渐渐变凉。自从我结识伊莎贝尔以来，她已经跟数十个男人约会过——男人们对伊莎贝尔总是趋之若鹜，他们被她的美貌和财富所吸引，有时也会有一些最有信心的男人被她的聪明才智所吸引，但几次约会后伊莎贝尔便将他们打入了冷宫。

我原本以为她会一直单身下去，随着我与迈克尔在婚姻中渐行渐远，我偷偷藏了一个念头：我与伊莎贝尔会结伴一起做单身女郎，在某种意义上，每过一段日子，我们的友谊便会加深几分。生病时我们会驱车载对方去看医生，并排坐在摇椅上抱怨关节炎，还会对着伊莎贝尔雇来打扫泳池的精壮小伙们大声喊上一句“你能弯下腰给我拿喝的来吗，小家伙？”，然后惹得对方哈哈大笑。

我为伊莎贝尔感到开心——难道不是吗？——可是一种可耻的背叛感折磨着我。我们两个人是如此亲密：我们每天通上一两次电话；在对方家里跟在自己家中一样自如（这意味着我提心吊胆生怕剐花了她家的古董家具，又怕碰翻了一只价值连城的花瓶，简直跟在自己家中一模一样）。私底下，我心中已经冒出了一个念头：如果真的离开迈克尔的话，我可以待在伊莎贝尔的身边，直到想出下一步对策。

“那你打算近期再跟他见面吗？”我问道。我伸手推开迈克尔端来的托盘：现在我可提不起胃口。

“后天见面，他要给我一个惊喜。”她说，“他只是告诉我要穿上便装，他会在午餐时间来接我。我还在网上搜了搜他的信息，这么做很招人厌吧？我总得确保他没有申请破产吧，也没有出什么乱糟糟的事，比如……”伊莎贝尔的话一下子收住了尾。

我立刻打破了沉默：“我知道你的意思。”

“倒不是说没钱有多糟糕，”她满怀歉意地说，“我只是想确保他看上的不仅仅是我的钱。”

就在那时，她的声音里透露出一丝尴尬，那是我们之间生出嫌隙的第一个迹象。

人们尽可以辩称：真正的友谊经受得起一切波折，那些肤浅的东西并不要紧；但我从亲身体验中悟出，对于友谊来说，嫉妒、同情和内疚之类的种种感情犹如绝症。假如眼睁睁地看着伊莎贝尔享受着我曾经有过的生活，即使我竭尽全力，那时的我能浇灭心中嫉妒的火焰吗？假如伊莎贝尔与我会面的地点从五星级饭店变成了路边小店，她还会同样开心吗？也许在一开始她能做到，可是在几年之前，当迈克尔从债务缠身的穷光蛋变成富得流油的阔佬时，我便处在这个方程式的另一端，现在的我仍然怀念当时失去的一段段友谊。

我发誓，我绝不会眼睁睁地看着昔日重现，绝不能失去伊莎贝尔这样的好友。

“我刚说的那些话都是胡扯，”她说，“你今天准备怎么办？”

“噢，还是多聊聊昨晚的情形吧。”我打起精神热情地说，“你最后挑了哪件衣服赴约？”

谈话又被我导入了正题，这时迈克尔蹑手蹑脚地走进房间端走了托盘。那瓶花的背后原本放着一张便条，在这之前我一直没有发觉，这时便条从托盘上翩翩飘落到了床上。

“从见到你的第一眼，我便爱上了你，”便条上写着，“请再给我一次机会。”

我伸手将那张小卡片揉成了一团：我才不管迈克尔会不会见到这一幕呢。我就是要让他吃点儿苦头受点儿伤，因为他正在亲手毁掉一切。

时不时的，总有类似的新闻出现：有人突然间果断而决绝地放弃了自己现有的生活，就像拿起一把锋利的剪刀干脆地与过去一刀两断；故事的主角通常是个男人，偶尔也会有个把女人。媒体总会把注意力放到这个背弃过去的主角身上，层层深挖此人见不得光的隐秘：要么他欠下了一笔巨款，要么他还拥有另一个家庭。但我总会好奇那些被抛下的人又有何等遭遇：那些被新闻报道所忽略、被相机镜头遗忘的人，那些疑惑而不知所措的人，他们又会怎么办呢？

想象一下：你站在厨房里搅拌着木碗中的沙拉；小宝贝儿坐在婴儿椅中拿勺子把面前的托盘敲得“砰砰”响，家里的宠物狗在你周围转来转去，热切地希望你不小心掉下一块鸡肉。你一边闲荡一边心不在焉地等着爱人开门进屋的声音，但你最爱的那个人，你曾经认为知根知底的那个人正准备放弃你们辛辛苦苦一同建立起来的生活，他要把你还没来得及实现的计划全都打破。这是一种怎样的情景？

有些人在弹指间就能放弃过去；现在迈克尔就准备这样，他放弃了自己曾经视若生命的公司。这种选择让我大吃一惊，因为“畅饮”是他白手起家、历尽千辛万苦建立起来的。

我和迈克尔初来华盛顿的时候囊中空空，世界上恐怕再也找不出更穷的两个人。我们的全部身家是六百美元现金，还有一辆破车，运气好的话能卖个两百美元左右，外加两个沉重的行李袋，里面塞满了我们的衣服鞋袜和洗漱用品。

但还不到一周，迈克尔就在一家比萨店成功谋得侍应生一职。我们都认为这是个好工作，因为它能包吃，否则按照迈克尔的大胃口，我们会迅速花光仅有的财产，变得一贫如洗。不久我也因为曾有过照看孩子的经历而被一个富有的家庭相中，负责照看一对两岁的双胞胎。后来我才知道，这两个“小恶魔”特别爱咬人。但在当时，每星期三百美元的收入对我来说简直就是天上掉下了馅饼。后来细细计算一番才发现，我每挣五十美元，就得被淘气包咬上一口。

起初我们住在一家青年旅社里，等到一分一厘地存够了押金，我们就搬进了特雷镇[1]一间位于四层的小型公寓。这个公寓没有电梯，每天晚上厨房的灯还必须一直亮着，这样蟑螂才不敢从灶台旁的裂缝里冒出头来。我们买了一块二手的日式床垫，白天当沙发，晚上当睡床；又在垃圾堆里找到一张小餐桌和两把不配对的椅子，把它们都漆成了天蓝色，给沉闷的房间带去一抹亮色。为了上大学，我俩又都借了学生贷款，欠下了一屁股债。但迈克尔对未来很有远见，他明白如果要尽快摆脱贫穷和债务，就得先多借点儿钱。也不知那段日子是怎么熬过来的，但我们两人努力工作，同时领取经济援助，再加上学生贷款，竟然存够了上大学的钱。迈克尔去了乔治城大学[2]，而我去了马里兰大学[3]帕克分校。白天我们打工挣钱，晚上则上课学习，周末就在睡觉和啃书中度过——嗯，至少我是睡了觉的，迈克尔则拿着一支黄色的荧光笔坐在我的身边，在课本上画来画去。

迈克尔的成绩名列前茅，去哪里工作都不成问题。我一直以为他会从事IT业，要不然就去一家世界五百强企业一步一步地往上爬。可是迈

① 美国首都华盛顿特区的一个区域。
② 创建于1789年，是美国最古老的大学之一，也是华盛顿特区声誉最高的综合性私立大学。
③ 在美国公立大学中名列前茅，其帕克分校坐落在离华盛顿市区九英里的大学城。

克尔从一开始就下定决心只为自己打工。他耐心地等待着时机到来，只用了三年时光便完成了本科学业，申请了商学院，还如饥似渴地翻阅了一些创业公司的蓝图和企业宗旨。

“市场中总有开发新产品的空间。”他总是这样说着在房间里来回踱步，好似二十世纪五十年代在产房外焦急等待孩子出生的年轻爸爸，“关键是要找对开发对象。像菲尔兹太太饼干啦、即时贴啦、小小爱因斯坦视频之类的产品，都是不需要很多启动资金，一开始规模都很小，然后迅速发展起来的。还有什么呢，市场上还有什么尚未被人察觉的需要呢？”

公寓的房间太小了，他每次只能走上三四步，要么就是碰到日式床垫，要么就是碰到从慈善机构买来的深色木质梳妆台。这时他总会骂骂咧咧地转身继续；而我就安静地看着他，藏起嘴角的一丝笑意。在我眼里他就像一只赛犬，有使不完的劲儿，他正集中着所有的注意力蓄势待发，就等着面前那扇起跑闸应声开启，把赛场展现在眼前。

当时万事俱备，只欠一个好点子。我们都还不知道最终的“金点子”会是什么，但有一个主意已经在迈克尔的心中逐渐冒头。迈克尔在乔治城大学的第一个学期，他最喜欢的教授拉吉为了说明有效的广告策略，在一次案例分析中用了可口可乐和百事可乐的对比来进行阐释。

很久以后迈克尔才告诉我，当时他在笔记本的空白处随意地打了个问号，一个模糊的疑问也在脑中诞生：“为什么是可口可乐对百事可乐呢？为什么没有其他的饮料呢？”不过当时这个想法并未成型，它只是悄悄地留在迈克尔的内心深处，等待着完美的生发时机，而那个时机，要到几年以后一个酷热难耐的下午才会来临。

那时我已经开设了一家自己的小公司，主要做聚会策划，名叫“聚无限”；迈克尔在乔治城大学的商学院生涯也进入了尾声。我的收入让日子稍微有了起色：我们搬进了一间更好的公寓，有电梯，没蟑螂；两人每周还能出去看个电影泡个酒吧；客厅里有了一套打折时买来的家具；一人配了一台二手电脑，还买了一台电视机。但我的大部分收入还是用于还学生贷款，巴不得尽快把欠的钱还清；每个月我还的钱都是规定数额的两倍。

每当畅想未来的时候，我就会把它想成一段节节高的日子：我们已经从西弗吉尼亚来到了华盛顿，现在又搬进了一间比较好的公寓，有了一些不错的大件。接下来我们要买辆好点儿的车，至少不要是那种行驶公里数已经高达六位的老爷车；之后，我们就会搬进一栋漂亮的小别墅。我们的生活会一步一个脚印地慢慢向前迈进，令人心安而又踏实。但迈克尔所畅想的未来跟这完全不同。我并非不相信他有飞黄腾达的一天，但我们不过是从偏远的西弗吉尼亚来闯首都的两个穷孩子，都是各自家庭中的第一个大学生。迈克尔是狂热的理想主义者，而我则是个实用主义者，以我们的背景，梦能做到多大呢？每天下午，在下课后和去比萨店上班之前，迈克尔有一段休息的时间。每到这时他就更闲不住，他会穿上跑鞋跑遍城里的各种社区：从唐人街到杜邦环岛[1]再到克利夫兰公园……

---

① 华盛顿西北部的社区，历史悠久。

"饮料。"在五月一个异常炎热的下午，他推开门气喘吁吁地吐出了两个字。

"自己去弄，你这野人。"我头也没抬地盯着电脑。

"不，我是说一种饮料，"他弯下腰用双手扶着膝盖，上气不接下气地说，"就是这个，市场上就缺这个。刚刚我去7-11超市想买杯喝的，却发现只有四种选择：汽水、佳得乐[①]和冰茶，这三种都太甜啦，再有就是无味的矿泉水。我觉得四种都不好，这就是个空白啊，茱莉，7-11里就有这个空白，一个巨大的空白！要是有种又好喝又有滋味的水呢？不要像佳得乐那么甜，那玩意儿和汽水差不多……不要什么人工染色剂，不过我可能会加些维生素进去。健康食品不再是嬉皮的专利，它已经是一种潮流了，我刚刚在《新闻周刊》[②]上读到一篇文章，讲的就是这个主题。嗯，要用自然的甜味剂来代替糖浆[③]，这是关键……"

迈克尔边说边心不在焉地脱下衣服去冲凉，透过哗哗的水声还能听见他兴奋的自言自语。我笑了笑，继续电脑上的工作。我知道，等到迈克尔洗完澡以后，他一定已经用自己有条不紊的严谨思维梳理完了创业计划，权衡了潜在的利弊。在这之前，迈克尔已经考虑过十几个公司蓝图，却又一个接一个地毙掉了这些主意。

但还没有等到五分钟，他已经打电话给比萨店请了病假，又飞一般地奔向了杂货店，连头发都来不及擦干。那天他逛了三家不同的杂货店

---

① 一种运动饮料。

② 美国一家新闻杂志。

③ 这里指高果糖玉米糖浆，是市场上常用的饮料增甜剂，能导致人体组织损害，可能诱发糖尿病。

和健康食品店，到我上床睡觉的时候，厨房里已经是一片狼藉，好像刚刚被一群疯狂的科学家洗劫过，每一个锅碗瓢盆中都装满了调料。

“来尝一口。”第二天一早，我睡眼惺忪地走进厨房准备冲咖啡，迈克尔把一勺飘着柠檬香味的液体凑到了我的眼前。

“你一夜没睡？”我问了个不用回答的问题。

“是不是太甜了？”他急切地问道，“我的味觉已经麻木了，需要另外找人帮我尝一尝。”

“不是很甜，”我舔着上嘴唇品味着，“但是……”

“还不是很到位，我知道，我知道。”

整个厨房里布满了各种各样的配料：亮色的柠檬和橘子、金色的黏稠蜂蜜、龙舌兰糖浆、粗短的生姜、一罐罐液体维生素、一条条肉桂，还有一碗碗果干。我们的咖啡壶里装着一壶浅橙色的液体，每一只马克杯和玻璃杯也都是满的，看上去好像迈克尔正要将彩虹的每一种颜色都单独提炼出来。啊，那难道是……我眯眼一看后大吃一惊：是的，迈克尔已经把我们那丛非洲紫罗兰连根拔起，把花盆也变成了厨房容器大军的一员。

“你一共做了多少种饮料啊？”我问道。各种各样的味道混合在一起，令人眩晕窒息，我赶紧打开一扇窗户。

“几十种，几百种，谁知道。我都尝过了，结果每隔十分钟就得上趟厕所。”他一边说着，一边从炉子上拿起一只烧水壶，里面湖绿色的液体烧开了，正咕嘟咕嘟地冒着泡。

“我得赶紧了，”我拿了个橙子准备在路上当早餐吃掉，“说不定要迟到呢。”

“加热红糖的话，能变成糖浆吗……嗯？什么？你说什么？”迈克尔一边问一边皱眉看着面前的小本，上面写满了只有他自己看得懂的文字和符号。

“毛头小子要牛刀小试啦。”我说着伸手扳过他的下巴轻轻吻了吻他，结果发现嘴唇上沾了点儿黏糊糊的东西，味道有点儿像蓝莓。

当天晚上我回到家时，厨房里已经面目全非，但迈克尔的脸上挂着抑制不住的微笑。他递给我一只玻璃瓶，瓶身上贴着他用电脑打印出来的标签。

“畅饮？这是饮料的名字吗？”我问道，“都有些什么成分？”

“加起来大概是十美分的原料。”他说，眼睛下面深深的黑眼圈无法掩盖整张脸上的光彩，“就快成功了。”

现在想想，那段时间公司的生意正搞得我焦头烂额，倒也是件好事。要是我知道迈克尔没去上课，还错过了一篇重要论文的截稿期限，并且正打算退学的话，肯定会暴跳如雷。他马上就能拿到学位了，什么事情不能等等，非得赶在这一时？要是迈克尔多了一个MBA头衔，他名下的“新产品”难道不是更有底气吗？除此之外，虽然我觉得他这个健康饮品的想法还不错，但私下里我并不认为是个什么伟大的创举，至少我个人就觉得健怡可乐颇为称心如意。

但当时的我可顾不上迈克尔，斯宾塞家的两个姐妹就够我忙活的了。这两人的恩怨算得上“灰姑娘”故事的现实版，却又跟那个童话稍有不同：即将出嫁的准新娘是妹妹艾比，她为人笨拙、相貌平常，长相酷似她的父亲，就好像造物主用她父亲的浓眉毛、鹰钩鼻、方下巴做了个模子，然后原封不动地印在了她的脸上。艾比的继姐是首席伴娘，长得苗条漂亮，最近却发现未婚夫在背着自己“偷吃”。在某种意义上，这也许算得上一种公平，只不过漂亮的姐姐戴安可比妹妹和气多了。

“你觉得我该戴哪一对？”艾比拿起一对闪闪发光的泪滴形耳环和一对镶金边的珍珠耳环问道。

“我喜欢这对珍珠的，”戴安说，“式样很经典。”

“但一生只能做一次新娘啊，”艾比脸上笑开了一朵花，“每个人的目光都会集中在我身上，我觉得应该戴闪一点儿的。”

“没错，”戴安说着勉强挤出一丝笑容，“你说得对。”

“我们再来看看座次表，”艾比的声音里带着同情的口吻，眼睛里却有掩饰不住的光彩，“你那一桌的人数是单数，这样真的没问题吗？罗伯的席位当然要撤掉，但可以再加个人嘛。”

戴安费力地眨了眨眼，我赶紧打圆场问了个关于桌面摆饰的问题。当初开办宴会策划公司的时候，我可从来没有料到会有这么多麻烦。虽然名片上只有宴会策划这一个头衔，我却还得担当起治疗师、调解员、裁判和“救火队员”的角色。不过话说回来，我还挺喜欢这种感觉。也许是因为生活的画卷才刚刚在我的面前展开，这份工作让我有机会看看别人的那些“大日子”，也想想自己的“大日子”：铺张奢侈的纪念日聚会？才不要呢，我喜欢安静和低调的庆祝。婚礼上专门为新郎新娘设计的开场共舞？当然要啦！买辆旅行车，载上一群叽叽喳喳的孩子？

嗯，也许有一天吧……

那段时间，迈克尔正忙着为自己的新想法撰写商业计划，还要准备学校的考试——嗯，至少我以为他在准备考试：总之我回家的时候常常见不到他的人影。后来当我回望那段日子，印象最深刻的就是他每天给我留下的那些小字条，它们总在一些意想不到的地方。

“我会在你就寝之前回家。”这张字条是放在我枕头上的。

“晚上十点在此处碰头，我一定帮你擦背。”这张被钉在了浴帘上。

情人节时，他在厨房的料理台上放了一枝红玫瑰，当然也有一张字条：“我走的时候，睡梦中的你正在微笑；真想永远这样看着你。”这张字条我一直保存在放内衣的抽屉里。

斯宾塞家的婚礼过去约一周之后（婚礼上，我还在百忙中成功“怂恿”了那个害羞的帅鼓手要了戴安的电话号码），一天我回到家中，发现迈克尔正坐在那张蓝色的小圆桌旁，面前摆着四只玻璃杯。

“这位先生看上去有点儿面熟啊，”我把公文包扔到沙发上，“请问您尊姓大名？”

“今晚由我为您服务，女士，我们来举行一次品尝会，”他边说边站起来朝我鞠了一躬。他的手臂上搭了一块脏兮兮的旧洗碗布，看来我是没法儿给这位服务生小费了，“请坐，今晚我们的饮品有柑橘汁、野莓汁、甜度适中的柠檬汁，还有浓缩酸橙汁。”

“听着不错嘛，”我说，“好像挺能填饱肚子的嘛？”

“我觉得，你会发现今晚的菜品清淡提神。”他递给我一只茶杯，“您的第一道菜是‘甜度适中柠檬汁’。”

我抿了一小口，睁大了眼睛：“迈克尔，很好喝啊！”“你喜欢？”他终于不再用那蹩脚的法国口音说话了。

“很有味道，但是又……很清爽。”我说。

“对！要的就是这种感觉，”他滔滔不绝地打开了话匣子，“拉吉教授认识一个人，这个人原来在‘全食超市’[①]做饮品采购。几年前她来乔治城大学做过一次客座讲座，拉吉可以安排我跟她见一次面。来，再尝尝这个。”

我一一品尝了所有饮料，但最喜欢的还是柠檬汁，不过野莓汁也很不错。接着我开始做晚饭，迈克尔就像跟屁虫似的挤进了我们那小小的厨房。

“这张关系网不单单包括那位前任采购员，”我把意大利面下进滚烫的水中时，他已经把同样的话重复了好多遍，“她是整个链条中的一环。如果她喜欢我的产品，就可能把我介绍给她的熟人。”

“她会的，”我说，“她一定会喜欢的。”

“我唯一需要的就是找对人，谈个两分钟。”迈克尔继续兴奋地说着，我把煮熟的面捞出来放进水槽里面的一个滤器中，又把脸伸过去让缓缓上升的热气给我这个可怜的穷姑娘来个面部护理。在这之后，我还会拿半只鳄梨切成片贴在脸上，就这样完成一套美容步骤，让安吉丽娜·茱莉在我的美貌前满心嫉妒地颤抖吧！

“我跟你讲过《天然食品经销商》杂志上那篇报道了，对吧？”我递给迈克尔一把勺子，指了指平底锅中煨着的意大利面调味酱。他却视

① 美国有机商品超市品牌。

若无睹地问了个问题。

“再跟我说说？”我想逗逗他。

“过去这三年里，天然食品的销售量直线上升，马上就会迎来繁荣的高峰期；我要把握住这个潮流。天哪，小时候我特别喜欢看标签上的食品成分，没想到现在用处大了，记得我以前总是让你别吃那些恶心的粉色纸杯蛋糕吗？”

“喂，”我抗议道，“很好吃的！”

迈克尔用一块洗碗布拍了拍我的屁股：“很多人都不知道自己每天到底会吃进多少毒素，但他们马上就要开始关心这个问题了，到时候他们会很抓狂的。我会用新鲜、简单又天然的配料制作产品，这真是个黄金时机啊！”

我点点头。不过话说回来，即使没有我的鼓励，迈克尔依然会滔滔不绝地讲下去。他舀了一些热气腾腾的调味酱浇在面条上，然后把两只盘子放在那张摇摇欲坠的小餐桌上，把餐桌占得满满当当。

“也许我应该再修改一下市场推广计划。”他说着转过身向笔记本电脑走去。

我低头看看两人的晚餐，再抬头看看迈克尔，他的手指已经飞一般地在键盘上敲敲打打起来。迈克尔居然不吃饭？这个前所未有的场景让我第一次意识到他对这个计划是多么认真和上心。

两天后，我下班回家时，他正在等我。

“下周五上午十点！”他一边喊一边递给我一瓶冰冻百威淡啤酒。

“你要和前任采购员见面了？”我一屁股坐在日式床垫上，然后蹬掉了鞋子——尽管这张日式床垫硬邦邦的，我却还是深深地陷进了床垫里。

“非也，”他得意地摇摇头坐到我身边，使劲儿地帮我揉起了脚。“是现任采购员！今天我已经跟前任采购员碰了面，是她帮我安排的。她喜欢我的‘畅饮’，简直爱死了！我找到一个给马里兰一家小酒庄设计酒瓶标签的人，他的设计很不错，看——”他“嗖”地一下站了起来，拿起一只红酒瓶递给我，“他会给我做一些商标小样。他已经想出了一个主意，但还有点儿不到位。我才不管他是不是要设计个十遍二十遍的，我的标签看上去一定要高端经典。这是个大事业，茱莉娅，我能感觉到！终于走到这一步了！”

我的心顿时“咯噔”一下，却并非因为兴奋激动，而是因为想到了迈克尔这段时间花出去的钱。他这个公司还没有成立，一分钱还没有挣，就已经投入这么多了。但我硬生生地将担忧的话咽了回去；这是迈克尔的梦想，我不能因为童年时代的恐惧就给它蒙上一层阴影。

我起身拉住他的手。

“今晚我们出去吃。”我放下啤酒推着他往门边走去。去哪里吃没什么悬念——当然是街角的比萨店，那是我们唯一吃得起的一家餐馆，因为迈克尔在那里有员工折扣。话虽如此，我们却仍然阔气地买了一瓶基安蒂红葡萄酒；在红格子桌布的映衬下，我们两人亲密地靠在一起为未来干杯，一边十指紧扣，一边喃喃地说着知心话，直到打烊时间来临，店家点亮所有的灯，把我们赶出了店门外。

“这事一定能成，”迈克尔的一双蓝眼睛中闪烁着激情，“产品很好，又有市场需求，再加上拉吉的人脉，一定能成。下一步就该去拉投资了；要是‘全食超市’看上了我，那就齐活了。”

“那当然了。”我握紧了他的手表示赞同。虽然不愿意承认，但我还是不太相信。带有味道的水饮料？这就是迈克尔的天才创举吗？这就是他在美国顶尖商学院日夜苦读熬出来的成果吗？看起来也有点儿太……简单了。

我们的婚礼之日只能用“完美”二字来形容。

那时我筹办婚礼的经验已经十分丰富，从而明白了一个道理：珍藏在人们内心深处的回忆都是一瞬间的小细节，而并不是引人注目的大场面。我曾经策划过一次排场特别大的婚礼，到最后却毁于一旦：新郎在婚礼上醉得一塌糊涂，有一半的时间都在洗手间里狂吐，新娘则躲在墙角啜泣，她的父亲就一直骂骂咧咧。（“我不知道该拍些什么，”当时摄影师悄悄跟我咬耳朵，“给点儿建议好吗？”）

我和迈克尔都没有多少必须邀请的朋友，而且两个人都希望有一场简约低调的婚礼。

“要不要邀请你的父母？”他问我。

我很想给他一个答案，但还没开口就哭了出来。“我当然希望他们在场，”平复下来后，我说，“但我爸爸他……我知道他那时的行为是不能自控的，就像酗酒一样。但我始终不能忘记是他一步步地毁了我妈妈的生活，现在他们还跟我叔叔住在一起，我母亲还在做女招待，天哪。她都快六十岁了，居然每天还要在餐馆里跑来跑去地送餐。”

“但他没有再赌了，对吧？”

“暂时吧，现在没有。”我说。我爸爸已经戒过好几次赌了，每次都拍着胸脯保证不会再犯，但过不了多久又会故技重施。

“如果不邀请他们来，他们一定会伤心的，”我说，“再说要是没有父母在场的话，这还算什么婚礼？一个人走红毯不是太奇怪了吗……”

“不如我们私奔好了，”迈克尔马上说，“不通知别人，只有你和我。一直以来都是这样，不是吗？”

他用手臂搂住我：“我们不需要别人，快点儿办婚礼吧，现在就办。我们只需要去领个结婚证书，用不了多久的，只需要等几天而已。”

我把头靠在他的肩膀上：“真的就只有你和我？”

“就下周吧，”他说，“我想在和‘全食超市’见面之前跟你结婚。我的小茱儿，这将成为我们新生活的开始：我的公司，我们俩的未来，一切都将有个新的开始。”

我低头望着手上那枚朴素的订婚戒指，那是迈克尔几个月前求婚时送给我的。过了一会儿，我抬起头对眼前的大男孩露出了微笑。

我的手上拿着一束迈克尔采来的野花充当新娘捧花，身上穿着一件经典优雅的米色紧身长裙——这条紧身裙买来时打了很多折扣，因为它的褶边被撕破了一点儿，但我花了不到十分钟就织好了裂缝。我们站在治安法官的面前说出彼此的誓言，当我说到“我服从”那个词时，迈克尔在对面挤眉弄眼，害得我差点儿大笑起来；当治安法官宣布我们正式结为夫妻的时候，他又久久地凝望着我的双眼，那种眼神让我幸福得无法呼吸。

那天晚上他亲自为我下厨，我们喝掉了两人生命中的第一瓶香槟，随后他拉起我的手，又按下我们那台老CD机的播放键。在小小的公寓中，我们两个人伴随着路易·阿姆斯特朗[①]的那首《世界多美好》翩翩起舞。

“很快我就会给你买枚钻石戒指。”我与迈克尔在床上相拥而眠，他许下了这个诺言。当时我们两人都已经忘记了当天上午签订的婚前协议。“买枚大钻戒。到时候人们会不让你上街，因为钻石的光芒会弄瞎无辜的路人。”

“为什么人们总认定路人是无辜的呢？”我问道。

“说得好，”他说，“我相信很多路人都是彻头彻尾的坏蛋，他们就该被钻戒闪瞎。我要在你的钻戒上再加个五克拉，我们一起把他们都给治了。”

“那你自己呢？”我一边问一边用手指懒洋洋地抚摸着他的下巴，再拂过他的肩膀。他还是那么瘦削，但我爱慕他这副身体。“你会给自己买一辆兰博基尼吗？”

“可能买艘船吧。”迈克尔沉思了一会儿，回答道。

“买船来你又不知道做什么，”我不禁失笑道，“第一天出海，你就会把它给毁了的。”

“那就买辆兰博基尼吧，”迈克尔做了决定，“不过我也可以再买艘船来备着，以防前一艘船被送去修理了。”

① 路易·阿姆斯特朗（1901—1971）：美国爵士乐音乐家，被称为“爵士乐之父”。

“你还得把名字改得像名门之后，”我一针见血地指出，“要扮阔佬，那可少不了这种花样。”

“那阔佬可不可以一晚上和老婆爱爱两次呢？”迈尔克翻过身来面对着我。

“那是基本要求，”我在他耳边轻言细语，“好好读读你的《阔佬指南》吧。”

要是迈克尔和“全食超市”采购员见面的那天我也在场的话，那就太好了。当时，他开着我们那辆锈迹斑斑的旅行车在“全食超市”的停车场里打转，然后抬着四瓶“畅饮”饮料进了那家高端食品店，身穿他最体面的黑色针织衫和长裤，头发上破天荒头一遭抹了发胶。当超市的采购员见到迈克尔这副尊容时，他有什么想法？他是否看到了迈克尔眼中闪耀的激情，从而冒出了一个念头——如果意念可以带来成功的话，迈克尔一定会飞黄腾达呢？

采购员尝了尝迈克尔带去的样品。“他就像个品酒师，茱莉娅，他先煞有介事地嗅了嗅，然后再品一品。”采购员当场就给了迈克尔一个机会：“全食超市”会先要一批货，也就是一万瓶，在大西洋沿岸中部地区的十七家商店进行一轮试卖。

“我的天哪，这么快？”我说，“他们什么时候要货？”

“我让他们给我两个月。”迈克尔无意识地拨弄着自己的鬈发，又把头发弄得乱糟糟的。“茱莉娅，事情是这样的。无论卖出多少，超市方面都不会给我一分钱。他们只不过是在帮我的忙，看看东西卖不卖得出去。我必须自己承担所有的花销，这种事情的规矩就是这样。”

我顿时觉得自己的心跳快了几分。“这么说你要欠债了！”——又要欠下一笔债。我心想，电光石火间，我条件反射一般地想起了那份被我塞在衣柜的一只鞋盒里的婚前协议。

迈克尔好像根本没有听见我的话。“我需要投资人，拉吉会帮我的。他在前期也投入了一些资金。还有一个市场营销课的同学，他父亲特别有钱，有间教室的门匾上还写着他的大名；我要请他投上五千美元。如果他知道拉吉也入了伙，而且‘全食超市’也在帮我，那应该……现在我得租个地方来做饮料。这间厨房太小了，我需要租辆车把东西运到水牛城——我在那里找到了一家很不错的装瓶厂……”他说着向笔记本电脑飞奔而去，我则皱眉瞪着他的背影。

当“全食超市”任由迈克尔在店里设置试饮台的时候，一切似乎都已经水到渠成，顾客们看不到背后曾经发生的一连串波折：曾经有一箱箱饮料瓶贴反了标签；有一批批“畅饮”产品口味过酸，迈克尔又在批量生产前修改了配方；他还曾经无休止地拨打过许多电话，要么甜言蜜语地安抚那些中途退出的投资人（这些人觉得这桩生意似乎风险太大），要么千方百计地寻找新的投资人，要么让装瓶厂延时收账，转而在前两年的利润里分一杯羹。顾客们在试饮台看到的是这样一幕：一个礼貌的年轻人穿着新近印刷出来的“畅饮”品牌围裙站在试饮台边，正在询问走过的人们要不要尝尝他手中的饮料。

“你看起来像个足球明星啊，”迈克尔对一个十岁的小男孩说，“在球场上，这东西能给你无法想象的活力。来，给你妈妈也拿一杯尝尝。这种饮料比'佳得乐'更适合她，一瓶就能提供一天所需的十种维生素。嗯，您呢，先生？尝尝我这杯柠檬汁，它没那么甜腻，看能不能让您想起小时候摆摊卖的柠檬汁？我怎么知道你曾经摆摊卖过柠檬汁？哦，一看您就有一种企业家的气质啊。"

他一直滔滔不绝、劲头十足，也一直都坚信自己的饮料就是顾客的最佳选择。顾客们也开始和他有了一样的信念。我站在结账台附近的通道边望着顾客们的购物车。迈克尔并没有说动所有的顾客，但好歹有一些人的购物车里除了鸡胸肉、制作沙拉的有机蔬菜和圆面饼之外还摆着几瓶"畅饮"。我突然意识到，他为自己的产品选择了一个绝佳的起点，这时我心中对迈克尔的尊敬和爱意又陡然增加了几分。我来到他的试饮台旁边，看见他四处招揽着生意；在迈克尔将一只小纸杯高高地举到空中时，我抓拍了一张照片。后来我给这张照片镶了框，把它放在我的办公桌上。在迈克尔的照片中，这张一直是我的最爱。

那批饮料很快卖得一瓶不剩，"全食超市"又下了一大批订单。不过这一次超市向迈克尔付了账。几年之后，乔治城大学授予了他一个荣誉学位，他成了那个笑到最后的人。

我讨厌承认这一点，但我并非对迈克尔的创业计划完全信服的第一人，在我之前对他信心十足的人有很多。不过在我们结婚的时候，我可是两人中间比较有钱的那一个。我知道他正在计划招一些推销员，让他们给食品店和美食广场打推销电话，他迫不及待地想要占领先机。"等到销量有起色了，大家会一窝蜂地追捧这种产品。"他总是这样说，一边收紧自己的下巴，装出一副壮硕凶狠的模样。要付给员工的薪水、在全国各地奔波要付的机票钱……我忍不住默默地计算着所有的花费，但迈克尔在欠债方面从不犹豫，还很积极地拉更多投资人入伙。除此之外，他的学生贷款也高得令人咋舌。

*但那不是我欠的债。*我这样安慰自己。而这时我的丈夫正靠着卖出一瓶瓶饮料，有条不紊地建立起自己的公司。我永远不会像我的母亲一样——她到六十岁还在端盘子抹桌子，就因为把自己的命运绑在了错误的男人身上。迈克尔的公司不管好赖都不会影响到我。

我们婚后几年的一天早上，我睁开眼睛发现迈克尔正靠在我的身上，手里拿着一张《今日美国》，在我眼前摇得哗哗作响。

“我还在睡觉呢。”我抱怨了一声，伸手把报纸拂开。前一晚，我刚给一个满五十岁的女人主办了一次海滩主题的庆生会，寿星坚持要在舞池的地板上铺上真正的沙子，结果派对结束后，清洁场地的时间比整个派对的还要长。

“看看嘛。”迈克尔轻声细语地说。

我打了个哈欠，揉揉眼睛。“奥普拉又要拍另一部电影了？”我用惺忪的目光扫过报纸的大标题。

“看照片。”他的声音像是从嗓子眼儿里挤出来的。

我瞟了他一眼，然后坐直了身子。那张照片中，就在奥普拉·温弗瑞身旁的桌上，紧靠着她那只著名的戴满珠宝的手，摆着一瓶她在接受采访期间喝过的饮料，那是一瓶“畅饮”野莓汁。

“迈克尔！”我一下子完全清醒了过来，激动地跳下床，用双臂搂住他的脖子。

“你知道这意味着什么吗？”他大喊大叫地搂住我的腰，抱我起来，在公寓里兴奋地起舞。“今天一早我就接到了上百条留言，都是食品店主、顾客和供应商打来的，他们想知道在哪里能买到奥普拉喝的那种饮料。当记者问到那种饮料的时候，奥普拉说是麦当娜推荐给她的，现在她每天都喝。她还说这种饮料给她带来了活力，每天！就算买下十个‘超级碗’的广告也比不上她说这么一句话给力啊！茱莉娅，就这么简单啊！”

“你成功了！”我尖叫起来。

迈克尔把我放下，我跑到一扇打开的窗户前伸出头尖叫道：“奥普拉和麦当娜喜欢我丈夫的饮料！她们爱死这饮料了！！”

一个带着睡意的声音回应道：“叫她们闭嘴！”

“我们成功了。”迈克尔说，他的声音变得严肃和平静起来。

我们站在那里，注视着彼此，呼吸急促。我穿着迈克尔的一件旧T恤，他穿着自己的一件更旧的T恤。两个人都感觉到周遭的世界正在彻头彻尾地改变，都明白从这一刻起，一切将掀开新的篇章。

“你，给我过来。”我说着嘴角上扬，露出一丝微笑。我想让他用瘦削的手臂搂住我，听听他快速的心跳在我耳中回荡的声音。我想永远不停地亲吻他，和他一起分享美味的薄饼和香槟。这就是我们梦寐以求的那个时刻，是我们把钱一分一厘地存在旧雪茄盒子里时曾经畅想过的时刻。不，我们从来没有做过如此美梦，至少我没有。

迈克尔扬扬眉毛：“你在盘算什么，邓希尔太太？你是不是又犯坏啦？”

“你自己琢磨吧。”我的笑容越发灿烂。迈克尔的手机恰在这时响了起来，他接了起来。

“我看到了，”他一边对电话那头的人说道，一边从我的手中抽出手，走出了房间，“我十分钟后就到那里，不，五分钟。一定要好好利用这个机会，要快，我是这么想的……”

“对不起，茱莉。”他从门口探出头来低声说道，一只手还捂着电话的话筒，“改到今晚吧，我们今晚再庆祝。”

然而，那晚当我光着身子忍着寒意入睡的时候，身边的位置是空的。等我醒来的时候，迈克尔已经走了，只有枕头上浅浅的凹痕说明他回来过。

我是为了你回来的。只有确定没有我你也能过得好，我的灵魂才会安息。

Chapter 6

我们都在改变

我双眼直勾勾地望着面前路上两条双黄线。我们的司机已经走了；迈克尔给他、保姆、几个园丁还有厨师都写了热情洋溢的推荐信，还付了一年的薪水。没有了这些人的喧闹和忙碌，我们的房子安静得可怕。现在去商店买东西的只剩我和迈克尔两个人了，我们的牛奶喝光了。我们周围的一切都在慢慢分崩离析，我却还跟丈夫一起办着家务事，仿佛这是一个平凡的周末下午。在这种关头，这些柴米油盐的生活似乎早该被抛到九霄云外了，可是汽车仍然需要加油，报纸还是天天送来，冰箱也随着时间的流逝越来越空。

迈克尔看着我把最后几滴牛奶倒进我的下午茶里，便从餐桌旁站了起来。

“我去买些牛奶，”他说，“橙汁也喝完了。你还需要什么吗？”

我摇摇头，转过身去。当迈克尔拿起车钥匙的时候，我突然重重地放下了杯子，走向我们那辆“玛莎拉蒂”。我一点儿也不想待在这房子里。

现在迈克尔将视线从道路上移开，瞟了我一眼。“我知道你想离开我，”他说，“换了任何人遇到这种情况都会这么做的。但是，在你下定决心之前，再给我点儿时间吧。”

我的下巴好像钢筋混凝土一般僵硬，差点儿连话都说不出来：“我不知道。”说完我转过头看着窗外。真不应该和迈克尔一起出门，我的心情太糟糕了，一点儿也不想跟他说话。

“我不知道为什么上帝会送我回来，给我第二次机会。”他继续说道，语气随意得好像在谈论车窗外飞驰而过的风景。“但在睁开眼睛的那一刻，我发现自己躺在地上，每个人都望着我，那时一切都改变了。我的车啊、衣服啊、房子什么的，看起来是那么没有意义，甚至特别傻。我与死神见面时感受到的，是……我们所有人之间的联系，这个世界上的所有人之间的联系。我突然发现，我还有机会去帮助别人，去弥补——”

我打断了他的话，我已经听够了，“你在卖掉一切之前为什么不给我一点儿时间呢？”我问道，“缓个一年，要是你到时候还这么想，再卖掉公司也不迟啊。”

迈克尔的眼中闪过了一抹光芒。我太了解这种逃避的眼神了，这说明他有什么事情瞒着我。“我……必须这样做，马上，现在。”

“你怎么这么不可理喻？”我大喊大叫道，“我都不认识你了。”

“我知道你想不通，茱莉娅，”他的语气颇为温柔，“如果放在几周以前，这种事情我也想不通的。但我死去的时候——哎，简直都不敢相信自己竟然在说‘死去’，因为在那短暂的几分钟之内，我感到自己前所未有地生机勃勃——但是我死去的时候——”

“迈克尔，不要再说那件事了好吗？你又没有飘到天上听圣歌，该死的！你在这里，和我在一起，而且你还要放弃我们拥有的一切！你必须面对现实！”

“死去并不是那样的，不过好吧，”过了一会儿，他才开口，“到你准备好之前，我都不会再说这件事了。但我能跟你讲讲最糟糕的那部分吗？我一直在想，这么多年和你在一起，我浪费了多少本该好好相处的时光。周末的时候我应该休假陪你；我应该陪你去巴黎；我简直不敢相信自己竟然没有和你去度蜜月，茱莉娅。我们之间越来越远了……”

我又转过头去望着窗外，什么也没说，我的心中百感交集，五味杂陈。愤怒、悲伤和恐惧，以及其他说不清道不明的感情在翻涌。还有那么一点儿闪闪烁烁的希望微微地冒了个头。在短短的一瞬间，我脑中闪过两人在河边度过的那些愉快的下午。我回忆着迈克尔和我在河边一躺就是几小时，好像有永远说不完的话。我们还有希望回到过去，拥有这样的时刻吗？

当我在黑莓手机上看到凯特的留言，发现她告诉我迈克尔正在医院时，一阵恐慌顿时涌上我的心头，一时令我难以呼吸。我的心中发出一声尖叫——“不！！！”手机屏幕上的短信随即变得模模糊糊。我的两条腿也开始不听使唤。在开车前往医院的途中，我才渐渐冷静下来，但在开始的那一瞬间……

也许在我心中的某个角落还保留着对他的爱。这个想法刚一冒头，我就狠狠地摇了摇头把它赶走。爱不爱已不再重要，迈克尔反正不值得信任。我不能相信他说的任何话，他过去许诺的所有东西都变了样。以我对他的了解，两周之内他就会改变主意重新冷落我，再去建立一家新的公司；或者改名叫“阿曼”，去一个瑜伽信徒的修行处一起诵经祈祷也说不定。

“我错得太离谱了。”迈克尔说。这时红灯亮了，他慢慢减速停了下来。“我的心思全放错了地方。我们本可以”——我感觉到他又在看着我——“有个孩子。”

我心中突然一阵绞痛，伸手抓住了车座的皮质边缘，好像要用指甲把那昂贵的皮革一把抓破。我的心中又陡然升腾起无可抑制的愤怒，令人无法呼吸。迈克尔怎么能这样，随意地在“生孩子”这件事情上反反复复？在此之前，每当我们谈起这个问题时，他总是说自己不想要孩子。他真正的孩子就是公司，是他一手培养起来、细心呵护、看着成长壮大的公司。

“对孩子不公平。”当初我提起这件事情的时候，迈克尔总是这套说辞。有趣的是，高中的时候我们什么都憧憬过，就是没有讨论过是不是想生孩子。“我们工作太忙了，茱莉娅，”他说，“谁来照顾孩子呢？”

“我可以稍微少做点儿工作，”我争辩道，“还有很多人家请保姆呀。”

迈克尔摇摇头。“我觉得这样不对，”他说，“我很少在家，我可不想像我爸爸对我那样，忽略我们的孩子。”

一开始我还满怀希望，觉得他有一天会改变主意，但随着时间的流逝，我再也没有提起过这个话题。我也暗自琢磨，在这段婚姻中添个孩子不知道是好是坏，因为迈克尔和我之间越来越疏远。我们卧室旁边的客房有那么多明亮的窗户，灿烂的阳光总是洒满整间屋子。有时候我会静静站在门口，望一望那蓝色的墙上手绘的软绵绵的云朵，还有天花板上画着的明黄色的星星。如果这间屋里有个摇篮，就应该安安稳稳地放在角落，离窗户远一些，这样小宝贝儿就不会吹到凉风；摇篮旁边应该放一把老式的摇椅，扶手上搭着一块粉色或蓝色的毯子。

当然，迈克尔永远也不知道我的这些期望，我这样想着，感到喉咙里泛起一丝苦涩。他很少在家，很少跟我说话。事实上，我也在很久以前就放弃了和他对话的努力。

“现在你又走向另一个极端了！”我咬牙切齿地说出这几个字。我的身体绷得很紧，感觉自己随时都有可能在座位上爆发，把风挡玻璃撞得粉碎。“你怎么做什么事都这么戏剧性啊？原来是个工作狂，现在一下子又变得如此多愁善感。”

“我变了，茱莉娅。我不再是过去那个我了。”

“过去我很快乐。”我说。

“你真的快乐吗？”迈克尔温柔地说，“还是我们错把物质当成快乐了呢？我们让自己忙忙碌碌，是不是就因此忽略了一点：我们的生活除了工作就没有剩下什么了呢？”

"你是想跟菲尔博士[①]抢饭碗吗？"我讽刺道，"你这话说得跟他一模一样，不过，你这南方佬的口音可得改改。"

迈克尔露出忍俊不禁的表情，这令我更加怒火中烧。

"你也听过很多老生常谈了，没人在临死的时候还希望自己能多在办公室里待一会儿。是真的，这是千真万确的。当我意识到自己可能再也无法多看你一眼的时候，我简直不能忍受……"他顿了顿，哽咽了，"离开你。不能像这样离开，不能在我们之间还留着那么多遗憾的时候离开。"

说到这里他顿了顿，望着前方的道路，整理着自己的情绪。"完成所有交付公司的文件还需要三个星期，"他说道，"等到那时你再决定是否离开我吧。再给我最后一次机会，然后你想怎么样都随你。"

"迈克尔，如果你错了呢？"我几乎是吼出这句话的，"要是一年以后你发现自己想要回公司，那该怎么办呢？"

我看见他的手指在方向盘上不耐烦地敲打着。

"不会的，"他镇定地说，"我不会骗你，不会再对你撒谎了。我也很担心你，茱莉娅。我担心你太看重物质，因此摆不正事物的位置。我希望我们两个都能明白一点：没有钱也可以生活得很快乐。我们不需要金钱为我们带来快乐；我们从来无须这样做。"他伸出手想放在我的手上面，但我躲开了。我看见他畏缩了一下，但我不在乎，我就是要伤害他。

① 美国一档电视真人秀，主持人菲尔博士是一位有博士学位的心理医生，专门在电视上帮别人解决家庭婚姻问题。

“我想我不爱你了。”我一字一顿地说。迈克尔以为自己很清楚我需要什么吗？他根本一点儿都不了解我。我心中那一丝希望消失了，好像一片亮晶晶的彩色纸屑掉进黑暗的河流，又被彻底卷进漩涡。“我很久以前就不再爱你了。”

“我不怪你，”他说，“但是我们能不能谈一谈……”

“我不想跟你谈！”我大喊道，“你正在毁掉一切，迈克尔。你给过我那么多承诺。”这时，我已经语无伦次，但我并未住嘴，话语一句接一句从我口中冒了出来。

“你曾经发誓要让我过上好日子。还记得我们在河边共度的日子吗？我们对彼此承诺说，一定要拥有所有想要拥有的东西。后来我们真的得到了一切，你却离开了我。当时你根本就不着家；你不想和我在一起。你骗了我，你背叛了我们的誓言！可我强迫自己习惯了这种日子，强迫自己接受了这种日子！该死的！现在你却又一次改变游戏规则。这场婚姻里不是只有你一个人！”

“对不起！”他又道了一次歉，仿佛这简简单单的三个字就能填补我们之间这么多年来的巨大空白。

“你又不是去了什么圣地，你只不过是撞了一下头！”我继续吼叫着，“你死去的时候，大脑的活动还没有完全停止，你不过是做了个疯狂的梦而已。”

“那是真的，”迈克尔一口咬定，“是我所感觉到的最真实的东西，和那棵树一样真实，”他指着窗外，“和我们所呼吸的空气一样真实。”

“参加洗礼的时候，大家都在教堂里跪拜祈祷，你却在查自己的黑莓手机，”我提醒他，“手机振动的时候，你合掌把它藏起来，然后对着面前的那个男人皱眉头，让大家以为是他做的。”

“不一样了，茱莉，现在我有信仰了。我不知道该怎么描述那种信仰，但我感觉到了爱……就在那里……那是存在的，就在我到达的那个地方——”

“让我下车。”我突然坚决地说了一句话，伸手去够车门把手。

迈克尔吃惊地看了我一眼，但没有停车。

“停车！”我大叫一声，耳边随即传来了急刹车的声音。我猛地打开车门，手忙脚乱地下车来到人行道上。

“我连跟你多待三秒钟都不行，更别说三个星期了。”我用尽全力狠狠地关上车门，接着转过身去，浑身因为震怒而颤抖。就因为迈克尔声称他见过了上帝，他就要来扮演这个全知全能的角色吗？他怎么敢为我决定未来的道路呢？这简直是他做过的最坏的事情，比那一次更坏、更糟糕——那一次我拿起他的黑莓手机读到葛洛仙妮的邮件，问迈克尔能不能提前下班去跟她再次幽会……

我气喘吁吁地疾步向前，鞋跟在坚硬的路面上发出愤怒的噔噔声。几分钟之后我总算稍微平静了下来，看了看周围。我认得这片地方，知道再走两个街区，我就会来到一个商业区，那里有一家酒吧。很好，我边想边走起来。我可以坐在吧台旁喝一点儿冰啤酒，再想想下一步怎么办。

我用力推开了酒吧的门，那扇门重重地撞在墙上。

“不好意思。”我喃喃地对酒保说道，但他根本没有从手中那份《华盛顿邮报》的体育版上抬一下眼睛。我就需要这么个地方，我边想边坐到一张高脚凳上，酒吧里散发着陈年啤酒酸腐的味道；墙上的镶嵌板原本是要扮作木头质地，可惜看上去更像塑料；脚下的地板则有些黏黏的，一张破旧的台球桌摆在屋子中央，占去了大半个房间。现在的我可受不了豪华而金碧辉煌的地方，我希望四周的环境能契合我的心境。在我常去的“老渔翁”或“棕榈树”①，侍应生会一眼认出我，然后跑过来递上酒单，还会提前考虑到我的每一项需求；在这里没有人会打扰我，我可以做一个透明人。

“山姆啤酒②。”我告诉酒保，他不情不愿地折起报纸。

“需要酒杯吗？”他打开瓶盖递给我。我没有回答，只是举起酒瓶放到唇边，咕嘟咕嘟地吞下了三分之一。

他耸耸肩，又拿起报纸。也许这种情况他见得多了：一脸疲惫的女人冲进这里痛饮啤酒，仿佛正在向某个兄弟会表忠心，执行它的宣誓仪式。我又灌了几口啤酒，酒保心不在焉地将一盘花生挪到我的面前。

“别看得太投入，”我摇晃着手中的酒瓶警告他，心中暗自对自己的硬汉口吻颇为满意，“我马上就要再点一瓶的。”

这时口袋里的手机嗡嗡地振动起来，我拿出来先看了一眼来电人，再接起了电话。

“你在哪里？”伊莎贝尔不由分说。

---

① 都是豪华的高档餐厅。

② 美国著名的烈性啤酒。

我眯起眼睛望了望吧台后一面镜墙上面的招牌。“乔氏酒吧烧烤店，这可真是个好名字啊！”

“他们卖伏特加吗？”伊莎贝尔问。

“乔，你们这儿有伏特加吗？”我问酒保。

“我叫尼尔。有伏特加。”

“我这就来。”伊莎贝尔说。

“好极了，”我说，“因为我把钱包落在车里了，正愁能不能骗够钱来付酒账呢。”

“也许我们可以一起骗。”伊莎贝尔说。

电话那头传出约翰·梅伦坎普[①]的歌声，我突然发现伊莎贝尔的声音听起来有些奇怪。

“你还好吧？”话一出口，我心里顿时涌起一阵内疚。伊莎贝尔最近总是忙着关心我、拯救我，但今天她不是有个重要约会吗？“迈克尔不应该给你打电话的，你不用来。”

“迈克尔没有打给我，”她说，“而且我很难过。”

“说什么短婚史，满嘴胡说。”四杯伏特加下肚之后，伊莎贝尔说道。酒精的作用让她舌头打结，说出来的话成了“说什么断魂史”，但我懂得她的意思。

我同仇敌忾地回敬了一杯，又狠狠地吸了口浸了糖的柠檬。

“简直不敢相信他撒了谎，”我舔了舔手上沾的糖，“男人都是浑

---

① 美国著名摇滚乐歌手。

蛋。你不是！乔！你是我们唯一喜欢的男人。”

“乔”又给我们添了酒。现在已经知道没有必要问我们要不要添了。

“你们没开车吧，女士们？”他问道。

“她自己有个司机，”我用力地戳了戳伊莎贝尔的手臂，“我没有司机，我该死的丈夫要把我们的钱全都给出去。”

“丈夫们都烂透了，”伊莎贝尔点点头，“特别是和我约会的那个。”

“这么说他来接你，带你去浪漫野餐，然后告诉你所有东西都是他自己亲手下厨做的，即使你看得出那是在‘伯杜西’食品店买来的三明治，接着他说钱包硌到了自己，所以拿出了钱包。”我重述着伊莎贝尔的不幸经历。

“是的！”伊莎贝尔捏碎一颗花生丢进嘴里，又“噗”的一声吐到一张纸巾上。

“乔，你的花生多久换一次新的？”她问道。

“每天，”酒保撒谎说，“还有，我叫尼尔。”

“我买了套新衣服，”伊莎贝尔朝他吼道，“我还做了脱毛！”

这时“乔”正在吧台的另一头认真看着报纸上的求职版面；我只希望，不是我们激起了他另寻高就的想法。

“要是这个浑蛋想假装单身的话，就不应该把老婆的照片放在钱包里啊。”我说，“这简直就是偷情守则第一条啊。”

“我不觉得他想假装单身，”伊莎贝尔说，“当时他把钱包扔在垫子上，钱包一下子打开了，我们两个人都盯着那张照片。要是他想骗我，就干脆说那照片是他妹妹的好啦。”

“在钱包里放妹妹的照片？”我抽抽鼻子，“这简直比他结婚了还糟糕。”

伊莎贝尔笑出了声，这是她进酒吧以来第一次笑。她来的时候气得满脸通红，衣服上还有一块污渍。“我本来想泼他一身酒来着，”她说，“不过我坐得离他太近了。”“有多近？”我问道。“在他怀里。”她说。

“那你怎么又不理迈克尔了呢？”笑过之后，伊莎贝尔问道。

“他突然就开始后悔我们没生孩子这件事了。”我拿起一颗花生朝吧台对面扔去。“说出来你都不信，今天他说他很抱歉，没有带我去度蜜月。”

“然后呢？”伊莎贝尔追问道。

我有些不解地看着她：“就说了这些啊。”

她顿了顿，“嗯，你知道，现在我可算得上‘仇男俱乐部’的主席了，不过我还是不明白，”她开口道，“你当然可以因为迈克尔要放弃财富而讨厌他。但是他向你道歉，说他后悔没有多陪陪你，后悔没跟你生孩子，那你为什么要因为这点讨厌他呢？”

我叹了口气，滑下高脚凳。这个问题我也在脑中想了千百遍了：为什么这么多年来，我都没有因为迈克尔的冷漠和疏远而大发雷霆呢？如果这些东西对我来说这么重要，那时候我为什么不努力抗争呢？

“问题在于，”我终于开口说，“婚姻中有很多不成文的规矩。你们熟知彼此会首先关注的报纸版面，知道对方要睡在床的哪一边，也知道一次小小的争执到什么程度会变成激烈的争吵。每一桩婚姻都好像一个独立的国家，有自己特定的风俗、仪式和交易系统，其中有一点很重要：你们互相知道有什么话题提不得。我和迈克尔就绝对不谈孩子的问题，也不谈我们从没拥有过的蜜月。我们早就没那么亲密了，这些问题说不出口。我们维持这种状态已经很多年了，伊莎贝尔。”

我将那小小的酒杯在手中转动，心中暗自希望有人能够添满它；可是尼尔正尽力躲避着我们的目光，我也不能怪他。

“我和迈克尔早就不谈论某些深入的——非常深入的话题了。”我淡淡地说，“和某人一起生活，但不了解他，这是有可能的。事实上，这很容易。我能说出迈克尔喜欢穿什么样的内衣裤，也知道他电脑的密码。他知道我对别人的名字记性很差，所以我们两人一起碰到别人的时候，他必须抢先跟对方打招呼。我们都知道彼此很多表面的细节，跟外国移民在入籍测试中会被问到的问题差不多。但是你知道星条旗上有多少星星和多少条纹，能代表你知道美国生活到底是怎样的吗？”

伊莎贝尔点点头，过了一会儿，她说：“我明白了，你们俩就是看起来……我也说不清。就像普通的家庭一样幸福快乐。嗯，我知道，和那个小贱人有过一段，但是已经结束了很久了，对吧？”

我耸耸肩：“是啊，但直到现在我还是会检查他的电子邮件和语音留言，我们这美好的婚姻可真是建立在互相信任的基础上啊。”

*再说伊莎贝尔并不知道全部的底细。*我移开自己的目光，心虚地想。这段故事当中有些部分令我感到莫大的羞耻，连对伊莎贝尔都无法开口倾诉。

我清了清嗓子："不管怎么样，如果我真的被迫要和他谈论这些深入的话题，那么就必须忍着痛弄清楚我们之间曾经发生过的错事。我们为什么没有去度蜜月？每对夫妻，只要钱够，都会去的。还有，"我的声音低了下去，这话我不想第三个人听到，甚至是尼尔这个陌生人也不行，"我为什么愿意失去迈克尔的陪伴，换来更多的金钱呢？我想，我讨厌迈克尔，很大程度上是因为他正在强迫我去思考所有这些丑陋的问题。"

我们沉默地坐了一会儿，接着伊莎贝尔深深地呼了一口气，说道："好吧，去他的。我们下面该做什么？"

"你会没事的，世界上其他的男人多得是。"我说着抬起手臂作势拥抱了整个酒吧。两个白发男人正在酒吧的另一头喝着米勒淡啤，他们对伊莎贝尔露出了亲切的笑容，其中一个还抬起酒杯做出"干杯"的姿势。

"也许我就需要这个，"她说，"哦，倒不是他们俩。"

她顿了一下，眯起眼睛瞧了瞧，接着摇了摇头，"肯定不是他们俩。但我需要一个普普通通的男人。我认识的所有男人都太有钱了，男人有钱就变坏。"

"这话倒像迈克尔会说的，"我说，"你应该知道，有钱人也有好的。"

"当然啦，"她说，"我就是一个例子。"

"说得好。"我抬起我的杯子要再次续杯，尼尔不情不愿地拿着一瓶皇冠伏特加走了过来。

“这么说，迈克尔觉得你们该生个孩子？还是来得及的，如果你还想的话。”

“我不知道自己还想不想要孩子。”这时我想起了每年都会收到的那一摞摞节日问候卡片，还有每次打开卡片时那种糟糕的心情。卡里通常会有孩子的照片：穿着小小圣诞老人服装的小婴儿；站在海滩上，摆出各种可爱姿势的大孩子；或者是和父母靠在圣诞树下其乐融融的照片。这些照片总会在我心中唤起一股强烈的渴望，令我不由自主地将手指伸向钱包里那张离婚律师的名片。如果我离开了迈克尔，也许能和另一个人重新开始……

我叹了口气，又伸了伸胳膊，想要把弥漫全身的那种沉重感甩掉。酒吧的两扇窗户上都被霓虹灯填满，阳光从狭窄的缝隙里透进来，照射出空气中翻卷的尘埃，我的心情更加忧郁。

“迈克尔求我在下定决心之前给他三个星期。好像他想死活拖完这个月，不去思考未来。但我绝对不会那样做。明天一早我就找律师问问怎么提出离婚，怎么分到迈克尔的一些财产。我必须准备好和他斗一斗，伊莎贝尔。”

她点了点头：“我还在想你会不会那样做呢。换了是我，应该会的。”

“走到这一步，我应该是不可能和迈克尔生孩子的了。”我使劲眨了眨眼，又望了望伊莎贝尔。

她脸上的表情让我脱口问出一个问题：“你想要孩子吗？”

她飞快地轻声说了几个字，然后停下来，重新开始。“事实上，我，嗯，曾经，有过一个，”她低头看着空空如也的酒杯，“孩子。那时我才十八岁。”她抬起一只手制止了我发出的惊叹声，但她的眼神还是躲着我。

“我不知道孩子的父亲是谁。当然，是有几个可能性的，但我当时并没有固定的男朋友，更别说我真正喜欢的人了。你并不了解那时的我，茱莉娅，高中毕业后的那个暑假我就怀孕了，当时我还跟父母住在一起。我从十三岁起就住在寄宿学校里，那时我就知道，他们送我去是不想我烦他们，而不是为我好。

“也许是出于一种报复心理，也许是不顾一切想要引起他们的注意——随你怎么说吧。我想心理医生应该能用一大堆理论来解释我的问题，特别是和我上床的一个男人老得都能当我爸爸了。我和所有我能找到的男人上床：乡村俱乐部游泳池的救生员、我的网球教练、给我们家草坪除草的一个年轻人，甚至还有我父亲公司的一个律师。”

她的声音哽咽了：“当我发现例假没来的时候，我简直不敢相信。我想过去做流产手术。我认识在学校就做过流产的一些女孩，我还拿了相关的宣传册。但出于某种说不清的原因，我做不到。”

我很想伸手握住她的手，但我能感觉到伊莎贝尔的眼泪马上就要夺眶而出，任何温柔的触碰都会让她号啕大哭。

“我向大学那边申请了延期一年入学，然后开始旅行，至少我父母告诉他们的朋友我是去‘旅行’了，那些人说不定知道这全是谎话。我拿了一张信用卡——尽管叛逆，我还是得依靠爸爸的钱——然后去了西雅图，因为我想和父母之间隔开整整一个美国。当时我住在一间小小的公寓里，在一家二手书店做兼职，那是我有生以来第一次真正活过来。

你懂吗？我学会了如何一步步做一碗蔬菜汤。以前我可没做过饭，所以一开始总是搞砸，但最后总算成功了。加一点点肉桂在汤里——这可是我的独家秘方。哈哈，我都好久没想起这件事情了。当时我还读了很多书。到了周六就沿着河边久久地散步，之后去喝上一杯热巧克力。”

“我心中有点儿想留下这个孩子。”伊莎贝尔几乎要哭出声来，但她忍住了。“但当时我的生活一团糟，我不可能养好一个孩子。我在收养中心遇到了另一个女孩，她也要把自己的孩子抱养给别人。她不停地说自己挑的那对夫妻怎么好，他们能满足孩子的一切愿望。要是翻翻那些档案，你会发现那些人已经为孩子存好了上大学的钱；还能看见他们房子的照片，以及给孩子准备的房间。但是我一份接一份地翻看着档案，略过了那些看上去像明信片一样完美的父母，最后发现了一个做艺术老师的女人。她的丈夫是个理疗师。这对夫妇已经安排好了各自的时间，所以家里总会有一个人照顾孩子。”

伊莎贝尔的脸上露出了忧伤的微笑：“你知道我做了些什么吗？我们在一家餐厅见面聊了聊，之后我假装离开，其实偷偷地绕过大楼跟踪了他们。我想看看私下里他们是什么样的人。你真应该看看当时的我，茱莉娅，我戴了一顶帽子、一副墨镜，带着一个大包，还穿了一件外套，这样夫妻俩就认不出我了。当然，我挺着一个遮不住的大肚子。所以只要他们转身的话，一切就露馅了。但他们没有，他们走了大概一个街区的样子，来到自己的车前，但没有马上上车。”

伊莎贝尔的目光飘远了。我知道此时她又回到了那个街角，变成了当时那个满心恐惧和疑惑的十八岁女孩，看着眼前的一切慢慢发生。

“他们站在人行道上，不约而同地伸出手拥抱对方，妻子把头靠在丈夫的肩膀上，我能看见他对她说着悄悄话。第二天早上，我就签了所有的文件。我甚至从未见过我的宝贝儿一眼，从未抱过她，也从未吻别过她。我做不到。但我知道，”伊莎贝尔终于忍不住哭出声来，“我知道她是个女孩。”

这时，我伸手握住了她的手；我必须这么做。

“之后的那段日子我真是自暴自弃。”伊莎贝尔说着用手指擦去眼泪，“我开始吸毒，还闹绝食。在路上遇到擦肩而过的小宝贝儿时，我就会一直盯着他们，心想我的孩子是不是也长这么大了。最后我回了家，忍住不去想她也就变得不那么难了。”

“之前我简直什么都不知道。”我说着握紧了伊莎贝尔的手，暗自希望自己能说些安慰的话。

“没有人知道，”伊莎贝尔说，“可能只有我妈妈的一个朋友看出了点儿端倪，她拼命缠着我打听我在‘国外’这一年的事情，问我有没有去看过西斯廷教堂，有没有去过卢浮宫，简直跟个私家侦探一模一样。最后我忍不住打断了她，‘没有，我大把时间都花在了阿姆斯特丹的红灯区里，要是没尝过那里的布朗尼，又怎么算是活过一遭呢？’”

我们都哈哈大笑起来，接着我递给伊莎贝尔一张纸巾。

“这不是我用来吐花生的那张纸巾吧？”她那沾满泪水的脸上泛起一抹微笑。

哦，可怜的伊莎贝尔！我一边想一边把眼里的泪水硬生生憋了回去。我最喜欢的就是她这一点——她绝不会把自己的锋芒藏得太久。她总是充满自信地出席各种聚会，露出她那完美的微笑，自然而然地加入各种谈话，仿佛一跃跳进凉爽的泳池一般轻松。她在车水马龙的大街上毫无顾忌地穿行，美丽的长腿引来人们的口哨和注目；她还会对那些冲她按喇叭的司机竖起中指。有次在一家商店里，一位经理正在数落一名销售，说他在模特儿身上系错了丝巾。伊莎贝尔带着一丝冷冰冰的笑容打断了经理的话："事实上，我觉得这条搭配起来要好得多。你那条看起来像我的老阿姨贝莎出去取报纸时顺手用来包裹一头鬈发的玩意儿。哈，其实这个就是我贝莎阿姨的围巾吧？"

我一直见证着她的力量与自信，但不知为何，我忽略了这副外表下隐藏的脆弱。或者说，不是我忽略了这些情绪，而是伊莎贝尔把这份脆弱隐藏在了内心深处，直到我躺在精品店的地毯上抽泣，把我内心的脆弱赤裸裸地暴露在了她的面前。也许友情和婚姻一样，也有一些不成文的规定，而我和伊莎贝尔正在谱写着新的规则。

"收养是公开的[①]，但我和那对养父母之间并没有多少联系。他们每年都会给我寄孩子的照片，还会附上只言片语，告诉我她过得怎么样。她名叫贝丝，长得漂亮极了。在上学后拍的第一张照片里，她用一条红色的细发带束着头发；第二年她看起来完全不同了，留了刘海儿，脸上的婴儿肥也消下去了一些。现在她瘦高苗条，说不定还交了男朋友，正在申请大学呢。我把所有的照片都放在一本相册里，但每年只在她生日的那天看一次。我对着她的照片举起香槟，然后一张张地翻看着相片，看她是怎样一点点地长大。我做过一件事情，哦，应该说有件事

① 公开收养，指的是被收养儿童的亲生父母有权利参与孩子的养育过程和抉择。

情我没有做，让我觉得特别羞愧。”伊莎贝尔带着悲伤娓娓道来。

“告诉我吧。”我尽量让语气显得轻松一些。

“那天在医院里，她的养父母来接她回家，他们先到了我的病房，告诉我只要孩子长到一定年龄能理解收养这件事情了，他们就会立刻把她的身世告诉她。当时我答应他们会写一封信，让他们到时候交给她。这封信我动笔写了好多回，但每次都写不下去。我真不知道该说些什么……而且时间拖得越久，我就越难下笔。我一直在担心，要是她恨我抛弃了她怎么办？”伊莎贝尔的声音越来越轻，我好不容易才听清她接下来讲的东西，“现在她可能会恨我没给她写信，也许他们都恨我。”

她眼中的痛苦让我无法直视。“她不会恨你的。”我坚定地说。

伊莎贝尔转头吃惊地望着我。

“你为她找了一对极好的父母，”我说，“对于当时的你，这已经是倾尽全力了。伊莎贝尔，贝丝知道你爱她。她明白的。”

过了好一会儿，伊莎贝尔才缓缓地点了点头。

“知道迈克尔的事情之后，我想到的第一个人就是贝丝。如果我突然生了重病或者离开人世了呢？或者是她遭遇不幸了呢？要是我因为太害怕而错失了机会，没有来得及告诉她我有多么爱她呢？”

“你现在写那封信还来得及，”我想了一下，说道，“现在还不算晚。如果愿意的话，你可以告诉她之前你太害怕了，所以你下不了笔。跟她说实话吧。不用事事都求个完美。”

伊莎贝尔握紧了我的手：“我想我必须这么做。”

我们又在酒吧里坐了一会儿，仍然紧握着对方的手，听着布鲁斯·斯普林斯汀[①]用他沙哑而魅惑的声音唱着《雷鸣道》。

“我们哭成这样，尼尔是不是彻底被我们吓跑了？”伊莎贝尔终于开口问道。

“有可能。”我暗自期望再次看到她的笑容，“不过这事也有些妙处，我觉得吧台那头的那两个男人已经对你完全丧失了兴趣，我敢肯定他们觉得我俩是一对。”

伊莎贝尔放声笑了起来，笑声不算爽朗，但她总算止住了眼泪。“我还注意到另外一件事，”她眯起眼睛瞟了瞟尼尔，又在座位上轻轻地晃着身子，“他带了他的孪生兄弟来一起工作，现在我们要添酒就用不了等那么久了。”

“再喝一轮？”我提议道。

“只喝一轮？”伊莎贝尔有些嗔怒地问道。

她向尼尔挥了挥手，随即掉头望着我，脸庞上又笼罩了一层悲伤的阴影。“我觉得你应该在决定离婚之前给迈克尔这三个星期的时间，”她轻声说，“这期间什么都有可能发生，也许他真的变了呢？这样一来，就算你最后还是要离开他，至少你也给了你们的婚姻一次机会。相信我，世界上最难过的事情就是总想着你曾经抛下的人。”

“我有事要跟你谈。”我一边走进客厅一边宣布道。我千方百计让自己的声音显得庄重一些，可连绵不断的饱嗝委实帮了我的倒忙。

迈克尔正坐在我们那个白色石质大壁炉旁边的一张椅子上。他没有

① 美国著名摇滚乐歌手。

看书，没有看电视，什么也没有做；他只是直直地坐在那儿，安静得如同一尊雕塑。

“我不会让任何事情影响……影响到我的工作，”我说，“过几天我就要办一个很大的聚会，但那之后我可以跟你待上一阵子。接下来的几周我不会做什么决定，但这也不代表我向你保证或是许诺了什么，我还是觉得我无法原谅你。”

迈克尔一下子站了起来，看上去好似一阵疾风——也许是伏特加的酒劲儿让我看什么都是重影。

“谢谢你。”他低语道。

我转过身踉踉跄跄地向卧室走去。我一共喝了十轮，只怕要睡上整整十个小时才行。

“我会给你倒杯水来，再拿点儿阿司匹林。”迈克尔搀住我的胳膊，扶着我进了卧室。

“我喜欢浴室里那些暖烘烘的瓷砖。”我对他说。

“我知道你喜欢。”他说。

“如果我离开你的话，我会把它们带走。”我边说边倒在床上。

“好的。”他一边回答一边帮我脱鞋。

“别想哄我，”我说，“我一眼就看透了你。”

“你需要什么东西吗？来几块饼干？”

“你把你的钱都给出去了，却只给我一块饼干，”我喃喃自语着翻了个身，拿起一个枕头盖在头上挡住灯光，“做慈善要从家里做起，你知道吗？拿一两百万美元和饼干一起送上来如何？”

我感觉到迈克尔离开了屋子，过了一会儿他又回来了，把一杯水和两片阿司匹林硬塞进我手里。

“吃了药明天感觉会好些的。”他说。

我吃下了药喝光了水，又倒回床上闭上双眼。

我感觉迈克尔俯身过来，“我知道现在你觉得这一切一点儿道理都没有。”他说着帮我盖好被子，“我知道当我承诺你会什么都不缺的时候，你完全不相信我。但你会明白的，你不用害怕，茱莉娅。”

他把手放在我的前额上温柔地抚摸着，让我感觉非常安心。当我还是个小女孩的时候，每逢生病在家休息，妈妈也会这样轻抚我的额头。她那纤长冰凉的手指一下接一下地抚摸着我，总能让我好过一些。我想妈妈。我心想。

“我知道你想她。”迈克尔说道，我这才意识到自己把刚才的念头大声说出了口。“如果你乐意的话，我们可以回西弗吉尼亚去探望她。”

我翻了个身躲开他。

“我爱你。”他说道。这是我在和衣入睡前听到的最后一句话。我的前额还隐隐有着他那只手留下的余温。

歌剧院可真是个藏身的好地方。只要你保持沉默，就算你坐在位子上使劲儿掉眼泪，也没有人会来理睬你。

就在我告诉迈克尔会给他三个星期后不久的一个晚上，我一个人偷偷地溜出去看了一场《乡村骑士》[①]。男高音图里杜和情人萝拉的爱情

① 独幕歌剧，由马斯卡尼谱曲。

悲剧让我悲泣，但我还情不自禁地想起了这部歌剧的作曲家马斯卡尼的经历。当时他是一名穷困潦倒的钢琴教师，为了一次歌剧比赛谱写出了这部作品，只希望一举获胜能为自己转运。和很多艺术家一样，他对自己的要求极为苛刻，最终对自己的作品丧失了信心。但他的妻子一直相信他，于是背着他把作品寄给了评委，结果他赢了比赛。其后的生活也发生了翻天覆地的变化。

此刻我的生活似乎也在发生翻大覆地的变化，但却是朝着一条不归路直奔而去。

“我的手机二十四小时开机。”我提醒吉恩道。吉恩今年二十八岁，是一个精力充沛、身材瘦削的助理，手里总是拿着一瓶刚打开的红牛。

“明白。”他急着要回去继续玩儿被我打断的那个网上拼字游戏。我过来的时候他关掉了屏幕，但他的动作实在太慢了，我一下子就断定他将来不是做间谍的料儿。“要是有什么重要的事情，我会给您打电话的。”

“别告诉客户这段时间我在家办公，”我对他面授机宜，“就说我出去一下马上回来。”

“没问题。”他说。

“你也可以给我发邮件，”我说，“我会每天查邮箱的。”

“没问题。”

“就算你觉得有些事情不重要，也得问我一声。”

吉恩点点头。

“就三个星期，”我不放心地说，“然后我就会回来全职工作。我这样做也是因为这个月没什么业务。”

吉恩的手指在办公桌上敲了起来。

“好啦！嗯，我从桌上拿点儿东西就走。”我走进办公室，瘫坐在沙发上。而吉恩又开始在平板电脑上玩他的拼字游戏，还时不时发出若有所思的声音。唉，我可是按小时付给他薪水的啊！

我的公司规模不大，只不过是从白宫附近几十座千篇一律的摩天大楼中租来的两间屋，只需走一段路即可到达白宫。外间有吉恩的办公桌，几盆绿叶植物和一张桃色与白色相间的漂亮条纹沙发。大屋则是我的办公室，也是会见客户的地方。这间办公室阳光充足、十分明亮，跟我的小公司堪称绝配。跟我所住的房子不一样（或者说，那栋房子很快就要成为我曾经的住所），这间公司里的每一样东西都是我亲手挑选的：墙上青苔绿的喷漆，屋里摆着古典的大桌子，桌子还配有十几个小抽屉，里面装的零碎东西可谓“包罗万象”，从回形针到我“窝藏”的那些“好时之吻”巧克力。

*我居然误打误撞找到这么一个完美的工作，还真是好笑呢。*我一边将屋子正中那张玻璃桌周围的椅子摆正，一边暗自心想。和迈克尔不一样，他在开公司之前就已经事无巨细地计划好了每一个步骤和细节，而我的职业生涯则真的只能用“误打误撞”这个词来形容。

在马里兰大学的第一年，我选了英美文学这门课，同桌是一个叫史蒂芬妮的女生，我们很快成了无话不谈的好朋友。史蒂芬妮在大四那年订了婚，但她的姐姐和妈妈都住得很远，无法帮忙筹备，于是她麻烦我帮她挑选婚纱。

“我可没有那么多钱，”她说，“婚纱只能花几百美元，但这可是我结婚的日子，你懂吧？”她的声音中流露出一丝渴望，“我想要件特别的婚纱。”

“那我们要去寄卖店。”我说。

结果那个周末我们去了五家寄卖店，但没有一件婚纱称心如意。史蒂芬妮酷似画家鲁本斯笔下的人物，有点儿丰满，身材曲线比较模糊，棕褐色的鬈发，肤色又格外苍白。她需要一件剪裁得体又简洁明快的婚服。但我们看过的所有衣服都有着华丽的蕾丝、复杂的荷叶边和闪闪的亮片，好像一群幼儿园的小朋友不小心闯进了婚纱制作室，然后疯狂地加上了他们各自喜欢的东西。

“我的天哪，”我一边压低声音感叹道，一边把货架上的衣服拨来拨去，“到底是哪个嫉妒新娘子的虐待狂发明了这么夸张的泡泡袖？”

“一般来说，这样事事挑剔的应该是新娘本人吧。”史蒂芬妮开了个玩笑。这时，她又试穿了另一件婚纱，我还是摇了摇头。

“没那么糟糕吧？”她一边用手指轻抚缀着亮片的白裙，一边忍不住皱起了眉头。

“不，这件更糟糕，”我也用玩笑的口吻说道，“再去一家吧，然后今天就到此为止，好吗？”

当我们走进那家叫做“我愿意”的商店时，我便直直地向一件婚纱走去，仿佛一股磁力牵引着我。我小心翼翼地将配有衬垫的衣架从货架上取下来，心中却不敢抱太大希望。我只看到了一抹象牙白，看到了一尾雅致的裙裾……我将那条白裙高高举起，脸上露出了微笑。就是这一件，复古的披肩领，优雅的丝质下摆——这件婚纱和我们之前看过的所有衣服都有着天壤之别，它经典而浪漫，颇有几分美丽，却又独一无二。

“真的要这件吗？”史蒂芬妮皱起了鼻子，“你不觉得它有点儿太……平常了吗？”

“你先试试再说嘛。”我哄着她，和她一起挤进了更衣室，又帮她拉好背后的拉链，“这里得改改，还有这里……先别看镜子。”我伸手把裙摆抚平，“好了，现在看看吧。”

“哦，我的天哪!”她发出了一声惊叫，在镜子前转了一圈又一圈。她再也没有说一句话，只是愉快地旋转着，如同音乐首饰盒上跳舞的芭蕾仙子。我则在一边微笑地注视着她。

“你怎么知道这件婚纱会好看呢？”在史蒂芬妮的车里，她好奇地问道——她将婚纱堆叠在膝上，一刻也不愿意放开它。“换了我，根本不会把这件衣服从衣架上拿下来。”

那时，我想起了过去爸爸常带回家给我看的时尚杂志，想起了我翻看杂志时他坐在我身边的情景。

“一千美元？就买一条裙子？”那时他会说，“跟我说说，这条裙子为什么比西尔斯百货橱窗里那一条贵了那么多？”

我会把杂志举到他的面前：“看到褶边上的珠子没有？都是手工缝

上去的。不过你说得对，这条裙子的确是太贵了：看看它的袖口设计得多有问题。从这张图片里看不出来，这张的模特儿弯下了腰，盖住了这个缺点，但在下一页里，她的身子放松了一些，你就能看出这裙子的剪裁不怎么样。这件外套才真是一分钱一分货的好东西，你可以穿着这件衣服去最酷最炫的聚会，也可以随便搭一条牛仔裤。看看外套的扣子，每一颗都像小小的珠宝；每一颗都不一样。”

“我发誓，茱莉，你简直可以自己设计这些东西。”爸爸摇了摇头下了定论，“你能看到别人看不到的东西。说说我的毛衣吧，是不是高级订制的？”他把“高级”两个音发得特别清楚。

“当然啦，”我边笑边说，“你现在就能穿着它去T台走秀啦。”

那时我会高兴得满脸通红，悄悄地想也许自己真的可以去做设计这一行。未来的某一天，也许我可以去读服装设计专业，要不然就买点儿布料自己缝制新衣裳……

史蒂芬妮一直盯着我：“你还好吧，我刚刚问你怎么知道这条裙子会好看。”

我费力地咽了一口唾沫：“就是一种感觉吧。”

那时我还没有冒出做聚会承办人的念头，但后来史蒂芬妮又告诉我，她的祖母有一条浮雕宝石项链，她本打算在婚礼上作为“旧物”①

---

① 美国有一个习俗：结婚当天，新娘必须带有四样东西，那就是“旧物、新物、借来之物和蓝色之物（Something new, something old, something borrowed, something blue）。这四样会给新婚夫妇带来好运，他们的婚姻也会永远幸福。“旧物”象征新娘的家庭和她过去的生活；“新物”代表对新娘未来新生活的乐观和希望；“借来之物”往往是从有美好婚姻的朋友和家人那里借来的，代表美好的婚姻会在新娘的一生传承下去，也提醒新娘生活中不论发生任何的困难，家人和朋友都是她的依靠；“蓝色之物”则象征爱、谦逊和忠诚。

穿戴的，但那条项链突然不见了踪影，家里所有人都怀疑是养老院的助理顺手牵羊的结果。

要找一件模样差不多的“旧物”并不算难，只要在周六上午去跳蚤市场和古董店转上一圈。当时我指着一只玻璃匣子说：“给我看看那个好吗？”

后来我把那串玫瑰色和象牙色相间的浮雕宝石项链作为礼物在婚礼前送给了史蒂芬妮，准新娘看着这串项链喜极而泣。我在婚礼上帮她处处省事，还不要她说“谢谢”之类的话。事实上，她确实不需要感谢我，因为操办婚礼的每一刻对我来说都是一种享受。新娘捧花用的是廉价的粉白色西洋玫瑰，花束上系着从一家“一元店”买来的丝带。我还在一家商店的清仓大甩卖里发现了一箱箱飘满尘灰的玻璃香槟酒杯，“比塑料杯子便宜，但是又好很多。”我告诉史蒂芬妮，“如果你愿意的话，可以雇几个人在用完之后洗干净，然后一对对地送给来宾当作赠品，还可以在杯子上面系上丝带。”

“这样就不用在赠礼上花钱啦！”史蒂芬妮欢呼起来，“真是太棒了！不过，你知道我真正担心的是什么吗？要给宴会承办人的钱，那才是最大的花销呢。”

我略一沉思：“如果婚礼是晚上办的话，只要提供蛋糕和香槟就行了。这样显得特别浪漫，你还可以到处点上蜡烛。”

她的眼中闪烁着光芒：“简直完美啊！”

婚礼当天，史蒂芬妮的一个表亲在婚宴上找到我，把婚礼夸得天花乱坠，然后问我愿不愿意帮她也策划一场。“当然，我会付你薪水的。”不久，我这个“策划人”的名声就随着各种好口碑不胫而走，生意一桩接着一桩：婚礼、退休聚会、生日狂欢，甚至犹太受戒礼……我全都承办过。

但我已经很多年没有跟史蒂芬妮联系过了。

我来到办公桌前，打开抽屉拿出一份从《华盛顿邮报》上剪下的文章，上面有一块版面专门报道了我们的豪宅。这篇报道发出来的时候，史蒂芬妮给我打了电话，听上去是一副又尖又高的惊讶口吻。

“我完全被蒙在鼓里，”她说，“嗯，我知道迈克尔对自己的新事业非常激动，但是……报纸上居然说，他身家高达七千万美元？”

“是的，”我说着，尽力扯出微笑，“我也觉得很吃惊。”

“啊，那么多钱一辈子也花不完，对不对？”史蒂芬妮发出艳羡的惊叹，好像我们在说别人的闲话，比如在电影里看到的名人，或者在红地毯上摆造型的明星。

我们又闲聊了一会儿，但在挂上电话的一瞬间，我们的友谊也似乎“咔嗒”一声裂开了一条缝。我很想维护两人的友谊，我相信史蒂芬妮也曾经努力过。但我们的生活轨迹开始往截然不同的方向发展，使我俩渐行渐远，即使努力接近彼此也有心无力。那时史蒂芬妮已经有了一个小女儿，她靠着四处收集优惠券应付一家人的生活。有一次我约她喝咖啡，却发现她的目光不停地在我的爱马仕凯莉包上流连。

“是迈克尔给你买的吧？”她问道，试探性地摸了摸柔软的外皮，仿佛那是一只会咬人的珍奇异兽。

我赶紧点了点头，又主动要帮她买杯咖啡。

“我可以自己付账。”她有些受伤地说。

“你当然可以自己付账。”我赶忙说道，心中感到非常尴尬，“我是说我反正要去吧台，就帮你带一杯过来好了。”我把包藏到了椅子下面，心想下一次见面的时候最好还是带那个旧款的包——是在一家比较便宜的连锁店里买的。可是我马上就意识到，那样可能会让事情更加难以收拾。

话说回来，我也做过些错事。每当想起自己没有邀请史蒂芬妮去新居的第一个大型晚宴的事，我都会羞得面红耳赤。我心里知道，她和她那当电工的丈夫肯定不会适应我们的新圈子，再说我心中还有几分丑陋的念头，想要炫耀我们的新房和里面的每一样东西，又不想让老朋友们觉得我在招摇卖弄——豪宅里有新买来的毕加索素描真迹、各种大型插花，还有在豪华厨房里特制美味寿司的私人厨师。我不想让史蒂芬妮在心中暗自计算“他们总共花了多少钱”，其实我自己也得苦苦忍住不去想这个问题。那是我们初次举办自己的晚宴，我只想纵情享受。

可是见面的时候我傻乎乎地说漏了嘴，于是她还是知道了那次聚会。我现在都还鲜明地记得她眼中掠过的一丝伤感。

“只不过是生意上的事情。”我撒了个谎。

“当然，我知道。”她故作轻松地说。接着她开始聊女儿的托儿所，以及在那里交到的新妈妈朋友们，这下轮到我感到无限嫉妒和心痛了——那时迈克尔已经跟我告诉我，他不想要孩子。

我和史蒂芬妮之间的电话和邮件越来越少，最后彻底消失了。但我还是很想念她，而我觉得，也希望，她也想念我。然而事到如今，我也处在了史蒂芬妮当日的位置。除了伊莎贝尔，我们从前交往的那些人，都会离我而去的。迈克尔会变成晚宴上的一个谈资，人们会无情地分析他，然后彻底地淡忘他，并转向另一个八卦新闻。而且，我在那些圈子里肯定也吃不开了。我想象着搬去一个又破又旧的“新”家，在那里举行晚宴并邀请贝蒂娜和戴尔来做客的情景，差点儿笑出声来。

“随便坐。”我应该还是会指着地上的坐垫贵气逼人地说，“红酒炖牛肉马上就好。”

好吧，也许冲着不用再费心举办晚宴这一点，就值得抛弃我们所有的财产了。我心想着，不情不愿地笑了笑。正当我要离开办公室的时候，手机响了。

我手忙脚乱地在钱包里找到了电话，一接起来就听见那头的伊莎贝尔脱口而出，“我做了，我已经把信寄出去了。我把信装在一个信封里，写了她养父母的地址，还附了一张字条，让他们挑个适当的时机把这封信给她。”

“伊莎贝尔，这可是大事！你还好吧？”我问道。

“还行。”她说，“过去我因为恐惧什么都不敢做，而我自己一直对这一点浑然不觉。你懂的吧？现在我知道了，要是再犹豫就会再错过一个五年，甚至错过十年……谁知道呢，也许我永远都不会去写那封信，然后让这件事成为我人生中最大的遗憾。嗯，还有个遗憾就是九年级去烫的那个大波浪。”

她声音里的笑意让我也忍不住笑了起来。“你感觉如何？”我问道。

她顿了顿，再次开口时声音已经变得有些严肃。“我无时无刻不在想着她，我一直想象着养父母把那封信给她的情景，有可能是趁她晚上在卧室学习的时候。我想知道她的房间是什么样子；想知道她在学校到底是受欢迎的孩子，还是那种不合群的孩子。不知道为什么，我觉得她会把那封信放在牛仔裤的口袋里到处走，这样就随时可以拿出来看。”

“你都写了些什么？”我问道，然后又迅速地补了一句，“如果是很私密的内容，就不用告诉我了……”

“不，没什么的。我写得很简单。我听了你的劝告，告诉她过去我很害怕，没有勇气给她写这封信。我也说了自己怀孕时候的感受——每次打开音乐的时候，就会感觉到她在我的肚子里手舞足蹈；还说了我挑选她养父母的原因。我还说，如果她想跟我联系的话，我会很乐意的。”

“听起来真是棒极了！”我说。

电话那头的伊莎贝尔深深地吸了一口气：“现在球踢到她那边去了。”

“我在办公室，正准备回家呢。”我说，“要不要去你那儿聚一聚？我们可以喝一杯来庆祝一下。话说回来，你是不是宿醉还没有醒呢？”

“好的，聚一聚吧，”伊莎贝尔抢着说，“没错，的确还没醒。”

我低头看着还攥在手里的《华盛顿邮报》剪报，接着把它捏成一团丢进了垃圾桶，另一只手还紧握着手机。不管最后我和迈克尔将会怎样，我都不能失去伊莎贝尔。我必须战胜贫富悬殊带来的这种尴尬。我必须努力。

离开伊莎贝尔的家之后，我驱车来到自家门前，发现有五六个人正围在迈克尔身边。他把车停在门前，正和这些人说着话。

“怎么回事？”我大声问道，把车停好，走了过去。一股没有来由的恐惧直蹿上脊梁骨，让我打了个激灵。“迈克尔？”

一个摄影师模样的人猛地转过头来，强烈的闪光灯弄得我一时睁不开眼睛。等我适应了强光之后，迈克尔已经站在我身边，挽着我的胳膊了。“美联社今早发了个报道，”他镇定地说，“我要向他们发表一个声明。现在倒是个好时候，他们给我打了一早上的电话了。”

“一个声明？”我困惑地问道。这时，一个灰头发的中年妇女在人群中喊道：“这么说，你确定自己将要放弃一亿美元？”她把鼻梁上的眼镜又推了推，笔已经举在小小的笔记本上随时准备开工，“你的整个产业值这么多钱？”

我迅速把胳膊从迈克尔手中抽出来。不要回答，我很想对他大叫，但为时已晚。他轻轻点了点头，而闪光灯又迅速亮了起来，“咔嚓咔嚓”的声音响成一片。

“能不能具体说说，是什么促使你放弃这一切的？”一个男人的声音从一片嘈杂中传来。

迈克尔犹豫了一下，我突然想起上次我们夫妻俩一起面对媒体的时候。当时迈克尔刚刚购买了“火焰队”的股份，有个特别懂行的公关专家专门陪伴在我们左右随时待命，要是媒体的问题不太友好或者纠缠得太久，他就会想办法遮掩过去。而现在，公关专家早就没了踪影，我们只能自己靠自己，我顿时觉得自己掉入了一个无边的陷阱。我必须让迈克尔明白，如果他的话上了报纸和电视，那就几乎没有反悔的余地了，如果有一天，或者说必然有这么一天，他明白过来了，想清楚了，他一定会后悔自己曾经把这个决定公之于众。我必须阻止这件事。

“最近我去过一趟鬼门关，有四分零八秒没有心跳和呼吸。”迈克尔的语气十分轻松，好像在谈论天气变化一样。“你们还记得我心脏停跳的事情吧？上了当地报纸的。等我捡回了这条命，突然就发现我曾经看重的一切都不重要了，现在金钱对我毫无意义。”

记者们在笔记本上奋笔疾书，两名摄影师又靠近了一些，两台相机像要决一死战一般架在迈克尔的两旁。“我的天哪，我是怎么落到这步田地的？”我觉得自己很像那些作秀政客的夫人，无奈地和丈夫一起参加新闻发布会，听着自己生活中的隐私都被天下所知。我知道自己脸上的表情一定和那些夫人一样：冷若冰霜、心有余悸、难以置信。

“迈克尔，我们走。”我一边说着，一边去拉他的胳膊。

“到底发生了什么事呢？”有人问道，“你在死去的时候是不是有那种‘临终体验’？”

迈克尔略一沉思，所有的人都安静了下来。一群野鸭子扑棱棱地飞过我们的上空，前往温暖的南国去度过即将到来的寒冬，其中一只发出响亮的“嘎嘎”叫，我情不自禁地缩了缩身子。

“我不知道该怎么形容，”他终于开口说，“但你说得没错，是有了某种体验。”

“有什么感觉，是什么样的呢？”

迈克尔从来没有像现在这样费力地想把自己的意思表达清楚。以前他那疾如闪电的思维总能在他丰富的词汇中选出最精准的那个。但现在，他笨嘴拙舌起来，“我没法儿……没法儿解释，”他说，“很美好，除此之外我不知道该怎样形容了。有些部分是非常私密的，”他瞟了我一眼，“我没法儿说，至少现在不能。”

“钱都会到哪里去呢？”另一个记者问道，“捐给哪些慈善机构呢？”

“我会保留一些以备不时之需。其他的都会通过拍卖的方式售出，包括我们的房子。我会把一切交给克里斯蒂拍卖行处理。要捐助的慈善机构有很多，无国界医生、仁人家园、癌症研究，还有一些稍微小一点儿的机构。我屋里有张单子。”

他给克里斯蒂拍卖行打过电话了？他还列了张单子？

我本能地跳进了车里，用遥控打开了安全门。就在我踩下油门之前，副驾驶那边的车门打开了，迈克尔也嗖地一下跳进车里来。

“该死的！你为什么一定要告诉他们？”我大吼道，安全门一寸寸地开启，令人心烦意乱。我迫不及待地冲了进去，真希望自己能碾死那些记者。“我居然没有阻止迈克尔。”我一边想一边用手胡乱地抹了一把脸，心中升腾起一腔怒火。但一切都发生得太快了，我实在是措手不及。

“与其沉默地让他们去猜，不如给他们爆点儿料儿，这样他们就不会再缠着我们啦，”迈克尔耸耸肩，“要是我不说的话，他们会把电话打爆的。”

“你应该先跟我商量的。”我尽量让自己显得心平气和。我不能朝迈克尔大喊大叫，我必须平静，必须理智。现在还不算晚，也许我可以给记者们打电话，把他的声明撤下来……

迈克尔看了看我，“亲爱的，我不会改变主意的，”他平静地说，“如果你决定和我在一起，那肯定不能是为了钱，我马上就一穷二白了。”

我心中又腾起一股怒火。“这么说，你想让我在外面累死累活地工作，你就在家里闲坐着？”我用难以置信的语气问道，在家门口停下汽车，“哦，不，说错了，我们很快就要无家可归了。”

“茱莉娅，绝对不会发生那种情况的。”

“所以说，你要回去工作了？你活生生地弄出了一场该死的噩梦，看来你只能出去工作了。”

我望见迈克尔的脸上闪过百感交集的表情，随后我下了车狠狠地甩上车门。他也下了车，“我能许诺你一件事情，”他在车对面看着我说道，“我得卖掉公司，但永远也不需要你来养我。”

“这么说你会找个工作喽？”我问道，“咨询顾问一类的工作？”

迈克尔好像在小心翼翼地字斟句酌：“是的，我会很乐意，我希望能少点儿工作，多陪陪你。”

我朝家门冲去，感觉心中的烦闷已经难以抑制。如果迈克尔去当个顾问的话，按理也能做到收入不菲，显然他并不是不愿意出去工作。那他为什么这么固执地要放弃在“畅饮”的所有收益呢？

“那么到底是为什么呢？”我终于问出了心中的疑问，“你为什么必须卖掉公司呢？就好像公司一下子就成了你的……敌人一样。”

迈克尔把钥匙插进锁孔打开了门，然后才开口回答。

“从某种程度上来说，它的确是我的敌人，”他说着让到一边，让我先进去，“我不再为我的公司感到骄傲，我觉得这公司把我毁了。我对公司太过投入了，变成了自己都不喜欢的人。我对自己做过的很多事情都感到羞耻。”

我倒是能想起那么一两件龌龊事，我的思绪情不自禁地回到那一天——迈克尔公司的前雇员葛洛仙妮带着神秘而自得的微笑，翻着眼睛将我从头到脚打量一番的情景……

“为了公司，你差点儿就丧了命。”我提醒他。

迈克尔扯了扯嘴角似笑非笑：“是啊。听着，如果我俩可以坐下来好好聊聊，我会很开心，最好手牵着手。”

我的天哪，他就像个初坠爱河的六年级学生。

“也许今晚我们可以准备一顿野餐，然后一起出去看日落。”

刚才我说错了，其实他像一张煽情的贺卡——那种过于肉麻结果没人要的贺卡。我张了张口，想说点儿什么来把这荒唐的时刻敷衍过去，但我说出的话让自己都始料未及。

"为什么你现在又这么爱我了？"我听见自己的声音低回而艰涩。

迈克尔望着我，眼中充满了忧伤。

"过去，你本来有那么多时间可以陪我。"我说，"不要说那些特殊的日子，就是平时的晚上你本来可以早点儿回家，和我吃个晚饭然后聊聊天。"

"我知道，"迈克尔说，"我永远找不回那些日子了，这件事最让我悲伤。"他顿了顿低头沉思了一会儿。"有件事我要告诉你，"他说着，又抬起头望着我的眼睛，"从现在开始，我再也不会骗你，我会对你完全坦诚。"

他的声音里有某种特别的东西让我情不自禁地想要逃避，但我强迫自己抬起下巴，牢牢地盯着他。毕竟事情已经到了这一步，还能有什么更糟糕的呢？

"我跟你说过我想回去工作，"他说，"我会的，只要有这个可能。茱莉娅，我想和你一起开始新的生活。但是……我不知道自己还剩下多少时间。"

我顿时如释重负，全身一下子松弛了下来。这就是迈克尔那坦诚的重大宣言吗？

"谁都不知道自己还剩多少时间，迈克尔。"我说，"我可能明天就会死，也有可能下周就是我的大限。"

"不一样的。"他缓缓地吸了一口气，那种忧伤的神情又回到眼中——每当他谈起生命中再也寻找不回的时刻，这种神情就会浮现。"我有种很强烈的感觉……我在那儿的时候……我躲过了死神……但不能太久……你知道吗，在那里，时间根本没有什么意义——”

“谁跟你说的？”我打断他的话，“大天使吗？他有没有像个健身教练那样走来走去，脖子上挂着一只口哨，手里拿着一本记分册，让每个人都站队排好，然后一个个地告诉他们是留下还是回去？”

“说得不是很对，”迈克尔露出灿烂的微笑，“那里比健身房可好多了，那里可没人乱拉我的四角裤。”

“你到底知不知道这个念头有多疯狂？”我走进客厅，一屁股坐在椅子上，“你告诉我说，自己可能活不了多久了，这是因为死去后的世界没有什么时间概念，这都是什么小学生论调……所以你不知道自己还能活五年还是五十年？省省吧，你知不知道这听起来有多傻。我知道你那次发病很吓人——”

“一点儿也不吓人。”他打断了我。

“好吧，”我说，“但是你能不能稍微慢一点儿，难道所有事情都非得在一瞬间改变吗？”

他走过来跪在我身边的地板上，我心中顿时一惊：这和他求婚时的姿势一模一样。那是一个清晨，我正在看书，他突然走过来，在我身边单膝跪下，然后从裤子后面的兜里拿出一枚看起来很廉价的金指环，而在他开口说话之前，我就大叫了一声：“我愿意！”“我本来想等到今晚再向你求婚的，”他的头埋在我的肩上，声音有点儿瓮声瓮气，“我本来想买束花，亲手给你做顿晚饭，弄得浪漫一点儿。但刚才走进房间看到你的时候，我就一秒钟都等不下去了。”

婚后没过几年，他给我买了一枚巨大的钻石戒指，但我总会在旁边的手指上戴着那枚朴实无华的订婚戒指，每一天都戴着。

“我们别再吵了，”他说，“我不想再浪费跟你在一起的一分一秒。”

“这么说你想让我重新爱上你，尽管你觉得很快就要先我而去？”我问道。尽管我完全不相信他说的话，却还是感觉到一滴热泪顺着脸颊滑了下来。“这也太……狠心了。”

“哦，茱莉娅，难道你还不明白吗？”他蓝色的双眼前所未有的清澈和明亮，“我是为了你回来的。只有确定没有我你也能过得好，我的灵魂才会安息。”

我一直都相信，自己人生的每一个重要时刻都与某部歌剧有千丝万缕的联系，但我很确定，此刻我们的车载“博士”牌音响中传来的歌剧声纯属巧合。电台里播放的是意大利作曲家贾科莫·普契尼的成名作《波希米亚人》，也是我一直以来的最爱。故事讲的是四个一贫如洗的年轻人，他们一起住在巴黎一间破破烂烂的小房子里，那简直是巴黎最简陋的房子了。一天晚上，一位名叫咪咪的邻居敲开了他们的门，因为她自己的蜡烛烧完了——我知道，这看起来真像是一条蹩脚的搭讪借口——后来她和其中一个小伙子坠入了爱河。问题在于：咪咪患了肺结核，将不久于人世。她的男朋友鲁道夫在百感交集中挣扎，两人的关系紧张而又复杂。他们对彼此的倾诉饱含着渴望、激情与伤痛……要是你可以听完整场歌剧而不掉一滴眼泪，那你一定是铁石心肠。鲁道夫和咪咪渐行渐远，疏远彼此之后又如干柴烈火般和好如初。其实，如果两人干干脆脆地一刀两断，事情倒会容易很多；如果他们在一起，未来就会太过复杂不清，他们的爱总是交织着彼此的错误与争吵所带来的痛苦。但他们没有办法分离。对他们来说，彼此就像氧气一样不可缺失。不管发生了什么，他们的爱情都笼罩着一片阴云，因为他们知道死亡很快将会使两人分离。

就像我刚才说的一样，这个关头响起这首乐曲纯属巧合。

也许每一段情缘中都存在一台看不见的天平，它随时都在左右摇摆，测量着感情的起起落落。很多年以来，迈克尔和我都太过和谐甜蜜；我有时候会想，是不是所有问题都在悄悄地积蓄力量，只等待合适的时机将我们的世界搅得天翻地覆。

Chapter 7
有什么心结难解

我一直格外喜欢算账这件事。当我第一次收到当保姆赚来的薪水时，我马上就去银行开了个存款账户，那种骄傲和自豪使我的腰板挺得前所未有的直。此后的每个月，我都会坐下来，计算我的收支，周围像煞有介事地摆着各种东西：一个计算器、一本黄色的记事簿，还有一支削得尖尖的铅笔。不管什么时候，我都能精确到分地告诉自己有多少钱。

拿到第一笔钱的时候，我还给自己弄了个个人预算，然后我的人生从此就多了一项游戏，那就是看看能不能过得比这个预算更省。我曾经在一本书上读到过，如果你想要弄清楚自己的花费和吸收的卡路里，最好的办法就是老老实实地记下来。因此我的钱包里随时带着一个小本子，上面事无巨细地记下了我买的每一瓶洗发水、每一份报纸、每一双袜子。（不过我偷偷放过了“士力架”，毕竟，要让一个女孩子做那么多笔记也不是一件容易的事。而且，我带的那两个双胞胎小恶魔精力太充沛，逼得我不得不一溜烟地飞奔；相比之下，吃几块巧克力已经是很不错的选择了。）

有时候，如果下班晚了，双胞胎的父母就会另付我打车的钱。“需要我们给你叫车吗？”他们总是这样问。“哦，不必麻烦了，我先走一个街区到威斯康星大道，再在那儿打车吧。”我会语气轻松地这样回答，“这个时段车很多的。”接着我就会匆匆赶往公车站，一路用手指不断抚摸着口袋里那沓“哗哗响”的钞票。

到迈克尔的公司正式上市的时候，我又在自己的名下开了两个银行账户：其中一个账户每月都会自动从我的存款账户里转走一定量的款项存起来，另一个则完全是为了“聚无限”公司。见证着三个账户里的钱逐渐稳定地增长，我感到十分满足。

有件事情看来也许有几分古怪，在迈克尔的世界里，我毫无顾忌地品尝名酒，“血拼”最流行的奢侈时装。然而，到了自己的办公室，我会因为是升级办公室电脑还是省省再用一年这种事情而纠结很久。但我从来没考虑过让迈克尔为我公司的东西埋单，或者是替我交办公室的租金。不知为什么，我觉得一定要在这件事情上分清楚，有个界限。这个公司完全是我一手建立起来的，尽管不像迈克尔的公司那样家大业大、蓬勃兴旺，但我还是想做这个小世界里唯一说了算的人。现在我非常感激自己没有向迈克尔要过一分一毫；因为这意味着我可以非常清楚地审视自己的财产和开支。

我从几年前买的那一箱十二本记事簿里抽出一本，把已经用完的记事本塞到箱子底部。这些黄色的记事本就跟我的日记差不多，要是有人想知道我的想法、恐惧和希望，只要看看页边上那些潦草的涂鸦就会一目了然。一个客户开了张空头支票，于是记事本上就出现了一张眉头紧锁的脸；拿下一个佣金收入颇丰的五百强公司聚会后，记事本上就画了一堆气球；还有，在我的存款超越五位数的那天，数字下面有了一条条粗细不一的线，难掩我激动的心情。

夜里实在辗转反侧难以入眠，我索性爬起来打开电脑，查了查诸如银泉镇这种华盛顿周边地区房子的价格，有了大致概念之后，我在新的一页开头写上“房贷”二字。这将是我最大的开支。“办公室租金、水电费、食物、车。”还有什么呢？我咬着铅笔头上的粉色橡皮擦，接着又下笔写道，“保险、衣服、杂项、存款。”

我的手指飞快敲击着计算器，接着又在记事本上写下一些新的数字。不用看缴税单，我就能分毫不差地说出自己每年的收入，于是我将这个总数写在了预计支出的旁边。

这样一看，就算发生最坏的情况，就算驳不倒我们的婚前协议（也就是说，离婚时我从迈克尔那里拿不到一分钱），我的钱也仍然够花。我的目光扫过记事本，顿感浑身轻松。我可以买一所相当舒适的房子，付清所有的账单，甚至每个月还能小小地省下一笔。不知道为什么，我并没有因为一下子要从阔太太变成“市井小女人”而感到沮丧，而是在计算收支之后变得轻松了不少。我之前一直有点儿依赖迈克尔，他巨大的财富如同镀金的绳子一般束缚着我。但现在我清清楚楚地知道：不管他怎么处置自己的财产，我都能衣食无忧。

我靠在椅子上抬起膝盖，伸出手臂环抱着双腿。我并不是必须靠迈克尔才能活着。现在是我想不想要他的问题。

迈克尔在几分钟前离开了家门，说他必须去一趟公司，收拾一些残局。走之前，他邀请我共进晚餐，说这话时，他脸上的表情让我想起中学时代的他，想起他主动要求和我一起待在贝琪·亨德里克森家里的那个时刻。

泪水瞬间灼痛了我的双眼，让我心烦意乱。

“赶紧去吧，”我唐突地说，“我自己都不知道你回来的时候，我还在不在这儿。”

他一句话都没有说，只是默默地转过身走到车边。过了一会儿，我来到窗前，却看见他还坐在驾驶座上，头靠在方向盘上。他又那样坐了几分钟，才发动引擎。

我站起来，把黄色记事簿放回箱子里。我突然感觉无所适从——我得出去散散心。时至深秋，天气却格外暖和，再说我也想要出门。一个冲动的念头浮上心头，我立刻拿起了车钥匙：我要去“大瀑布”国家公园散散步，让脑子清醒一下。我已经很久没去“大瀑布”国家公园了，但我一直喜欢沿着波托马克河两岸的绿色小径和岩石河岸漫步的感觉。在遍布华盛顿的沥青马路和石块之外，终归还环绕着“大瀑布”国家公园这一带小小的绿野。在我们搬进城里之后，我还常常去那里走一走，因为国家公园让我想起西弗吉尼亚那条属于我们的河流。有时候我会拿上一瓶水和一个三明治，到国家公园散步一大圈，消磨掉周日的上午。一开始迈克尔也会陪着我，但开始创建“畅饮”之后，这一段路就从并肩而行变成了我的踽踽独行。回忆起了这些，刚才看见迈克尔伏在车中激起的那种心痛也随之消散了。

半小时后，我将车停在了“大瀑布”国家公园的停车场，从包里拿出iPod，戴上耳机，走向那条宽阔的步行道。这是工作日的下午，很多人都还在上班，因此周围很安静。过了几分钟，我发现树影之间有什么东西——原来是河岸边凸出的一块大石头。真是个坐下来好好思考一番的好地方，在那奔腾的流水中，我应该可以把一切抛到脑后。于是我拨开几丛带刺的枝条，手掌上还被一根刺猛地扎了一下。等接近那块石头的时候，我才发现一个小男孩已经坐在那里了。他看上去十分瘦弱，十岁上下，小精灵一般的脸庞，还有一双蓝色的大眼睛，十分引人注目。男孩的脚边趴着一条狗，很难说这两个小东西哪个看起来更邋遢一些。

“嘿，”那孩子开心地朝我打了个招呼，“这个地方真酷，是吧？”

“嗯。”我不置可否地哼了一声，我可没心情和这个小孩聊天。

他将手中的棍子扔进了河水中，脚边那条狗一跃而起蹿入水中去追那根棍子了。“你住在附近吗？”男孩问道。很显然，这孩子嘴巴没上弦，想到什么就说什么，噼里啪啦跟爆米花似的。如果是个大人，我还能狠狠瞪他一眼让他闭嘴，可这是个小男孩啊，他说不定会毫不留情地对我盘根问底，问我脾气为什么这么坏。

“是的，”我说，“差不多吧。不过，我觉得住不久了。”

他点点头，好像能听懂我所有的话。

我向河里看去，突然注意到一件事情。“喂，你的狗不见了。”

“我知道，”他平静地说，“顺便说一声，它叫贝尔，我叫诺亚。

我们还没自我介绍呢。”

这孩子究竟有什么毛病？难道从来没有人告诉他“不要随便跟陌生人说话”吗？

“你父母在这儿吗？”我问道，低头看看我的手表，“这时间你应该在学校吧？”

“半小时前就放学了，”他把手伸进裤兜里拿出一部手机，“妈妈说，只要我到这里以后给她打个电话，回家之前再给她打个电话，她就让我一个人到这里玩儿。”

他抬头望着我，皱起了眉头。“我十二岁了，知道吧。刚才你以为我年龄很小，对不对？”

“当然不是，”我撒了个谎，“我本来想猜十三岁呢。”

我又仔细看了看波涛起伏的水面，怎么看不到狗儿的脑袋呢？我突然感到一阵恐惧：那小狗会不会被水下的东西绊住了？

“你不问问我最喜欢的科目是什么吗？”诺亚说，“大人总会问我这个问题，真不知道为什么。”

“贝尔会游泳吧？”我尽量保持镇定。

“简直跟鱼儿一样，”诺亚给我宽心，“顺便说一句，是数学，我最喜欢的科目是数学。其他的科目都有个问题，那就是很少有确定的答案。数学题都只有一个答案，你只需要找出这个答案，很有意思。”

我伸手捂住了双眼。

“见鬼……天哪！我找不到贝尔。”我从石头上跳下来，开始沿着河水一路小跑。这孩子的宠物狗要在我眼皮底下淹死了，而诺亚好像一点儿也不在乎的样子。那条狗在水下待了多久了？十五秒？二十秒？

“数学真的很酷。”诺亚在我身后喊道。

我加快了脚步，被一个树根绊住，一个踉跄倒在地上。

“你还好吧？”他问道。我的天哪，这孩子真的有什么毛病吧？他看起来挺聪明的啊，他难道不明白发生了什么事情吗？

“诺亚，我看不到你的狗！”我大喊起来，脑子也跟着闪现出一幕幕令人眩晕的画面：贝尔在水下挣扎，四肢被水草缠住，爪子无助地向上刨着水……它还能坚持多久？

我倒是可以脱掉鞋子跳进水里，但是肯定来不及了——这条河实在太过宽阔。我什么也做不了。再过几分钟，诺亚就会意识到事情的严重性，然后——

“干得好，贝尔！”他大喊了一声。狗狗冒出了头，朝那块岩石游去，嘴里叼着那根棍子。

贝尔爬上大石头，诺亚又把棍子丢了出去；于是贝尔又“嗖”的一声跳进河里——天哪，它可是一头扎进去的。等再浮出水面时，贝尔已经从入水处游出十多米远了。

“刚跟你说过，它水性好着呢。”诺亚对我说。这时，贝尔找到了棍子的位置，又潜入水下去了。

我坐在泥地上，牛仔裤上刚刚扯出了一个破洞，我把手伸进洞里揉着摔痛的膝盖。诺亚走过来，向我伸出一只脏兮兮的的手——那只手一看就是很久没洗过的模样。他扶我站了起来，我又掸了掸衣服。真没办法对这孩子发脾气：他的脸颊和鼻子上长着活泼的雀斑，嘴唇微微上扬，天生带着几分笑意。要是按传统的审美，他算不上那种可爱的小孩，绝不会有人雇他去做代言家居用品店的广告模特儿，但他身上有种强烈的吸引力。他让我想起了某个人，但我又说不清是谁。

贝尔又上了岸，突然朝我冲了过来，把两只泥乎乎的爪子放在我腿上，差点儿把我撞倒。

“下来！”诺亚下了命令。但狗狗完全不听他的，拼命伸出舌头想要舔我。

“没关系的。”我说。其实感觉真的还不错，至少诺亚和贝尔让我暂时忘记了自己一团糟的生活。

“要来点儿薯片吗？”诺亚递过来一只皱巴巴的袋子。

我面对这罪恶的碳水化合物摇了摇头，仿佛那是一团辐射很强的核废料。男孩把手伸进袋子里拿出一片椭圆形的薯片，然后脆生生地咬了一口。这薯片的边缘一圈烤成了微微的褐色，看上去又油又咸又松脆。我差点儿流出了口水，顿时想起了一件事：“我还没有吃午饭呢。”

唉，让卡路里见鬼去吧，就因为刚才五分钟里为小狗担的那份心，我说不定已经燃尽了好几百卡路里。“我想吃薯片。”我又爬到岩石上。

诺亚把袋子递给我，我拿出几片来，贪婪地一起送进嘴巴里。我很久很久没吃过薯片了，这东西简直比我记忆中的还要好吃。

“我也总是饿得慌。”我正意犹未尽地吮着指尖的盐粒，诺亚望着我说道。

我一屁股坐到他身边。也许是他那无忧无虑的劲头感染了我，再说，我今天也没什么其他事情好做。

“我一吃起薯片来就忍不住，”他坦白道，“这是今天的第二袋了。想想看，盐会让你感到渴，可是当你很渴的时候，你又特别想吃点儿咸的东西，因为盐分能帮你的身体保持水分。是不是很好玩儿啊？我在科学课上学的。”

“很有意思。”我撒了个谎。

“这是个圈圈绕的问题，”诺亚说，“我不知道谁先谁后。”

“是啊！”我接话道。看起来，诺亚是那种谈起一个话题就一定要寻根究底的孩子。“就像鸡和蛋的问题。”

“什么意思？”诺亚问道。

“哦，就是那种没有答案的问题啰，”我比比画画地说，“先有鸡还是先有蛋呢？”

“嗯，这也太简单了吧，当然是蛋啊。”

我宽容地笑了笑，端出一副老师的口吻：“啊，那么，是谁下的蛋呢？”

诺亚皱起了小小的眉头。

“别担心，大人也想不明白的。”我安慰他，“所以这个问题才这么出名。”

“肯定是先有蛋的，”诺亚不耐烦地说道，“母鸡下蛋。这个问题里的鸡可以理解为小时候的公鸡，它们是不下蛋的，所以先有蛋的。”

我有些惊奇地看了他一眼。

“如果你问我，‘先有母鸡还是先有蛋？’那我就回答不出来了。”

“但是……”我一时也不知道怎么回答，最好还是换个话题吧。

“你在听什么？”诺亚指着我的iPod问道。

“瓦格纳的音乐，”话题终于转移了，我松了口气，“他是个德国歌剧作曲家。”

“你喜欢他吗？”

“我喜欢他的音乐，但并不喜欢他的为人。”

“为什么呢？”

我用手指轻抚iPod的屏幕，寻思着该如何作答。

“首先，他是反犹太人的，希特勒特别喜欢他。”我慢悠悠地说，“我一直很好奇，这样的人怎么能创作出这么美好的作品。”

“我能听听吗？”

我耸了耸肩，“当然。”于是把耳机取下来，交给诺亚。过了一会儿，他闭上双眼，再睁开的时候，他面带笑容。

“我喜欢。”他说道。

“我也喜欢，不过不是所有人都喜欢。对了，”我突然产生了一个想法，“你看过《星球大战》系列的电影吗？有点儿老了，不过——”

诺亚打断我的话：“是我最喜欢的电影之一。不过现在看那些特效有点儿好笑。我是说，看起来太明显了。比如韩·索罗[①]的飞船高速飞行的一幕，屏幕上只出现了一些白条，想要的效果就是让观众觉得自己在飞。”

“下次你看这部电影的时候，注意一下某些人物上场时候的背景音

---

① 《星球大战》中宇宙飞船的船长，由著名演员哈里森·福特饰演。

乐。比如天行者卢克出场的时候，就会响起英勇明快的音乐，对吧？那就是主乐调。瓦格纳就是这种音乐形式的创始人，只不过他是为歌剧人物创作罢了。”

“真的？”诺亚俯身捡起一根棍子扔进河里。贝尔又跳下岩石跃进水波，激起了一大片水花。“真酷，瓦格纳还活着吗？”

“不，”我说，“他很早以前就过世了。”

“嗯，”诺亚仔细思考了一会儿，接着开口道，“嘿，问你个比较难的问题。如果你和两个朋友一起去吃晚饭，三个人每人付了十美元的账，但接着服务员发现他收钱收多了，因为账单上只有二十五美元的消费。于是他就在收银处拿了五美元，然后给你们一人一美元，自己留了两美元做小费。所以相当于你们三个一人给了九美元，然后他拿到了两美元的小费。但加起来只有二十九美元啊。还有一美元哪里去了？”

我飞快地眨了好几次眼睛：“你说什么？”

“好好想想吧。要是你想不出来的话，我放学后总来这里玩的，下次把答案告诉你。”

“下次？”我呆呆地重复道。

“我会多带点儿薯片来的。”诺亚说。他又将一根木棍扔进水中。这狗狗就不知疲倦吗？这孩子有没有话匣子关上的时候？

诺亚看着我，咧嘴微笑。等贝尔的头又浮出水面的时候，我发誓，我看到那狗狗的脸上也露出了一模一样的表情。

“如果想给圣人一耳光，是不是不太好呢？”几小时后，我打给了伊莎贝尔。电话被我夹在耳朵和肩膀之间，手呢，则忙着把一大块巧克力塞进嘴里。在和诺亚聊天之后，我回了家，洗了个美美的热水澡。但等我穿戴整齐、吹干头发之后，迈克尔还没有从公司回来。

"原来'天堂'里也有苦恼啊。"伊莎贝尔打趣道。

我慢慢走进客厅，把身子陷进沙发里，一边活动着酸痛的膝盖，一边皱着眉头。"其他人是怎么办的呢？"

"哦，亲爱的，我可一直等待着跟你讨论这个话题呢。一开始男人会拿出一个避孕套，不过，那是在请女人吃了很多顿饭，对她的穿着打扮大加赞赏之后。其实呢，他也不是真心地欣赏她的打扮，因为如果是那样的话，我们要讨论的就是另外一个话题了——"

"我是说，其他人是怎么维持婚姻的呢？"我打断她。

"你问我啊？我可是个'不婚人士'，就算是结了婚，也大半时间都在跟你买醉吧。"

"你认识婚姻幸福的人吗？真的和自己的爱人相爱的人？"

伊莎贝尔想了想："辣妹维姐[①]吧？她没啥好抱怨的吧？"

"但小贝不是和他们的保姆调情来着吗？"我问道。

"那个好像是裘德·洛吧。这些性感的男人，干吗要喜欢保姆呢？"她咯咯笑了起来，然后五音不全地唱了一句，"一勺药下去，糖就不好吃啦！"[②]

"别唱啦，"我严肃地说，"我看你当歌手或者当保姆都没什么

---

① 辣妹维多利亚，丈夫是英国著名球星贝克汉姆。

② 原歌词是："一勺糖下去，药就甜了"。

前途。”

“但小贝家的那些孩子总得要人带啊，”她说，“我会发起一个‘裸体星期五’，让所有父亲都来参加。想想这省了多少洗衣费啊。裸体可是斯堪的纳维亚半岛的传统啊，知道吗？”

“他们都是英国人。”我提醒她。

“都在同一个大陆嘛。”

“比如戴尔和贝蒂娜，”我不理会她，“他们俩是怎么在一起的？你觉得他们俩相爱吗？”

电话那头是长久的沉默。

“也许他们不是最好的例子，”伊莎贝尔说，“你没有在想他们做爱的样子吧？”

“真是谢谢你，现在我开始想了，”我没好气地说，“你等一下，我要去给脑袋杀杀毒，把这一脑袋恶心的场景除掉。”

“你听着，婚姻就是很奇怪的，”她说，“我跟你说过没，我认识的一个女人的丈夫背着她‘偷吃’了四年。不管你信不信，他们最后居然把这事情解决了。她还说，现在她比以往任何时候都要爱他。”

“她原谅他了？”我完全无法相信。

“听她说的，两个人重新开始了。这次，他们的态度也不一样了，开始很努力地经营婚姻。每周都去找咨询师，就算是夫妻间还不错的时候，也都会坚持。看完咨询师之后呢，就出去共进晚餐。说句实话，在他们面前真有点儿烦，因为这俩人总是手牵手。”

“我不知道自己是不是能那么宽容，”我说，“真是很奇怪。原谅迈克尔还好，他那不过是逢场作戏。但是‘偷吃’四年是什么概念啊？”

“她说，在之前的那场婚姻里，两人几乎成了陌生人。听来很奇怪吧，她居然很高兴丈夫有了婚外情。这段情让他俩硬生生地分离，但置之死地而后生，他们现在前所未有地幸福。她说如果让她选择，在旧的婚姻里死守着，或是经历丈夫出轨的痛苦，然后走到今天，那么她一定会毫不犹豫地选择后者。”

“但我敢打赌，她丈夫肯定没有放弃他们所有的财产。”我想到的是另一层。

“是啊，他很有钱。”伊莎贝尔说，“不过，我觉得大多数财产都是她的，信托基金。”

“我从来没想过迈克尔会这么成功，”我慢悠悠地说，“我们搬来这边的时候，我想，以后应该买得起一栋房子、几辆车，每年可以出去度个不错的假，仅此而已。我从来没想象过……这样的生活。”

我知道伊莎贝尔看不见我的动作，但我还是伸出手，指着客厅里的一切。这里有三组家具，分别是蓝色、奶油色和玫瑰色，看上去都清爽而高雅。

“也许有一天回想起这一切，会感觉像做了一场梦。”我的声音低得只有自己能听见。

“这么说，他是心意已决了？”伊莎贝尔问道。我噌地一下坐起来。“你为什么这么问？”

“我之前一直在想，当他的……那段经历的记忆……逐渐消退的时候，他可能会三思而后行。”

“伊莎贝尔，我也是这么想的，”我激动地说，“有这个可能，对吧？”

“不知道，”她明显在小心翼翼地字斟句酌，“也许不会，如果他遇到的事情影响力够大的话。我只不过是想想而已。”

我又躺回沙发里，呆呆地看着天花板：“是啊，不过，很快就会见分晓了。你今天干吗呢？还在想贝丝？”

“时时刻刻都在想。她现在应该拿到信了。她父母说过会告诉她收养的事情，这我知道，但我不知道自己是给了她一个惊喜呢，还是根本就对她没什么影响，因为她根本就不在意我。无论如何，我尽量让自己有事情做，就不会满脑子都是这件事。啊，杰克开车来了，我得赶快走了，真的。”她说道。杰克是伊莎贝尔的私人教练，比她大十五岁，有着长跑运动员一般瘦长结实的身材。再加上以前是个杰出的游泳运动员，他还有个强迫症，就是要刮体毛。“真是没道理。”伊莎贝尔有一次跟我抱怨道，“女人是不是必须得喜欢上自己的私人教练啊？不然的话，你怎么会有动力去参加那么烦的训练呢？”虽然神女无心，但杰克疯狂地爱上了伊莎贝尔，每当她练举重的时候，他的目光就充满挑逗地在她身上游移。

“你的弹力衣是不是太紧身了啊，你这小骚货？”我开了个略微过分的玩笑。

她从鼻子里“哼”了一声：“我就希望他别像上次那样让我不停地做下蹲运动。他喘得比我都厉害。不过呢，我是个挺自恋的人，喜欢吸引别人的注意。”

“也许这比私人教练又年轻又帅要好一些，至少你去健身的时候不用费心思梳妆打扮了。”我说，“想想你节省了多少时间啊。”

挂掉电话之后，我静静地躺了一会儿，接着站了起来，伸了个长长的懒腰，环视着我们的客厅，好像从来没有来过。我试着想象离开迈克尔之后的生活。我会装修自己的房子，给自己做饭，自己开车去捷飞络[1]做汽车保养。也许会开始约会，爱上另一个人。甚至有可能再婚。迈克尔和我会成为那种见面点头的熟人，假日彼此寄送卡片，但每年也就在那时候联系联系。

想到这里我不禁一阵心痛，这也让我吃惊不已。我想象着自己几十年之后偶遇迈克尔的情景：他深色的鬓发变得灰白，手拄拐杖，手指上有一枚不同的结婚戒指，闪烁着淡淡的光芒。我闭上双眼，拼命想把这画面赶走。

“嘿。”

我转过头，看见迈克尔就站在跟前。刚才我深陷在自己的思绪中，都没听见他进门。我们静静看着彼此，我能感觉到他在揣测我的心思。但我的大脑一片空白，只有无边无际的疲惫。那些之前起伏翻涌的情感好像暂时放过了我，给我来了个“缓期执行”。

接着我的肚子“咕咕”叫了起来。“你是不是说过要一起吃晚饭？”我问道。

迈克尔点了点头：“我可以去做饭，只要你吃得下去。”“好。”我说，勉强露出一个微笑。暂时和他休战吧。“从早上到现在我只吃了

① 北美汽车快保业领导品牌，创立于1979年。

点儿薯片，现在快要饿死了。”

第二天早上九点，安全警报器“嘟嘟嘟”地响了起来，我和迈克尔都吃了一惊。

“你有客人？”迈克尔问道，我摇了摇头。他站起来，走到门边衣橱里隐藏的可视屏幕旁边。他穿着一条牛仔裤和一件运动衫，光着脚板。毫无疑问，迈克尔有一双世界上最丑的脚，大得不像样子，还坑坑洼洼的，而且白得特别突兀。他也一直对此十分介意。他有几个大抽屉，装满了昂贵的袜子，他甚至会穿着袜子睡觉。显然，他现在开始顺应天意，接受上帝给予的一切了，包括那双难看的大脚。

“是不是耶和华的使者啊？”我自作聪明、略带讽刺地说，“等一等，我给你拿个手鼓，这样你就可以追随他了。[①]”

迈克尔从鼻子里哼哼笑了一下，接着按了个键，向对讲机里说道：“有什么能帮您的吗？”

我也站起身走过去看着屏幕。是个女人，开着一辆四开门的老爷车，“哦，不好意思！我，嗯，做了这些给你。”她说道，吃力地从车窗里伸出一只柳条筐，凑到摄像头前。“是我自己做的。巧克力燕麦曲奇。希望没有会让你过敏的东西。以防万一，我就没放坚果。我知道这不是什么好东西，但，我，我就是……想要给你点儿东西……”

“你想来家里坐坐吗？”迈克尔问道，她点点头。

为什么不呢？我心想，还真得假装一切正常，即使是一个略带口吃

① 《圣经》中圣徒为耶和华唱颂歌时，伴奏的乐器之一就是手鼓。

的陌生人出现在你家门前，还给你一篮子饼干。在迈克尔的世界里，可能这是正常的，也许，马上就会有圣洁的独角兽排成整齐的队伍踏蹄而来，然后七彩糖果雨点般地从天而降。

迈克尔打开了门，那女人则下了车，向我们走来。她看起来三十出头，其貌不扬：圆圆的脸，淡金色的眉毛仿佛要融进苍白的皮肤。她在门厅里四下打量，嘴巴一直微微张着，就像一个二流演员在阐释“惊讶”这个情绪。我明白她的感觉。第一次走进这扇门的时候，我的表情就和她一模一样，而当时房地产中介的嘴角隐藏着笑意，脑子里肯定开始计算自己的佣金并且计划怎么花掉这笔钱了。

“我的双胞胎姐姐去世了，”那女人没头没脑地说道，“对不起，我还没自我介绍呢……我叫桑迪。”

“进来坐一会儿吧。”迈克尔说道。“我不想打扰你们。”她犹豫道。

“不打扰，请进来吧。”

迈克尔领着她去了我们的书房，那里比客厅更小更舒服些。房间里有高大的书架和一套家具，围着石板壁炉形成一个半圆。她在一张奶油黄色的皮沙发上坐定，迈克尔则坐在她的对面。

我跟着他们走进去，如果不这样的话就会显得很失礼。但我坐在沙发的另一端，离迈克尔很远。

“我——嗯——我以前是个助理律师，但莎伦被诊断出卵巢癌之后，我就辞了职照顾她。现在我是个代课老师。”

迈克尔点点头，目光停留在她的脸上。

“莎伦和我就像双胞胎一样心有灵犀，我们出生的时间也很相近。”桑迪说，“应该说是爱尔兰双胞胎[①]吧。我俩出生相差十一个月。有趣的是，我俩还真是爱尔兰人。但这不是我想说的，现在要谈论她的死，还是很难，莎伦她……”

桑迪颤抖着吸了一口气：“对不起，我都语无伦次了。大学的时候，我们的爸妈在一场小型的飞机失事中去世了。我爸爸退休前是空军的一名飞行员，他自己有一架小型飞机，周末的时候会出去飞一飞。那是他们结婚的二十二周年纪念日，两人就一起出去了。之后，我和莎伦就相依为命。我们一直很亲密，但是……那时，我们是彼此唯一的亲人。”

“你一定非常想念她。”迈克尔说，他的声音是那么温柔。桑迪点点头，紧紧闭上双眼。“一想到她，我的心就会痛。我还没有结婚，所以……我也不清楚，有时候我想，没有结婚，没孩子，让这种事情更糟糕；但有的时候我又觉得，无论什么都不会缓解我的伤痛。”

“我很遗憾。”迈克尔说。

“谢谢你。”桑迪说。这次她没有拼命忍住眼泪，泪水从眼眶里溢出来，顺着她柔软的面颊滑落。“真的谢谢你。你捐献的那些钱……我在报纸上看到你捐了一些给‘癌症研究’。我简直不敢相信自己的眼睛。你会帮助很多很多人的，和莎伦一样的人。你会挽救很多很多人的生命。”

迈克尔拉起桑迪的手，“接下来的这些话希望你不要介意，”他说，“但我相信，你姐姐在天堂里一定平安且幸福，她会感受到满满

---

① 指的是一个母亲在一年之内生的两个小孩。

的爱。”

桑迪猛地抬起头，短暂地屏住了呼吸。突然间，我意识到，这才是她来访的真正原因。

“是吗？”她小声说道，“你觉得她……还在……是吗？而且她会平安幸福？”

“我相信，”迈克尔说，“全心全意地相信。”

“是不是……是不是因为你遇到的事情？”桑迪问道，“在你心脏骤停之后？”

“是的。”迈克尔简单地说，他的语气中那种真诚，还有一种执着——我想可以称为信仰——充满了周围的空气，让桑迪的泪水更像断了线的珠子一般流了下来。但她的目光中有些东西改变了，变得更加温柔平和。

“我只是希望，能亲口告诉她我爱她。”桑迪悄声道，“我真希望，能够再给她一个拥抱。”

她哭得更加厉害了。我站起来，拿了一盒纸巾放在她身边。

迈克尔点点头，“会有这么一天，”他说，“未来的某一天，当你在世上长长久久地活下去，也许生儿育女，做了你在世上该做的事情之后，我相信你会完成心愿。”

桑迪双手掩面，双肩不停地颤抖，但她的抽泣声变得温柔了许多。过了一会儿，她站了起来。

“谢谢你！”她再三说道，声音变得更平和，在离开之前，她再没说其他的话。

过了一会儿，我走进厨房泡了些洋甘菊花茶，但桑迪的脸一直在我眼前挥之不去。

她相信迈克尔，这么一个陌生人，她那样完完全全地相信他。而我做不到。

我从来没相信过迈克尔去过所谓的另一个世界，或者是天堂，或者他口中的随便什么地方。你怎么可能去一个不存在的地方呢？

不过，他说的有些话还是有一点儿道理的，我边往茶里放蜂蜜边想。

比如我太在乎钱，扭曲了自己的性子。他并没有说得太直接，但我明白他的意思。这让我有点儿受伤，我边想边为自己的感觉而惊奇。我并不是个贪得无厌的小人，一定要说什么的话，那就是钱让我感到前所未有的安全。但是别人也许会以为，我是个掉进钱眼儿里的女人。在一些高端的社交场合，我总是表现得低调，但别人可能会觉得我傲慢无礼：当别人看到司机打开车门，我钻进车里的时候，他们会不会从鼻子里轻蔑地哼一声，却没有看到我在关上的车门后面因为尴尬而通红的脸呢？哦，我还想着自己去关车门呢，我总是记不得关门的事情该由司机来做的。

我突然想起了一位名叫玛格丽特的客户，她的家人让我给她办一场八十岁生日聚会。那可真是个大家庭——她有七个孩子、二十四个孙儿。她站在那里，我递给她一只酒杯，里面装满了冒着气泡的金色香槟。她环视着满屋子亲人微笑的脸庞，准备切一个巨大的椰子蛋糕。

但刀子在半空中停住了，她转过头来看着我。

“内心里，我还觉得自己是个十六岁的小姑娘，”她对我说道，脸上浮现出向往的神色，“怎么一下子就八十岁了呢？”

我看到她黯然失色的蓝眼睛，周围布满深深的皱纹，突然感觉到和她产生了一种亲人般的联系。私下里，我也有着同样的感觉：别人眼中的我，并非真正的我。在内心深处，我还是那个一穷二白的小女孩，一个担心自己不能合群的人，心中深深埋藏着种种恐惧，好像一块块弹片，即使是最优秀的外科医生也无法移除。有时午夜梦回，我总要花上很长的时间来调整和安慰自己，提醒自己已经不再住在满是蟑螂、地板破烂的旧公寓里了，我再也不用为了省钱而顿顿都做意大利面了。

我摇摇头赶走脑中这些回忆，又喝了一口茶。太烫了，我的舌头好像烫伤了，但我都没怎么觉得痛。因为我已经往书房走了，在门口看见迈克尔还呆呆地坐在沙发上。

他歪着脑袋，面孔掩映在阴影之中，那副模样有些……电光石火间，我突然想起了少年时代回到家中看到父亲坐在沙发上的情景：他跟此刻的迈克尔坐在一模一样的位置，保持着一模一样的姿势，用失败者的语气向我母亲坦白，他败光了家里所有的财产。

迈克尔以为我太在乎钱，但是他不明白为什么，我想着，紧握着我的茶杯，手指都握痛了。他为什么就不能明白呢？是的，我爸爸因为好赌输光了所有的钱，那真是一场噩梦。但有一点比这场噩梦要糟糕得多——我怕父亲弃我而去，我怕他不再爱我。

去西弗吉尼亚不过是几小时的车程，但我几乎从没回过家。不过，在和迈克尔“私奔”之后不久，我还是回去了一趟，多半是出于没有邀请我爸妈参加婚礼的罪恶感。那时他们刚刚搬出伯父家，住在租来的房子里，房东老太太搬出去和女儿一起住了。为了抵房租，我那一向手巧能干的爸爸开始修缮那座年久失修的房子。

在家的那二十四小时是我永生难忘的痛苦回忆。那所简陋的小房子仿佛无法承担其中翻涌起伏的复杂情绪，大家都在尽力显得高兴，以掩藏过去遗留的那些愤怒与伤痛。只不过短短一天而已，但我们依然失误连连。每一句话都很不自然，每一段回忆都仿佛是隐藏的地雷。在我离开之后，我和我父母的距离已经变得十分遥远，中间的鸿沟既无法弥补，也无法跨越。

尽管看起来奇怪而笨拙，但父亲很显然在努力通过解决一些看得见摸得着的问题来修复我们之间的关系：他给我的汽车加了油，在我想喝茶的时候匆匆跑出去买了一盒“立顿”，还执意将我的小提箱亲手拿到了楼上的客房里。

“那是上周刚画的。”他说。我笑了笑，假装很喜欢墙上那些粉色的玫瑰花瓣——过去这是我最喜欢的颜色，但那时我只有十六岁；那之后，我和父亲就几乎成了陌路人。

爸爸的手脚一直没停过，仿佛这番忙碌能让他从两人之间强大的感情压力中解脱出来。“等加了油，我会给你的轮胎打点儿气。”他一边说，一边用他的旧帆布工作围裙擦了擦我的量油尺。

“那太好了。”我说，没有告诉他，我在离开华盛顿之前已经在一个加油站里办妥了这一切。我坐在他身旁的草地上，聊了聊我的工作和迈克尔的新公司，心中却感觉很不自在。父亲在城里干过很多不怎么体面的工作，比如清洁水沟、修理漏水的龙头，我却在谈论自己在豪华乡村俱乐部组织的百人晚宴，我的成功仿佛大大弥补了他的失败。

过了一会儿，我站起来说："我去看看妈妈，她做晚饭可能需要人打个下手。"

妈妈做了一锅红烧牛肉配胡萝卜和烤土豆，我小的时候，她也总是做这种简单而贴心的菜品。那味道让我想起遥远的童年。我还记得自己无数次在放学后冲进家门，看到妈妈手里拿着一柄长长的木勺在炉子前忙忙碌碌，她看到我的时候，温柔的脸庞上就会露出笑容。

此刻，她正在一槽肥皂水中洗着盘子。我上前帮忙的时候，看见母亲过去的纤纤玉手已经变得红肿而粗壮。阳光透过水槽上方的窗户射进来，照着母亲脸上几道新添的皱纹，就连她手中拿着的那只平底锅也显得老旧而寒酸。我心中突然对父亲涌起一股怒火，虽然我已经知道他的赌瘾是一种病。我在一本心理学期刊上了解到，他可能天生有一种好赌的基因，自己无法控制。我曾经所欣赏的他的一切：滔滔不绝的谈话，聚会时爽朗而豪放的笑声，甚至是他狼吞虎咽吃东西的方式，其实都有一种焦虑的倾向，也都是心理疾病的迹象。

即使我懂得他为什么有赌瘾，也并不意味着我就能接受。母亲一辈子任劳任怨，现在到了该退休的时候，她理应悠闲地坐在门廊上，按照自己的喜好织织毛衣，要不然就计划一次惬意的旅行。但现在她每天要上八小时的班，为了一点儿小费唯唯诺诺、低声下气。

"坐下，"我用命令的语气对妈妈说，"让我来洗吧。"

她摇摇头，使劲儿擦着一块顽渍："没事，亲爱的，你休息吧。"

我们两个人的心情都颇为紧张而沉重。

饭桌上我们说了些无关痛痒的话，接着就是长久的沉默。在三个人的鸦雀无声中，那种沉重感反而加深了。每当屋里一下子静下来的时候，我们就会努力找些话说，而这只会让气氛显得更加奇怪。妈妈突然问起迈克尔的新公司。

“他也很抱歉不能陪我来。他快忙疯了，想尽快让公司开张。”我说。那时我说起这件事的语气还蛮轻松，以为迈克尔的忙碌不过是一时的事情。“不过我突然想到一件事：你为什么不来住几天呢？你可以在华盛顿走走看看。”

“听起来不错！”妈妈说，“史蒂芬，你觉得呢？”

我情不自禁地说出一句“哦”，又赶紧闭了嘴。但仅这一个字已经传递了太多的情绪：我本来只想邀请妈妈一个人的，结果她却邀请了爸爸，我很惊讶，还有点儿失望。

爸爸迅速地咬了一口炖肉。

“你自己去吧，”过了很久，他终于开口道，用纸巾擦擦嘴，“玩得开心点儿。”

“你们两个都来当然最好啦，”我说，“你应该来的。刚才我只是想到迈克尔工作很忙，我们两个女人的周末无非是逛街、修指甲、化妆什么的，你会觉得不自在，仅此而已。”

“当然啦。”爸爸淡淡地说，但还是刻意避开了我的目光。

那天晚上，我躺在一片漆黑的卧室里，脑海中不禁闪过一幕幕回忆：爸爸在我家的杂货店摆货，还用肥皂玩着杂耍逗我笑；爸爸给我穿上粉色的宽松睡衣，把我扛在肩膀上满屋子跑，边跑边喊“我的小茉莉呢？哪儿都找不到她啊！”爸爸深夜回到伯父伯母的家，脸色阴沉而郁闷，而我则躺在滚动式折叠床那脏兮兮的床垫上，流着泪装睡。

半夜时分，我听见楼梯嘎吱嘎吱地响起来，才发现还有人也和我一样睡不着。听这沉重的脚步声，应该是爸爸。我冲动地一把掀开被子，急急忙忙地跟在他身后，发现他到了厨房。

“你也睡不着？”他问道。我点了点头，舌头突然打结了。他打开冰箱，拿出一盒牛奶，倒在煮锅里，放在炉灶上。“你小时候要是睡不着，这个总是很管用。”他一边说，一边打开柜子拿出一盒全麦肉桂饼干，放了一些在盘子里，把一张餐巾纸折成完美的三角形。

“给你。”他把煮热的牛奶倒进一只马克杯，把所有的东西放在餐桌上。

“你不吃点儿吗？”我问道。

他摇摇头：“我不饿。”

其实我也不饿，但我不能拒绝爸爸深夜给我准备的零食。我拿起一块饼干在温热的牛奶中浸了浸，送到了嘴边。

“很高兴你回家了。”他说着在我旁边的椅子上坐下，微微笑了笑，“你妈妈一直在外人面前夸你功课好、学历高，还自己开了个公司；我就知道你与众不同，茉莉。”

我摇了摇头，很想告诉他，我并非与众不同。以前住在一栋公寓里的年轻人现在都拥有更大的事业：其中一个在给议员当立法助理；另一个在世界银行工作，还精通三门语言。

紧接着，我就想起了父母的生活：这间小小的厨房，地板上铺着破旧的油布，一角还卷了起来；他们甚至不是这简陋小房子的主人；他们待的这个小城，唯一的新闻就是明年夏天要在一栋新楼开一家规模较大的银行。

“谢谢。”我简单地说。浸了牛奶的饼干在口中化开来，差点儿噎住我，但我硬生生地咽了下去。

“你现在应该睡得着了。”等我喝完最后一点儿牛奶，爸爸说。他把我手里的盘子放进水槽，又关了灯，两人肩并肩地往楼上走去。但他错了：我久久地躺在床上呆呆地盯着天花板，闻着满屋子刺鼻的新鲜油漆味，清醒得不得了。

“早点儿来华盛顿吧。”第二天早上，当爸爸帮我把行李搬回车上的时候，我对他说。行李很轻，但他就是不肯让我搬。

“好，听起来不错。”他说。但我知道他永远不会来。我很想在这里待久一点儿，和父母重新亲密起来，但我又非常想离开。当爸爸将我的行李放进后座的时候，我们身后驶来一辆蓝色汽车，顿时扬起一阵尘土。

“我有事找你，”车里走出一个中年女人，“我买了些水泥浆来修浴室的地板。”她的目光从爸爸身上移到了我身上。“这是你女儿吗？一定是，她的眼睛和你一模一样。”

我父亲点点头，“这就是我的茱莉，”他一边说一边把手放在我的肩膀上，“茱莉，这是黛比，她是这所房子的主人。她妈妈是你二年级的老师，记得吗？尼克斯老师。”

我笑了：“当然记得。你妈妈是个很棒的老师，她怎么样了？”

“不是很好，”黛比说，长长地叹了口气，“她现在开始坐轮椅了。她的神志还是十分清醒，至少大多数时候是这样。但你爸爸真是个好人，他帮我们安了块斜坡板，还把门厅扩大了，这样妈妈就能和我住在一起，不用去敬老院了。他甚至都不收工钱，只拿了些材料钱。”

我看了爸爸一眼，喉头突然有些哽咽，说：“是的，他是个好人。”

公司上市后，迈克尔给我爸妈买了一栋房子，产权属于他们，离我从小长大的地方只有两个街区。他还设立了一个存款账户，按月给他们寄钱。这意味着，我妈妈终于可以退休了。

“要是我爸爸又把房子输光了怎么办？”我问道，“他的信誉可不怎么好，你知道的。”

迈克尔耸了耸肩：“那我就再给他们买一栋咯。”

在当时当地，我仍然深深地爱着迈克尔，而且对他满心感激，感激他救了我的父母。知道他们两人有了依靠，这稍稍消除了我不常回去带来的罪恶感。我常寄礼物回去——给妈妈一台很不错的咖啡机，给爸爸一个漂亮的手工烟斗，或者寄两件豪华的毛绒浴袍，等等；我还每周给他们打电话。我假装做这些就够了，但我心里清楚，这其中仍然问题重重。

但当我的婚姻渐渐出现问题，在无形中土崩瓦解的时候，我脑中再没有多余的空间去想其他的人和事。婚姻的裂痕倒是来得十分简单——

其他女人的名字取代了我的，他的目光在她的身上流连……这片阴影越来越浓，最终笼罩了这段婚姻中的一切美好：迈克尔在结婚那天留在我唇上的吻，以及吻我之前看我的那种眼神；他过去常常留给我的那些甜蜜小字条；我甩掉高跟鞋时，他给我做的那些有力而温馨的足底按摩。一切都一去不复返了。

也许每一段情缘中都存在一台看不见的天平，它随时都在左右摇摆，测量着感情的起起落落。很多年以来，迈克尔和我都太过和谐甜蜜；我有时候会想，是不是所有问题都在悄悄地积蓄力量，只等待合适的时机将我们的世界搅得天翻地覆。

我一直全心全意地相信迈克尔，相信他在办公室熬夜的那些晚上确实是在工作。即使是我打电话给他没人接，即使他常常在深夜提起行李箱就出差并彻夜不归，我也没有起疑心。一切都酷似那些老套的出轨故事，唯一缺的就是衣领上的口红印，但我还是少根筋没多想。直到一天晚上，我和迈克尔一起出席市中心的一个政治募捐晚宴，事情才渐渐浮出水面。

那天的晚宴看上去是个社交盛会，但其实是工作聚会；各种名片传得比菜品和点心还快，每个人说话的时候眼神都在游移，以防漏掉身旁经过的各色大人物。我特别讨厌这种场合，但迈克尔对此很是热衷。我本来很想推掉这个晚宴，但因为和丈夫在一起的时间太少，所以我改变了主意要一同前来，心中还盘算着说服他早点儿离开。我们可以偷偷拿走一瓶红酒回到车上，让司机带我们来一场“夜游华盛顿”的梦幻之旅。

迈克尔一到场就热情满满地投入了各种谈话中，把我抛到了脑后。他那时已经加入了好几个慈善基金的董事会，每天晚上都忙着开会应酬。来参加晚宴的人中，有一半好像都跟他很熟络。此前我早已隐隐约约地看出了一些端倪，但到那天晚上我才真正深刻地意识到：对迈克尔来说，有钱是远远不够的，他真正渴望的是权力带来的巅峰体验。他热衷于资助政治家们，然后应邀出席各种汇集政治名流的场合，与国会议员、社会名人和精英记者们平起平坐，共聚一堂。他喜欢发表各种关于商业发展和新营销技巧的演讲；不管有多忙，他都会在演讲后多留一会儿，给观众一些提问的机会，当大家把他的话当作金玉良言时，他的面庞便会涌上万丈豪情。以前的迈克尔就像一个私人高级俱乐部的门童，多年来会员们总是把车钥匙递到他的手上，叮嘱他停车时千万别撞瘪了“保时捷”或“奔驰”；现在他从门童摇身一变成了最受尊敬的会员，终于鲤鱼跃龙门，熬出头了。

今天又是那种完全属于他的场合。我们从侍应生手中接过鸡尾酒时，一个男人走了过来，我隐约记得他是商务部前副部长。此人有着一副高傲的模样，像华盛顿所有的政客一样挺着胸，好像正在交配的蓝知更鸟。他大力地握了握迈克尔的手——握手在迈克尔的新圈子里，简直可以说是一项最受欢迎的运动了。他们两人一谈起来就没完没了，当他们的话题转到美国的人口普查时，我趁着自己还没有因为无聊而晕倒，就悄悄溜走了。我用职业的眼光打量了一下会场布置的鲜花，并且和一个在我主办的聚会上工作过的侍应生打了个招呼。最后我在一张桌子旁停下了，上面摆着一排排用漂亮的书法写成的座次牌。我很快就找到了迈克尔的名牌，他坐在十二号桌，就在演讲台旁边，新当选的总统一会儿会在那里发言。但我没找到我的名牌。我又把那些名字看了一遍，接着又看了第三遍。突然间，我的眼前模糊了，屋子里的声音扭曲暗沉了，好像一张唱片卡壳正在倒着播放。

葛洛仙妮·邓希尔，十二号桌。

我抓住桌子的边缘，让自己站稳，接着拿起那张座次牌，好像这样做就能把证据永久藏起来，将我的一腔怒火与耻辱彻底抹去。

“好了吗？”迈克尔从我的身后闪了出来，把手搁在我的腰上。我推开了他的手。

“怎么了？”他问道。我转身看着他，用一双颤抖的手将那张座次牌举到他面前。

他皱了皱眉头，“他们弄错了，”他无所谓地耸耸肩，“等等，你不会是以为？”

“我不知道该以为什么。”我的声音有些歇斯底里。我什么也不能做，只是沉默地站在那里，浑身发抖，一对夫妻走过来找到了自己的座次牌，然后走开了。

“有人弄错了而已。”迈克尔一字一句地重复道。

“有人以为她是你的老婆。他们为什么会这么想，迈克尔？”

迈克尔摊开双手，脸上露出无辜的神色，但还是掩饰不住那种紧张的面部抽搐。这种抽搐我见过很多次：不论是十二年级的英语课上，他给我传字条被抓住的时候，还是他撒小谎想要逃掉不感兴趣的社交活动的时候；他都会有这样细微的表情。他的声音太过坚定、太过自信，导致听到这话的任何人都会起疑心，都会看出他在撒谎。

*我是不是早就知道会有这么一刻？*我心想。我有一些预感，一些本能的自我警告在之前出现过，好似轻微的电击。以前我见过葛洛仙妮，迈克尔几个月前聘了她做宣传总监。她看迈克尔的表情，她那似乎自以为无所不知的微笑，以及看我的挑剔目光都让我不由自主地屏住呼吸，情不自禁地贴近自己的丈夫。后来，我觉得这也许只是她的一厢情愿，没什么好大惊小怪的。她很年轻，有芭蕾舞演员一样的身材，还有个色情女星一样的名字，可能对迈克尔稍微有些迷恋。这种想法对我来说并非最好的缓解良药，但我选择了相信。

几周以后我打开早报，看到他们俩在一场篮球赛上的合影，于是又一次用上面的想法麻痹自己。此前迈克尔邀请了我，但我觉得身体有些不舒服，所以就推辞了，因为我知道那会是一个漫长而喧闹的晚上。照片里葛洛仙妮站在他身边，尖尖的指甲摩擦着迈克尔白色牛津T恤缩起来的袖子。迈克尔正看着镜头，可是她抬头看着他，一泓秋水般的眼里满含着温柔的笑意。

*她看起来就像一只猫。*我边想边试着客观地审视她尖尖的脸和睫毛长长的大眼睛。迈克尔也许会觉得她挺迷人的——谁又会觉得她不迷人呢？不过，照片里他侧着身子，明显是在躲着她的。她的眼里是他，而他的眼里是球赛。

*不过话说回来，如果摄影师等一会儿再按下快门的话，我看到的又会是怎样的一幕呢？*我心想。*他的头会不会和她靠得更近？她的手会不*

会搭在他身上，甚至挽着他的胳膊？

但照片里还有其他很多人，有迈克尔公司的员工，还有其他球队的老板。这没什么大不了的，我边安慰自己边把报纸卷起来塞进垃圾箱，不会有什么事情的。

“茱莉娅，别傻了。”有那么一会儿，我以为迈克尔是要伸手来拥抱我，但他只是从我手中抽走了那张座次牌，把它撕碎，然后塞进自己的口袋。

茱莉娅。多年以来，他对别人介绍自己时都用“迈克尔”这个名字，然后一直都叫我茱莉娅。好像过去的我们不过是一张皮囊，在来到华盛顿的时候就已经被彻底撕掉了。当初我到乔治城大学去和他一起吃午饭，竟然发现他的同学都用“迈克尔”这个全名称呼他。

“迈克听起来就像个小孩子。”我问他的时候，他耸耸肩说道，“你有没有考虑过也让别人叫你茱莉娅？”当时我翻了个白眼，但当天晚上我想起出生证明上的全名，在那之前，只有学校里的一个代课老师那样称呼过我。我将这个名字写在一张纸上，大声念了出来。听起来的确比“茱莉”优雅成熟，我心想，即使这让我感觉是在盗用另一个人的身份。

此刻，迈克尔又在朝另一个经过的人点头致意，而我就站在那儿，伤痛和嫉妒一阵阵涌上心头，令我眩晕不已。

他还在不在意我的感觉？他到底是谁？

“我想回家了。”我说着双手抱胸，感到自己的心碎成了千万片。

“茱莉娅，别这样，”他说着冲另一个人挥了挥手，“大家都在等我们。”

我用难以置信的表情看着他：比起我的感觉，他竟然更在意别人的眼光。我权衡着摆在我面前的两种选择：拂袖而去，或是跟着他就座。晚宴的组织者竟然想当然地认为葛洛仙妮是他的妻子，真不知道那人看到过什么，又听到过什么。

一个侍应生走过来，我抓起托盘上的一杯白葡萄酒，一口气喝掉了三分之一。

“亲爱的。”迈克尔的声音带着恳求的语气，脸上的笑容却镇定而强硬。我们就这样僵持着，即便有人在看我们，也不会知道到底发生了什么事，更不会知道我的内心到底掀起了怎样的轩然大波。

我环视着硕大的厅堂，突然意识到我在这里没有一个真正的朋友。如果我就这样离开的话，我们那桌的人一定会看着我空空的座位议论纷纷，但是没有人会关心和挂念我。*迈克尔也会跟我一起离开吗？还是会留下来呢？他是否会留下来待在这里过上整整一晚？他是否会淡淡地向众人解释，我因为身体不适而中途离席，然后便让桌上每个人都为他的风采痴迷？*我在心中暗想。话说回来，要是放在几年前，我根本用不着琢磨迈克尔的去向。

此刻，我身穿一件价值两千美元的三宅一生[①]礼服，镶着钻石的大耳环坠得我耳垂生疼。在这满屋子的大人物中，我丈夫是最成功的男人

---

① 三宅一生，Issey Miyake，日本著名服装设计师三宅一生创建的服装品牌，以极富工艺创新的服饰设计与展览闻名于世。

之一。但我前所未有地沮丧和伤心。

“求你了……”迈克尔说。这时乐队开始奏乐，尚未就职的新总统携夫人走了进来。所有人都站起来热烈地鼓掌欢呼，但他们很快就会坐下，僵持在这里的迈克尔和我会变得格外引人注目。

我甩开肩膀走到十二号桌在那里坐了一整晚，还不时面露微笑和身旁的人谈笑风生。尽管一个字也没有听进去，我却作势听着台上的演讲，拍酸了双手，笑疼了脸颊。我一杯接一杯地喝着“霞多丽”，想让酒劲赶走葛洛仙妮用纤纤玉手挽着他胳膊的一幕，可惜无济于事。

新总统的声音在我耳边渐渐低了下去，变成了嗡嗡的轰响，歌剧女主角罗西娜的脸在我眼前浮现。她的故事先被罗西尼搬上舞台，多年以后又被莫扎特写进了歌剧中。她与伯爵结婚多年，渐行渐远，他背着她，和一个女雇员偷情。

和我一样，罗西娜也发现了这段婚外情。

那天晚宴结束后，我在迈克尔面前又哭又闹，要求他把和葛洛仙妮之间的瓜葛一五一十地讲清楚。但他死活不肯承认。这时，他已经戴上了一副完美平静的面具，摆出了一副无辜的神情。

“你有外遇？”我走到他面前看着他的脸，再次咬牙切齿地说出这句话，希望能让他在震惊之下说出实情。但他只是摇了摇头。

“的确是他们搞错了，”他说，“你是在小题大做。”

但我仍然疑心重重，我当然会起疑心。

当晚躺在床上，我记起了过往的一幕：当时我们还住在以前的公寓里，我和楼里的三个女人一起去隔壁的日本餐厅参加“清酒星期日”。我们四人在平时邻里的见面中成了朋友，总为彼此签收邮件，或者在彼此外出的时候帮忙给花草浇水。此前她们邀请过我好多次，让我加入她们每周的聚会。可是周日晚上总有婚礼举行，我不得不忙上忙下地筹办策划。

尽管我是刚加入这个小团体的新人，一杯又一杯温热的清酒却让我很快融入了女人们亲密无间的谈话中。其中有一个叫马尔尼的，在几个月前和丈夫分居了，在参加当天的聚会之前，她终于把那男人的最后一点儿东西送到了他的新住处。

“里面有几张CD、两条混进我的抽屉的内裤，还有几片我从来都忍不了但他很爱吃的冰冻比萨。在他的新公寓里见到他真是太奇怪了。”马尔尼说，又不自觉地揉着左手光秃秃的无名指，我还能看出上面有淡淡的一圈戒指印。“我父母想让我三思而行，我姐姐也是。每个人都觉得他很棒……但他无法让我快乐。他的那些小动作，比如早上吸溜吸溜地吃麦片啊，看完报纸随地乱扔啊之类的，都让我抓狂。”

“我也是天天跟在我丈夫屁股后面捡垃圾。”另一个女人附和道。她比另外三个女人都要大几岁，结婚时间最长。“这么多年，我都习惯了。”

“哦，他读完所有报纸后倒是会自己整理好，”马尔尼说，“但在整理之前就会随地乱丢，就是不肯花个两秒钟折好，也不会考虑到我是不是也想看……”

她瞥了瞥我们，脸上泛起了一抹红晕：“听上去我好像很挑剔，也许是这样吧……我只是忍不住会想，如果真的爱一个人，应该不用在乎这些小事吧。但我从来无法忽略布莱恩的这些细节。比起做夫妻，我们俩做朋友应该会好很多。有时晚上睡觉，听着他张大嘴巴打呼噜，我都要抓狂了……我觉得必须在自己开始讨厌他之前离开他。听起来很糟糕，是吧？”

“你为什么和他结婚呢？”我突兀地问——四杯略带药味的清酒下肚，我也大胆了许多。

马尔尼斜过身子把双肘支在桌子上，蜜糖色的头发垂了下来，围住她椭圆形的脸蛋。“在布莱恩之前，我和一个坏小子谈过恋爱。他不仅背着我在外面拈花惹草，还总是喝得醉醺醺的。一次在酒吧里，有个男人想跟我调情，他就动手和人家打了起来……那个坏小子就是个噩梦……不过话说回来，他可真是性感啊……”她的眼睛变得湿润，“不说他了，之后我遇到了布莱恩，知道他和那个坏小子完全不同，他不会做那些不靠谱的事情。我看上的并不是因为他有多少优点，而是因为他身上没有那些缺点，所以我嫁给了他。这对他来说也不太公平。他值得找一个更爱他的女人。”

“我的婚姻……”那个总跟在丈夫后面捡垃圾的女人清了清嗓子，喝了口酒才开口说话。她的门牙上沾了一点儿口红，我做了个手势想示意她擦掉，免得她自己发现后会尴尬。但她的眼睛一直盯着自己的清酒杯。“我的婚姻也不是一个童话。不过，又有谁的婚姻会是童话呢？”

“每个人都得忍受一些烦心事，”马尔尼表示同意，“丈夫也是一样的。我知道布莱恩已经厌倦我的坏脾气了……但当我开始考虑要在沙发上过夜的时候，我们的婚姻就已经走到头了——你们真该看看我家的沙发，上面的垫子都已经塌了。我们已经无法再做夫妻了，不然我们两个人都会疯掉的。”

“我想我无法离开我丈夫，”牙齿上沾了口红的女人说，“我也不想这样做，”她赶紧补充道，“除非他真的做了非常糟糕的事情，比如动手打我之类的，那我就会离开他。”

“如果他真的打你，那你必须离开他。”第三个女人说道。

“如果他开口侮辱你，”马尔尼补充道，“你也得走。”

*如果他输光了你们所有的钱，你也得离开。*我心想，再一次希望母亲当初能足够坚强，做出这样的选择。

“但要是界限没那么清楚，那你们怎么办呢？”那个年纪比较大的女人突然问道，眼睛仍然看着酒杯。“比如你的丈夫打破了婚礼上的誓言，不再珍惜你了。也许他还爱着你，但你已经无法从他的举止中感受到爱意。那你会和他离婚吗？”

不知道为什么，我觉得这个问题的答案对她来说十分重要，即使她一开始就说自己不能离开丈夫。

“每个人都得做出一定的妥协，”我小心翼翼地说，“但如果你不开心的时间比开心的时间还多……”

“安·兰德斯[①]和《亲爱的艾比》[②]，还有其他一些情感专家不是总说让你问问自己，是有他在更好，还是没他在更好吗？”马尔尼补

① 安·兰德斯（Ann Landers），美国著名专栏作家。

② 美国著名女性情感专栏。

充道。

“那如果还没到要去睡沙发的地步呢？”她终于抬起了自己的眼睛，目光在桌上绕了一圈，一一扫过在座每个人的面孔。“如果事情看起来并不是那么糟糕，但也没有那么好呢？如果你并不快乐，但又没有那么不快乐呢？这样该怎么办呢？”

我一边给每个人倒上酒，一边思考着她的话。“我想，你自己应该清楚是否想要离开，”过了很久我才说，“你必须相信自己。”

很快我们就开始谈论一些更为轻松的话题，但我忘不了她饱含困惑和恳求的眼神。她被困在那个进退两难的局里——算不上快乐，但又没有特别不快乐——她迫切地想要一个答案。也许在独自一人的时候，她会在脑中列出婚姻的种种好处与坏处，进行比较和权衡；也许她会一边听朋友们抱怨丈夫的种种“劣迹”，一边在心里想：“好吧，至少他还没有这么糟。”也许她的丈夫会偶尔心血来潮放弃打高尔夫的机会来关心她，让她感动上几天或几个星期；也许在沉闷的日子当中，她还会有些温情时刻，比如丈夫在睡梦中突然伸出手臂将她抱紧，或者拿两人都很讨厌的电影开个玩笑；也许对于专栏作家提出的那个貌似简单的问题，她压根儿就没有答案。

那时我真是替她感到遗憾，她满含忧伤的双眼、牙齿上的口红，都令我悲哀和同情。很快，我就真正了解到了她的感受，因为我也变成了另一个她。

我们身边原来有一个完全不同的世界，而我们却从未在意过。

Chapter 8

内心在苏醒

我曾经在报纸上读到过一篇文章，讲的是在重大事故前人体会产生的反应。比如，当你驾车经过一个十字路口，无意识地将一只手伸出窗外想感受一下微风，车载电台里放着艾丽西亚·凯斯[①]的歌，你也在随着音乐惬意地哼唱，突然间，你眼角的余光瞥见一个大个子男人驾着一辆大卡车呼啸着闯过红灯，在那惊魂一刻，时间仿佛冻结，你的大脑会迅速估计卡车的轨道、两辆车的速度并且尖叫着发出警告：你会被撞到！你的身体会从放松状态一下子绷紧以保护自己。血液会涌上你身体的各个器官，以便在事故发生的那一瞬间起到缓冲作用。人的本能让你抬起手臂，遮住最为脆弱的头和脸。你的身体会自动发出指令：首先保护最重要、最无法失去的部分。当你被救护车送去急诊室的时候，医生

---

① 美国R&B女歌手。

也会先救治伤得最重的地方。有时候，如果医生止不住你的内出血，不能确认你的瞳孔还对光照有反应，发现你头脑不清醒无法说出当天的日期，那么像肩膀脱臼或者脚趾骨折这样的小伤恐怕根本就不会被发现。

迈克尔宣布他要放弃一切的时候，我也产生了这种“事故反应”：我将注意力放在这件事引起的“大出血”上，终日想着失去迈克尔的公司和这所大宅该怎么办，无暇顾及一些小的细节。有一天，我去衣帽间换衣服的时候，一件“小事”突然像惊雷一般在我脑中炸开。

我怎么就忘了呢?

我在屋子里转了一圈，又往卧室里瞥了一眼，确定迈克尔不在，然后才把自己反锁在衣帽间里。我的眼睛迅速扫过装着玻璃门的衣橱，里面摆满了我的衣服、鞋子和包包，然后我找到了最后一排的角落里，把整个衣架上的毛衣取下来放在躺椅上，露出一直被衣服掩盖着的光秃秃的墙；我按下了那个已经被我忘记了很久的按钮，半面墙壁无声地滑到了另一边，露出一个暗藏的嵌板。我输入了密码，等待着“咔嗒”一声响，沉重的金属门自动打开。

我把手伸进去，拿出几个天鹅绒包裹的盒子，里面装着去年我生日时迈克尔送的礼物：一对水滴形状的白金镶蓝宝石耳环和配套的项链。我把它们放在架子上，又伸手进去。我的足金手镯也在里面，托在手里沉甸甸的；当然还有我的那些玛瑙和珍珠的项链。我又把手伸进去拿出几个首饰盒，里面有我的钻石手链、两块劳力士手表和绿宝石戒指。接着还有圆形钻石耳环、蒂芙尼碧玺手镯、白金镶石榴石胸针。我带着一种近乎虔诚的心情，一个又一个地打开珠宝盒，将它们小心翼翼地放在架子上。那条白金项链，上面镶嵌的宝石包含了彩虹的七种颜色，这应该是所有珠宝中最值钱的了，是迈克尔的公司上市后的第二天送到我手中的。

这些都是我的，不属于迈克尔，他把这些当作礼物，在生日、纪念日或者其他特殊的日子里送给了我。不管未来会发生什么，这些珠宝一定可以解燃眉之急。

我闭上双眼，感觉有些轻松和飘飘然，好像刚从一场暴风雨中回来，畅快地脱掉了湿透的羊毛外套。我从来没去评估过这些珠宝的价值，但我很清楚，要是有朝一日不得不变卖它们，就算是迫不得已的贱卖，我能拿到的钱也不会少于六位数。这足够在一个舒适的社区里买一栋不错的房子，余下的还能存在银行以备不时之需。

如果我决定离开迈克尔独自生活……我的手指抚摸着那些精美而昂贵的首饰。就算我不能打破婚前协议，至少我还有这些珠宝，还可以生活无忧。

迈克尔的声音突然在衣帽间门边响起："茱莉娅？"

"稍等一下！"我慌忙喊道，手忙脚乱地将那些珠宝盒放进保险柜，然后关上了门，移过嵌板遮蔽起来。我迅速将毛衣挂回光秃秃的架子上，然后跑过去把门打开。

"嘿。"我气喘吁吁地说。

"你还好吧？"迈克尔问道。

"当然。换衣服而已，"我说，"外面比我想象的要冷啊。"

"哦，"迈克尔有些奇怪地看着我，"你身上不还是刚才穿的那件吗？”

“我，嗯，找不到更合适的……”

迈克尔把眉毛扬得老高，扫视了一下我的衣帽间，里面满满当当，摆得像家小型服装店。

“别管这些了，你有什么事吗？”我飞快地问道。

“今天天气可真好，”迈克尔说，“我装了些零食，你想一起出去走走吗？”

我耸了耸肩，对他的感觉很久没这么好过了。

“当然了，”我说，“听起来真不错。”

我们离开家的时候，已经快到下午四点了，我开着车，发现自己无意识地在向“大瀑布”行驶。我并不是想专门带迈克尔来这里，但我实在不愿意在华盛顿的大街上抛头露面，因为肯定会有人认出迈克尔，硬拖着我们问东问西。所以，我就自然而然地往认识诺亚的地方开了。他说过放学之后总会去那里的，我也希望再遇见他。也许是因为和丈夫这么亲近仍让我觉得奇怪，而诺亚的话匣子则会填补我们谈话间那些尴尬的空白。但还有一种可能，就是有种东西在吸引着我去见诺亚，那力量如同大海深处的逆流，稳定而坚持。

还有，我想破脑袋也想不清楚那个服务员和美元的问题，那一美元究竟去哪里了？

我们下了车，沉默地走了几分钟。和迈克尔一起待在这么安静的地方真是奇怪。我头脑特别清醒和戒备，好像两人之前从未见过面，现在正在进行第一次“相亲”。我们俩并肩而行，但保持着一定的距离。我可不想无意中触碰到他的皮肤，让他误会。

终于看到那个瘦小的身影了，还是在和贝尔玩棍子。他远远地向我们招手。当看到迈克尔手里那只野餐篮时，他的手明显挥得更起劲儿了。从我们一见面，诺亚就在滔滔不绝地讲话，还四处乱跑，在崎岖不平的田野中寻找捷径，而迈克尔和我则有点儿不顾死活地跟在他身后。

“真是太好吃了！”诺亚狼吞虎咽地吃下了一半三明治，用恳求的目光看着迈克尔带来的巧克力饼干。我微笑着递给他几块，然后舒舒服服地伸开腿坐在岩石上。

“我读了点儿那个歌剧作曲家的故事，是叫瓦格纳吧？”诺亚说。他鼻子上沾了一点儿巧克力，不过乱蓬蓬的棕色头发上沾得更多。“在谷歌上搜索他花了不少时间呢，因为我一开始以为他叫‘魏格纳’，后来才弄明白了。”

“真的？”我感到一阵欣喜。以前我从未和别人分享过自己对歌剧的感受，而现在这小家伙说他喜欢，真是让我出乎意料地开心。“你都读了些什么？”

“我知道他为什么是个浑蛋了，”诺亚说，“他摆脱不掉‘13’这个数字。”

我困惑地皱了皱鼻子：“什么意思？”

“比如他的名字，理查德·瓦格纳[①]，有13个字母，对吧？他出生于1813年，还有，你知道他写过多少部歌剧吗？不多不少，13部。”

① 英文全拼是Richard Wagner。

“我想你是对的。”我努力回忆着。迈克尔有些百无聊赖地四下环顾看，好像诺亚和我正说着一种他无法理解和翻译的语言。但他并没有打断我们。

“我当然是对的，”诺亚开心地说，“还有呢，把他出生年份的数字1813相加，结果也是13。还有，你知道他曾被德国流放吗？”

我闭上双眼：“好像是，我读到过的……”

“流放了13年，”诺亚说，“他写的第一部歌剧，就是我拼不出名字的那部，汤什么来着？”

“《汤豪塞》，”我连忙点头，“那真是一场灾难，观众整场都在喝倒彩。”

“3月13日，”诺亚说，“就是这部歌剧在巴黎上演的日期。”

“我的天！”我倒吸了一口气。

“跟你说过我喜欢数字的，”诺亚说，“这人死在2月13日那天。这样一来，他就算是个浑蛋，你也不能怪他吧？他一辈子肯定运气都很糟糕。他可能在盖上钢琴盖的时候不小心压到手指，走着路无缘无故被绊倒。他没能写更多的歌剧，原因可能是他不小心把稿子丢进壁炉里烧掉了。想想看吧，那么多的13，这人的心情肯定坏透了。”

诺亚眉开眼笑，觉得自己讲了个特别伟大的笑话，迈克尔和我则目瞪口呆地望着他。

“你……你只是在网上搜索了一下，就知道这么多？”半晌，我开口道，“你花了很长时间吗？”

“你说把稿子烧了的事情？开个玩笑而已。”

“数字，诺亚，所有的13。你花了多久找到这个规律的？”

诺亚耸耸肩：“不知道，可能几分钟吧。”

“你怎么做到的？”迈克尔终于开口了，他的声音很安静，但有一种潜藏的兴趣。

“有时候，我如果看什么东西，比如一个又长又无聊的故事，”诺亚朝我咧嘴笑了笑，“你别介意，但他生平的有些故事是挺无聊的，比如乘船旅行什么的。先不说这些，看他的故事的时候，这些数字就像木头一样浮在水面上，就算我没有刻意去寻找它们，也能看到。”

“这种事情常常发生吗？”迈克尔问道，微微地斜过身子。

“是啊！”诺亚说道，拿起最后一块饼干，“我也读很多关于数学的书，可能就是因为这个，我才会时时刻刻都想到数学。”

“我觉得还有更多的原因。”迈克尔说道，压低了声音，若有所思地摇着头。

“人们大都觉得数字很枯燥，”诺亚的语调透着孩子特有的无忧无虑，“比如总是出现在支票簿上，或者”——他看着被自己舔得干干净净的手指——“需要用手指来算。其实数字存在于生活中的每一个地方。”

“你都在什么地方看到它们？”迈克尔问道。

现在我觉得自己是这场谈话的局外人了，我总是用自己的手指来算数。不过，不是每个人都这样吗？

诺亚看着迈克尔，好像在探究他是真的感兴趣还是在逗自己玩。

“现在我们的周围就全是数学。”诺亚说。他指着一棵树，“就在那里。”

“为什么？”我问道。诺亚的狗都能在水下游弋自如——谁知道呢，他应该也能找到一棵会背九九乘法表的树吧。

“有个人叫斐波那契，好像是意大利人。”诺亚说道，本来就很高的声音因为兴奋几乎变得尖细了，“不管怎么说，他发明了一套数列，1，1，2，3，5，8，13，21，34，55。特别之处在于——”

“每个数字都是前面两个数字之和。”迈克尔插了嘴，“3加5等于8，8加5等于13。”

诺亚惊奇地睁大了眼睛：“对的。你怎么知道？”

“数学也是我上学时最喜欢的科目，小子。”迈克尔说道。

“我在一本书里读到过，斐波那契数列存在于自然万物当中，”诺亚说道，“这是真的。如果你数数一朵花的花瓣，通常是一个斐波那契数列。如果你抬头看看那棵树——其实，很多树都是，不仅仅是那一棵——你从一根低一些的树枝往上数，通常两根之间的树枝也是一个斐波那契数列。我也在松果的图案当中发现了这些数字。”

诺亚低下头，笑了：“有一次，我甚至在妈妈准备做成晚饭的花菜上发现了斐波那契数列。我好说歹说，想让她把那颗花菜交给我保管，但她还是炒来吃了。”

迈克尔和我面面相觑。我听过“天才儿童”这档子事。莫扎特在十二岁的时候创作了歌剧《可爱的牧羊女》。罗西尼十五岁时去听了一场歌剧，回家就根据记忆，默写下了整个咏叹调，包括唱的和演奏的部分。但我自己从来没真正遇到过神童。

眼前这个小屁孩，穿着脏兮兮的上衣，瘦小邋遢，每个下午都跑来这里扔树枝逗狗玩儿，他怎么能有这么聪明的头脑呢?

“我还在另一个地方找到了斐波那契数列。”诺亚说，转过头来望着我。这是遇到他后，我第一次见他露出羞怯的表情，好像他正要送出一样不确定我是否会喜欢的礼物。“我想，既然你这么喜欢音乐，我在搜索歌剧的时候，就顺便了解了一下，钢琴上，每个八度音阶中有十三个键，八个白键，五个黑键。黑键都是两个或三个一起出现的。它们都是斐波那契数列。每个都是。”

他为了我想到了这些?这个令人心中欢喜的小男孩，当他塞着我的iPod耳机，闭上双眼、面露微笑地欣赏着瓦格纳的时候，就已经在思考这些问题了吗?

“你到底是谁?我是怎么认识你的?”我很想仔细问问他。因为我觉得自己以前一定在某个地方见过诺亚。我很肯定。他给我的感觉是那样熟悉。

诺亚突然跳了起来，将一根棍子丢进水里，让贝尔去捡。“你带喝的了吗?”他充满希望地问道，“吃了这么多饼干，我都有点儿渴了。”

“当然啦。”迈克尔说。他转身拿过野餐篮，拿出一瓶“畅饮”，倒进一只纸杯里。“给你……嘿，诺亚，你的狗狗呢?”

“他没事的。”诺亚和我异口同声地说。

迈克尔的眉毛拧了起来：“但我找不到他……”

“相信我，”我打断迈克尔的话，“诺亚，告诉我那个问题的答案吧。我快要疯了。”

诺亚开心地笑了："你和两个朋友去吃午饭，每个人付了十块钱，对吧？但服务员发现账单上写的是二十五美元。所以从收银台拿了五美元，自己拿了两美元当小费，给你们每人一美元。所以你和你朋友一人付了九美元，加起来是二十七美元，服务员有两美元，一共是二十九美元。那一美元哪儿去了？"

迈克尔大笑起来。

"你知道答案，是不是？"诺亚问道。

"那可不一定，你还是给他解释解释吧。"我不耐烦地说道。

"就像一种视觉误差，"诺亚说，"这个问题有点儿偷换概念。那两美元应该从客人付的钱里面减去，不能往上加。"

我使劲儿想了一会儿，还是不能明白，但紧接着我就把诺亚这个狡猾的问题抛在了脑后。因为我突然看着眼前一大一小两个男人，心中大惊：诺亚竟然和小时候的迈克尔长得一模一样。

第二天一早，我掀开被单，身上汗津津的，坐起来时，还气喘吁吁。"只是一个梦而已！"我大声安慰自己，转过头，身边却是空空如也。

"迈克尔！"我喊道，声音微微地颤抖。他没有回答。我一整晚都没睡安稳。睁着眼睛躺了几小时后，我终于有些迷糊起来，但始终不能沉沉入睡，还是处在半梦半醒之间。梦境阴沉而混乱——我和诺亚一起在河里游泳，他的手脚在空气与水面之间划出漂亮的弧线，如同一只灵活的海豚。他苍白皮肤上挂着的滴滴水珠，被阳光照得晶莹发亮，如同钻石。接着他钻到水下，干脆利落，一丝涟漪都没掀起。我也深深潜入水中，盲目地寻找着他，但什么也没找到，手臂一抱，都是湿冷的河水。接着，我在一串水珠中看到了他，开始奋力划水，潜得更深，但诺亚的脸突然变成了迈克尔，离我越来越远，沉到了水底下。他在笑。他怎么笑得出来呢？他正在往下沉啊。

“别走，别离开我！”我在睡梦中哭出声来。

真不知道我为什么会做这样一个失去迈克尔的噩梦。也许是因为他之前跟我说的那一番“不知是否时日无多”的话；又或者是三个星期的期限临近，我开始意识到，我应该不会待在他身边。

我挣扎着下了床，穿上睡袍，摇摇头想甩掉那个噩梦留在脑海中的阴影。

迈克尔不在浴室，也不在起居室。我急急忙忙地下了楼，厚厚的地毯将我的脚步声淹没了。

我看到双层落地玻璃门边有一个晃动的人影，不禁尖叫起来。等发现是迈克尔的时候，我嗔怪道：“你吓死我了！”

“对不起！”他转过身来看着我，指着玻璃门，“我只是在看那些梅花鹿。”

我从来没在自家院子里见过梅花鹿，可能是因为以前的园丁们想了很多办法，让它们不会踏足我们的草坪，啃食修剪得整齐漂亮的花丛与灌木。有一次我还听见他们在讨论使用狼的尿液和苦涩难忍的化学品。但现在没有园丁了，连日来的雨水也将以前喷洒的那些东西冲洗掉了。

我走到迈克尔身边，发现有至少十几只动物正踏着舞者般优雅的步子，向我们的院子走来。

“看看这些小东西。”迈克尔悄声说道。四只小鹿，皮毛是温柔的棕色，上面有雪花一样的斑点，它们将鼻子深深埋进草丛中，互相追赶着来到院子另一端的角落，接着又跑了回来，轻盈地跨过一片大叶醉鱼草。一只母鹿感觉到我们的目光，警觉地抬起头。但在一番审视之后，她似乎觉得我们是不构成威胁的“无害”人类，就又低下头自顾自地吃草。

“太难以置信了，”我吸了一口气，“我们身边原来有一个完全不同的世界，而我们却从未在意过。”

迈克尔看着我，但一句话也没有说。

“我这话没有别的意思，就事论事而已。”我说。他笑了，伸出手，想要抱我的样子，但又慢慢地放下了。

我在想，如果他真的抱了我，我会有什么反应呢？过去我们常常拥抱的时候，迈克尔喜欢把他的脸埋在我的秀发之中；这是我特别喜欢的一点。“你换了洗发水，”我们开始约会后不久他对我说，“现在的你闻起来像青苹果。”那时我还沉浸在被父母抛弃的悲伤中，对迈克尔的关爱无比渴望，因为他在乎和珍惜着我的每一个小细节：我左肩上的那颗痣、后脑勺的一绺儿不太服帖的头发，在某件衣服衬托下的明亮眼神。

要是他伸出手来，也许我会阻止他……也许我会让自己尽情地沉浸在他的拥抱里，就一小会儿。我抬头看着他的侧脸，轻轻叹了口气。

和迈克尔的疏远已经持续太久了，我突然感觉到很累很累，好像已经失眠了好几个月一样。我对迈克尔没有拥抱我感到有些生气，同时也对自己竟然会有这样的渴望而羞愤。和他在一起，就好像一场无休止的拔河比赛，我们之间的关系已经不再简单了。

“我想这些梅花鹿要离开了，”迈克尔开口道，“想不想到外面去看日出？”

我低头考虑了一会儿，就算是回去肯定也睡不着了，而且我也不想一个人待着。“好的。”我最终答道。

我穿着睡衣、睡袍和拖鞋跟着迈克尔来到了家里的后院。“哦，天哪！”我一看到那个岩石围成的池塘，就大喊了一声。我怎么能忘了呢？我跑到池塘边，随手拿起两块岩石间小小的塑料容器，伸手进去拿了些鱼食，扔进水里。当看到贪婪的鱼儿张大了嘴浮出水面争相抢食吃的时候，我松了一口气。我又扔进更多的鱼食，看着它们转瞬间就在黄白红黑的鱼儿溅起的水花之间消失。迈克尔一直出神地盯着水面，脸上带着不可思议的表情。“我都不知道我们还养鱼呢。”

“真的吗？”我有些不相信，“迈克尔，两年前我们就养了。”

回忆一幕幕地涌上心头：一天早上，我正一边喝咖啡一边看《华盛顿邮报》的时尚版，园丁们突然来找我说养鱼的事。过去两年来，迈克尔虽然很少在家，但肯定会有从这个池塘旁边经过的时候。这里离我们的房子也只有大约五十码的距离。他偶尔也会在经过的时候低头看一下池塘吧？

“别吃那么多了，帕格斯利，”我用命令的语气说，然后又撒了一把鱼食进去，“够了啊。”

迈克尔笑了起来：“你还给它们取了名字？”

我扭过身子看着他。这只是个小秘密，但我不太想说。他忽然就变得很想了解我的一切，相反的是，他的这种渴望让我想要退缩。我知道，这是我对他过去表现出的冷漠的一种惩罚。我想让他知道，两人之间的距离感不是那么容易消除的；我也不是那么好搞定的。不过，最终我还是耸了耸肩，轻轻地说："最小的那条叫尼莫，鱼鳍很长的那条叫仙蒂瑞拉，帕格斯利就是那条在贪吃早餐的。"

"说到早餐，你想不想在这儿吃？我可以拿只托盘过来。"

"我不饿，"我说，"不过可以喝点儿东西。"

"咖啡怎么样？"迈克尔问道。

我摇摇头："我想喝果汁。"

"很快就来！"迈克尔迈着轻快的步伐往房间走去，我在背后看着他。这么多年了，我丈夫没进过厨房，没洗过袜子，甚至连煤气罐都没换过。现在，竟然一下子成了我忠实的仆童。

我听到水花飞溅的细微声音，又丢了一些鱼食到水中，"就这一点儿了，帕格斯利。"我警告它。看到它那鼓鼓的双颊，又有谁能拒绝呢？这胖头鱼就像一个小孩子，威胁似地屏住呼吸，直到愿望满足才肯罢休。"吃了之后，你得把自己的房间打扫一下，明白吗？"

帕格斯利瞟了我一眼，甩了甩尾巴游走了，我想，它应该是在用鱼儿的方式对我说："谁怕你！"我拿起池塘边的网子，拂走了水面上的落叶和细枝。看，就因为这样，帕格斯利才不会听我的；它知道我会投降，然后帮它把一切都打点好。

短短几分钟之后，我看到迈克尔向我走来。他用手指夹着两瓶"畅饮”，两手还托着一只盘子，上面盖了一片锡箔纸。

“吃的来啦！”走近我的时候，他兴奋地喊道，“我拿了一些羊角面包和果酱，说不定你也想吃点儿东西。不好意思，让你等了这么久。跟戴尔讲了会儿电话。”

“他想干吗？”我条件反射般地皱了皱鼻子，好像刚刚飘过一股令人不舒服的臭味。

“没什么，”迈克尔说，“虽然戴尔觉得很严重。”

“和公司有关系吗？”我随口问道，又拿起网子，有些神经质地拂着已经干干净净的水面。

“之前的一个雇员有点儿抱怨。没什么。戴尔说，他就是想要点儿钱。不要让这件事扰了我们今天的雅兴。来点儿柠檬汁？”他举起一瓶饮料。

有意思，我慢慢点了点头琢磨着。戴尔会因为这么无足轻重的事情专门打电话真是奇怪。戴尔是公司的首席律师，迈克尔的去留对他来说至关重要，如果迈克尔离开，他可能就得失业了。他会不会是在故意找借口，好让迈克尔回去工作呢？

也许是吧，我边喝柠檬汁边沉默地想。这柠檬汁还是多年前在我们简陋的厨房中制成的呢，我尝过它从初次成形直到完美无缺的味道。说不定，戴尔会成为我意想不到的盟友。

“你在想什么？”迈克尔问道，“你看起来心不在焉的样子。”

“嗯？”我抬头看着他，目光却瞟向了不远处的草药园，“我有个主意，去找点儿新鲜的薄荷加到柠檬汁里。”

"好主意。"迈克尔跟着我来到那块绿草环绕的小田地，"是这个吗？"他指向一丛径直冲天的茎干。

我摇摇头："那是薰衣草。"

迈克尔跪了下来，朝那株植物俯过身子，深深嗅了一下。"茱莉娅，你闻过它的味道吗？太棒了！"我本想告诉他，园丁们之前总会剪一些新鲜的薰衣草放在我们卧室的花瓶里，但我把嘴边的话咽了下去。

"这香味真是太棒了！"迈克尔说，陶醉地闭上了眼睛。他在那里待了很久，微笑地感受着薰衣草的香气，就像是"积极人生"活动宣传海报上的男主角。他穿着一条破旧的牛仔裤和一件褪色的乔治城大学长袖衬衫，自来卷的头发长得略有些长。这一身打扮让他看起来又像当年那个意气风发的大学生了。这是我所喜欢和倾慕的迈克尔。很长时间以来，我对我丈夫的感觉都是麻木的；现在的他重新唤起了我心中汹涌的情感，我感觉脚下的大地都在震颤。

后来迈克尔站了起来，从旁边一丛植物上采下一片更小、更光滑的叶子，用手指揉搓着说："是这个吗？"

我凑过去闻了闻："这是九层塔。这个才是薄荷。"我折下几根带叶的根茎递给他。他随手放进了自己的饮料瓶里，然后把我带到了两棵粗壮的杨树中间的吊床旁。

"想坐坐吗？"他问道。

我耸耸肩："行啊。"

他稳住吊床的一边，我爬了进去。迈克尔坐上来的时候，我们两个差点儿摔倒。我扶着吊床的一边，等两人都坐稳了才松开。"我一直想问你，”他伸直了腿，“你喜欢你的工作吗——真正的那种喜欢？”

“当然啦！”我不假思索地回答。

他本来皱着眉头，听到我的答案后表情就放松了。“很好，”他松了口气，“你办过的最好的聚会是什么？我不是说最豪华或者最花哨的，而是你最喜欢的。”

“哦，我不知道呢。”我垂下一条腿，用脚尖顶着地面，来来回回地摇晃着。

“说说嘛，我真的想听听。”他说道。

除了惩罚他过去不经常跟我说话之外，好像没什么理由不告诉他。但这唯一的理由听起来也不错，就算像帕格斯利一样幼稚。

“我办过的聚会太多了，”我终于开口了，将双臂随意地枕在脑后，好像刚才长长的沉默只不过是在回想我办过的聚会，“我想婚礼是不算的。婚礼的过程中总有些矛盾争吵，特别是妈妈和新娘之间；要是双方的父母离过婚又跟别人再婚，还会有座次安排、照片的摆放这些问题。有时候亲戚们也会因为不让带孩子来观礼而生气……我也不知道，总会有各种问题出现的。不过，婚礼当天是很神奇的——”

我想起了一些事情，微微笑了起来。

“跟我讲讲。”迈克尔说。

“新娘沿着红毯走来时，每个人都转身去看着她，可是我从来不那样。”我说，“我会看她周围的那些人。礼堂里充满了希望和爱。有时候，会有老夫妇突然握住彼此的手，或者新娘的父亲会热泪盈眶，激动难抑——”

迈克尔深深地凝视着我。

我清了清嗓子，突然对他有种难以名状的烦躁；也不明白自己为什么会突然对他说这么多。“不管怎么样，婚礼是很棒的，但过程中的压力我怎么也忘不了。”

“那纪念日聚会呢？”迈克尔问道，“会不会好一些？”

“一般都会好一些，”我说，“那时候大家都成熟些了，但没有一个聚会称得上是我最喜欢的。让我想想……”

我在回忆中找寻着。“有个家庭聚会！”我开口道，然后抬头看了看天，皱起了眉头。云层透着薄薄的冷灰色，空气中有隐隐的寒意，还有不到一个月，冬天就要来了，好像要有暴风雨的样子。

迈克尔目光热切地看着我，好像我最喜欢的聚会有着重大意义，而这意义的伟大之处，只有他知道。

“家庭聚会？”他提醒道。

“是三个住得很远的兄弟，”我接过话头，沉浸在那天的回忆中，“他们在弗吉尼亚长大，一个如今仍住在那里，一个去了英国，还有一个去了澳大利亚。他们都已结婚生子，多少年的光阴就这样过去了，他们彼此寄送节日卡片，还不时打电话问候对方，但从没见过面。他们想和所有的家人重新聚在一起。因此他们邀请了所有人——父母、叔伯、姨妈、表弟、堂妹；还有所有因为婚姻走到一起的亲人，最后一共来了四十人。”

“他们是最不挑剔、最好相处的客户了，但这不是我最喜欢他们的原因。他们不在乎上什么菜，也不在乎现场的装饰，只是想重聚一堂，享受快乐和幸福。所以，在做聚会策划之前，我给每个人都打了电话，请他们说说对家乡、对童年时代的回忆。他们的童年非常美好，总是在外面玩耍，玩棍子球[①]、踢易拉罐、投橄榄球。家门背后有一条小河，每到周末，一家老少就会去那里钓鱼，虽然什么也没钓到过。我都不太确定那条河里有没有鱼。但有没有一点儿也不重要，重要的是三兄弟为了钓鱼，一起挖小虫，一起把渔线甩入水中，把萤火虫抓进玻璃罐里，看着那小小的萤火逐渐熄灭。有一次他们甚至效仿哈克贝利·费恩[②]，做了一只竹筏。不过刚刚下水三四米，就很不幸地沉没了。”

迈克尔大笑起来。

“我在国家公园里租了个楼——其实应该说是个小屋……周围摆满了野餐桌、烧烤架，还有足球场和棒球场呢。大家一起做了很‘古老’的游戏，比如‘两人三腿’赛跑、马蹄铁套圈、垒球等。接着，大家一起分享了大碗的黄油爆米花、西瓜、热狗和汉堡包。天黑的时候，所有的孩子都跑出去捡木棍来给烧烤架生火，好多大人也跟他们一起去了。”

“三个兄弟高兴吗？”迈克尔问道，“他们还能在这么多人中一眼认出彼此吗？”

我点点头：“我雇了一名摄影师，她一整天都在不停地拍照。其中一张我多洗了几份，聚会后给了三兄弟一人一份。那是聚会结束时兄弟们的合影。三个人站在火堆前，摄影师拍到的是他们的背影。站在中间

① 美国的小孩在街巷内玩的一种类似于棒球的游戏。

② 马克·吐温的小说《哈克贝利·费恩历险记》中的主人公。

的那个伸出手臂，搭着另外两兄弟的肩。我把这张照片和三人小时候的一张合影合成了一下，用相框裱起来，送给了他们。”

“这么多年了，一切还依然如故，是吗？”迈克尔问道。

“我不知道他们下次见面是什么时候，”我说，这想法突然让我忧伤起来，“那个住在澳大利亚的兄弟，妻子是悉尼人，她的家人都住在那里。孩子们在那里上了好几年学，这个小家庭在悉尼扎了根。我想他们不会轻易搬家。而在英国的那个则说有可能被调回美国。但没说什么时候，也没说可能性有多大。我只是……只是想给他们那完美的一天。也许对他们来说，那样就够了，至少能撑个五年十年的。”

“真希望我也和自己的兄弟们有过这样一个聚会。”迈克尔柔声说。

我看着他，心中有些震惊。迈克尔从来没提过他的兄弟或者家人，从来没有。

他低头看着自己的双手，无意识地拂去手掌上的灰尘，接着抬起双眼，注视着我。“我有没有跟你说过，公司股票上市之后的那天，我做了什么？”他自说自话地接了下去，“很多记者打电话要采访我，那一整天我的议程上有大大小小好多的会。每个人都想见我、访问我，甚至看看我也好。但我让他们都等着。我请秘书帮我接电话，不管是多紧急的事情都不要放任何一个人进我的办公室。接着我坐在办公桌前，拿出支票簿，给兄弟和爸妈每人写了一张支票。数额不大，一人一千美元而已。之后的每个月，我都会给他们寄支票，数额都一样，一千美元。”

他做了一个深呼吸，继续讲下去：“我抽出时间来签那些支票，并且亲手在信封上写下地址；每月的第一天我都自己拿着信封，亲眼看着它们一个接一个地进入邮筒。我想让我的家人知道，我做得很好，比他们好多了。我是家中唯一的‘成功人士’。我也想让他们担心，有一天这些支票会不会突然就不来了。所以我才没有一次寄太多的钱，我想让他们依赖我，想让他们在买新车、新沙发或任何东西的时候，都想着这是我的功劳。希望即使我不在他们身边，他们的眼前也永远晃动着我的影子。”

我什么也没说，也不知道该做何反应。

“这事我没告诉过你，因为我心里其实是羞愧的，”他说，“表面上看我是在帮他们，但这不过是在满足我的自负和骄傲。我在签那些支票的时候，甚至会把名字签得比平时都大一些。就好像在说：‘叫你们这些浑蛋无视我。’”

我意识到，尽管我们用尽了所有力气，想把西弗吉尼亚的悲惨人生甩在身后，但我们还是失败了。地理位置上的改变无法解开心上的结。不管迈克尔多么努力，不管我们俩多么刻意，两人的过去始终如影随形，成为一副重担永远挑在肩上；成为一双眼睛，注视着我们的每一步。这是我们关系中的第三人，就像婚姻中的第三者，让我和迈克尔渐行渐远。

“你还会再联系他们吗？”我问道。迈克尔摇了摇头，“我寄了最后一张支票给他们，并且附上一封信，解释了所有的事情。我还为他们的孩子各设立了一个账户，用作大学学费。但他们并没有打电话找我。也许他们很生气，因为以后再也拿不到钱了。也许他们不知道该说些什么。我不清楚，但我不会再为此担心了。”

“我唯一想集中精力好好对待的人，是你。”他轻轻地说。

糟糕，我都忘了这些了：和迈克尔在一起的时候，我总会充满活力而又放松自如。和他一聊起天来，时间就会在不知不觉间轻快地溜走。他慢慢让我消除了警惕，忘记了其他所有事情，全心投入这场谈话中来。但现在，对未来的不确定又一次涌上心头，而且比以往更为强烈。

“要是我不能原谅你放弃一切呢？”我问道。*冷静，我对自己说，别和他争论，只要悄悄地埋下种子，让他怀疑自己的选择就好。*

“我知道，你和我看问题的方式不一样。没有经历过我那种事情，你也不可能有我这样的体会。我只是想让两人好好相处一段时间，不要总想着钱。”

我感到指甲深深地掐进另一只手的掌心。

“我不明白，”我告诉他，“你现在做的事情，非但没有让我少想钱的事情，反而想得更多了。”

“朱莉娅，我知道你为这件事将会付出什么代价，”他的声音低沉而又急切，“我比任何人都了解你——至少以前是这样。我希望能找到以前的那个你。我也知道自己的做法并非完美，但这是我唯一想到的办法。”

我喃喃地开了口，胡乱地说了几句话，突然又抬头看着阴沉沉的天，“要下雨了。”

“没事，你看，”迈克尔指着身边的大树，我们的吊床上方，有恣意伸展的树枝和浓密的树叶，绿荫形成了一把天然的大伞，“我们很安全。”

“你想待在这儿？”我问道。

他点点头：“和我一起吧。”

“不是吧？”我问道。如果是倾盆大雨，那我们就被困在这里了，我们离房间不过几百米而已。“现在跑回去还来得及。”

“茱莉娅，我们现在没什么事情急着做，对不对？我们想干吗就干吗。”迈克尔举起那杯加了薄荷的柠檬汁，笑了，“我们就在这里坐一坐，好吗？”

我叹了口气，又躺回吊床里。过了一会儿，我就忘记了自己糟糕的心情，因为迈克尔开始讲述公司创立之初的故事。一次开车的时候，他出神地思考一个大会，结果没看到停车场入口匝道标明的高度限制，把那辆“畅饮”卡车的车顶撞到了混凝土的屋顶上。“停车场管理员的表情真是绝了，”他说，“我敢肯定，当时他心里肯定在嘀咕，这个傻瓜是个百万富翁，竟然不认识入口上方的标志牌？”

“你怎么把卡车弄出来的？”我问道。

“可比我开进去的时候慢多了。”他回答说。

我笑出声来，接着发现迈克尔正认真地看着头顶的大树。

“有什么发现？”我问道。

“我在数那些树枝，”他说，“诺亚是对的，我发现了好多斐波那契数列。”

“真是个很棒的孩子，”我说，心想，迈克尔是不是因为说起了让自己痛苦的兄弟们，才想到了诺亚。他了解，聪明而古怪的孩子最容易成为攻击的目标。虽然没说出口，但我知道，我们两人都希望诺亚会少受一点儿欺负。

“我说句话你别生气，”迈克尔说，“我一直在想，要是我们生个儿子，也许就是诺亚那个样子。”

我以为自己会愤怒，但我没有。

我想要个孩子。这句话如同疾驰的列车，在我脑海中呼啸而过。我倒抽了一口凉气。这个愿望我已经埋葬了很多年，并努力想掐灭希望的火种。随着时间的推移，这星星之火却成了燎原之势，愿望非但没被压抑，反而越来越强烈。上个月，在星巴克排队买咖啡的时候，我前面站着的一个年轻妈妈抱着她的小女儿。我不由自主地盯着小宝贝儿水汪汪的大眼睛和胖乎乎的脸颊，感受着她那毛茸茸的小脑袋擦着我肩膀的温暖。侍应生问我想喝什么，我都没听见，直到妈妈转过身来望着我，我才醒悟过来，赶紧移开视线，羞得满脸通红。

现在我看着迈克尔，想说点儿什么，但脑中突然闪过一句之前在我脑海里重复过成百上千次的话，我顿时像被人突然打了一拳般噎住了。

“我想念你的嘴唇、你的双手、你的身体……今晚我们能早点儿溜出去吗？”这是葛洛仙妮写给迈克尔的一封邮件。就是这短短的一行字，成为我永远不会催促迈克尔与我生孩子的首要原因。让小生命诞生在这个摇摇欲坠的婚姻中，实在太不公平。

在我出神地想着迈克尔的婚外情时，雨势已经渐渐变大，在地上形成了小水坑。他们的关系已经结束很长时间了。我这么确定，是因为我一直在检查他黑莓手机上的通话记录。我们的婚姻关系可真是好啊，我心中酸涩，又把腿缩起来一些，不和迈克尔的碰到。和迈克尔在一起，我的情绪仿佛在跳恰恰舞，每往前一步，就会以同样的速度后退。和他的谈话让我无法忽视过去的伤痛与背叛，我就知道会是这样。

也许迈克尔真的已经变了吧，我心想，转头看着专心研究树枝的他。但这改变会持久吗？

后来雨停了，我们并肩往回走，此时我们周围的世界发生了翻天覆地的变化。

“我知道你公司的每件事情都需要你操心，”迈克尔说，“不过，要是你下面没什么特别的计划——”

突如其来的爆炸声如五雷轰顶，打断了他的话。

我的眼睛朝上看去，同时身体出于本能向前扑去。迈克尔却毫无反应地站在那里，仿佛冻僵了一般。不过我扑向他的力气很大，两人都飞了起来，又重重摔在地上。我趴在迈克尔身上，姿势和位置都很奇怪，下巴撞到了他的后脑勺。就在我们着地的一刹那，背后的什么东西倒塌了，那力量让整个大地都在颤抖。

我们在泥地里躺了几秒，接着迈克尔慢慢站起来，伸出手，将双腿颤抖的我拉起来。

“你还好吧？”他问道，捋了捋我的头发，仔仔细细地看着我的脸。

“很好，你呢？”

他点点头。

“本来我可能会被砸到的。”他边说边看着被劈断的树干，声音平静得有些不自然。

我抬头看着树上断裂的枝头：离地面大概有七八米的样子。砸下来的树枝有碗口粗细，长约两米，末端还有细一些的、枝叶繁茂的枝条。离我们最近的是最粗最危险的部分。

“肯定是下雨让枝条变脆弱了，”我说，揉了揉自己酸痛的下巴，走到树干旁边，仔细看了看，“这可能是根腐烂掉的树枝。”

“看起来可不像腐烂的。”迈克尔说，弯下身子去检查。他伸出指尖摸了摸断的那一头，接着又抬头看看那棵树。

“我本来可能会被砸死的，”他慢悠悠地说，“要是砸到头的话。”

“但是没砸到啊，你别想太多了。”我非常急切地想迅速转移话题。我拉了拉迈克尔的胳膊。“看样子还有雨，我们快进屋吧。”

他又盯着那树枝看了好久，接着和我一起进了屋。我们周围的空气中好像充满了两人没来得及说出口的言语。

回到屋里有一会儿了，我的身体还在颤抖。这时候，手机响了。

“你能来一下吗？”我哆哆嗦嗦地按下接听键，伊莎贝尔的声音从电话那头传来。

她的声音竟然比我的颤抖得还要厉害。我握紧电话，问道：“你没事吧？”

“贝丝刚刚打电话给我了。我——我要去西雅图见她。”刚才我还以为她哽咽和颤抖的声音是因为在伤心流泪，现在看来是喜极而泣。

“等我十分钟，”我回答说，“待着别动。”

“是伊莎贝尔吗？”我挂断电话，迈克尔问道。

我点点头：“这事说来话长。”话音刚落，我脑中闪过一个念头，这又从另一个方面说明我和迈克尔离得有多远了：他对我和伊莎贝尔的友情知之甚少。

他细细看了一下我的表情，接着从前门的一个钩子上取下我的车钥匙，递给我，“等你回来的时候，给我讲讲，好吗？”

我开着车风驰电掣地往前冲，一路上努力不闯红灯（有一个介于红灯与绿灯之间，但肯定是绿灯的时候比较多）。十三分钟以后，我将车停在伊莎贝尔家门外。我快递冲上门廊，“咚咚咚”地敲着门。她立刻就开了门——看样子她一直站在那里等我。我给了她一个大大的拥抱。

“真是疯了，是不是？”她问道。

“完全疯了，但是疯得非常好。”

“进来，我边收拾东西边跟你讲。”我跟着她上了楼，来到她的卧室里。这个房间很开阔，同时又布置得温馨舒适，墙壁漆成温暖的棕色，四处都有软乎乎的垫子。石头砌成的壁炉旁有个休息区，可以坐下来聊天，单这里就比我小时候住的房子的整个一层楼还要大。“帮我想想需要带什么。厚袜子？”

“还有雨伞，可别忘了，”我说，“西雅图总是下雨。哦，天哪，你真的要去西雅图了！”我的脑子还有点儿反应不过来，好像还停留在刚才电话里那番急急忙忙的谈话中，跟我在上健身课时那迟钝劲儿有一拼。她往已经鼓鼓囊囊的行李箱里又塞了一件毛衣，接着努力拉上拉链。然后又打开一个配套的、稍小一些的LV行李包，放在床上。“也许我不该带这么多东西，”她说，怀里抱着一堆袜子，“忘了带的东西应该都能买到……唉，我现在没法想这个问题，还是不敢相信她居然打给我了。这一切发生得太快太突然了。”

“她电话里说什么了？她直接就邀请你去西雅图？”

伊莎贝尔摇了摇头：“是我提出去一趟的。我根本不知道自己能说出这句话。但突然间我就那样说了，说要去西雅图见她。她一开始听起来有点儿惊讶，但接着就答应了。”

“你要去多久？”

伊莎贝尔笑了：“贝丝要我待多久，我就待多久。我没有订回程票。她绝对值得我这样做，茱莉娅。我必须跟她讲清楚，把她抱养给别人是多么困难，而且这件事情不怪她，全怪我。还有，我会告诉她，我想要的不仅仅是几张照片而已。我需要见到她，和她面对面聊聊天、谈谈心。真不敢相信，她居然已经十六岁了，而我就要见到她了！”

就这么简单，我心想。在短短的一天里，伊莎贝尔的生活就发生了翻天覆地的变化。她想了那么久、渴望了那么久的东西正在等着她，乘上一班飞机，就触手可及。

“所以他们还在原来的地方？”我平复了一下情绪，放松下来，盘腿坐在床上的行李箱旁。

伊莎贝尔点了点头。“他们没搬过家。我没去过他们住的地方，但是收养机构给我提供的资料里面有一些房子的照片。她是他们唯一的孩子。家里养了两只法国斗牛犬。这是贝丝跟我说的。”伊莎贝尔笑得合不拢嘴，我从她的语气里听得出来她很喜欢念女儿的名字，那简简单单的发音从她嘴里说出来，显得那么温柔和美丽。

“她告诉我，她爸爸有点儿过敏，但因为她特别喜欢动物，所以他每天都吃抗过敏药，好让她开开心心地养宠物。”

“你的眼光真的很好，”我说，“你为她选了这么棒的一对父母。”

伊莎贝尔略带羞涩地低下头：“我可不想这么早就下结论。我完全能感觉出来，她故意提到爸爸，只是因为想显示自己对他的忠诚。我也觉得没什么，不介意。我没打算突然闯入他们的生活，声称自己对贝丝有什么权利。不过，要是她的生活中能空出哪怕一丁点儿地方给我……如果她可以时不时地和我说说话，或者我得了空儿就去看看，带她出去吃吃饭……”

“你放了二十多双袜子进去了，”我提醒道，把她从行李箱旁边推开，“内衣你带了吧？鞋子呢？外套？药？”

伊莎贝尔心烦意乱地点着头。

“这些你绝对不需要。”我从那一大堆袜子中拉出一双渔网长筒袜。

“这是一个前男友送的礼物，”她挤了挤眼睛，“他想让我在卧室里安装一根脱衣舞娘的钢管。他在泰拉·班克斯[①]的走秀上得到了灵感。”

“钢管跟你的装潢布局还真是有点儿配呢，”我半嘲讽地说，“你甩了他，是因为他要你安钢管还是因为他看泰拉·班克斯走秀？”

“都是，”她对着行李箱出神，皱了皱眉头，“不说这个了。我去

① 美国超模，著名内衣品牌“维多利亚的秘密”的代言模特儿。

看了贝丝之后……我也不知道，只是现在觉得有点儿空落落的。我能做到吗？”

“做什么？”我边问边再取出一些袜子，放进她衣柜的抽屉里。

“这个！”伊莎贝尔像个假装起飞的小孩一般，伸出手臂，“我的生活！我现在三十四岁了，都干了些什么呢？我花着祖父挣的钱，哦，还不是他挣的钱，是他挣的钱得来的利息；然后呢，我做了一点儿小小的慈善；我打网球、参加聚会、购物、旅行。我每天都从早忙到晚，但这些都不够。我觉得很无聊，茱莉娅；我真是太他妈的无聊了。这种感觉已经持续很久了。我以前从没想过自己的生活会是这样。我都不知道是怎么走到今天这一步的。我漂得太久了，就这样，小半辈子就过去了。

“我不知道自己回来之后要做什么。我要去做慈善，真正地投入进去，而不是穿着漂亮的礼服出现在慈善晚会上然后签签支票。或者，管他三七二十一，我去领养个孩子，让一切冤孽圆满轮回。你有自己热爱的工作，有爱你的好男人。他现在真的爱你，茱莉娅，不管以前发生了什么。”

现在轮到我低头了，强迫自己忙于为她叠衣服收拾行李，这样伊莎贝尔就看不到我脸上涌起的百感交集的表情。她并不知道迈克尔和我之间发生的所有事情；如果她知道的话，可能就不会这么乐观了。

“我也需要给生活多加点儿东西。”她坚定的声音传来。

我缓缓地点点头：“我送你去机场吧。”

“太好了！”伊莎贝尔说。她又站了起来，打开另一个衣柜抽屉，往行李箱里又放了两条拉绳睡裤，上面装饰着小小的红色心形图案。我还记得，这是去年我送她的生日礼物，接着我们就去参加了一个肚皮舞培训班，两个人都看着对方笑得直不起腰来，老师的脸色相当难看；她叫我们出去的时候，那灵活得惊人的肚皮竟然出人意料地停止了旋转。

“我还需要些什么呢？”

“袜子？”我笑着说道，她拿起一双就朝我扔了过来。

“也许带几张你不同时期的照片去给她看？也许她想看看你小时候长什么样。”

“好主意，我带本相册好了。”伊莎贝尔边说边离开了房间，走到门口又转身看着我，“这年头，什么千奇百怪的家庭都有，对吧？”她说道，“如果贝丝想和我建立某种关系，会不会太别扭？”

我看到她脸上同时闪烁着不确定和渴望的神情，于是站起来，走到她身边给了她一个拥抱。

“她会爱你、喜欢你的，”我悄声说道，“她的父母……听起来他们就是很好的人，只要贝丝愿意，一定会欢迎你进入他们的生活。”

“我很害怕。”伊莎贝尔说道。

我想着未来没有她的电话骚扰和搞笑短信的日子，想象着贝丝一家张开双手欢迎伊莎贝尔并欢迎她成为特殊家庭成员的情景。我为伊莎贝尔感到万分高兴。但如果她真的在西雅图待太久，而我和迈克尔万一又分居了……我一定会特别想念她。

我们俩开始渐渐分道扬镳了，就像很久以前的我和史蒂芬妮一样。

我也很害怕，我心里想着，但没有说出来。

我回家时已是黄昏。熄灭捷豹的引擎之后，车里的一切突然变得异常安静。我坐在驾驶座上，慢慢地转动着脖子想放松一下。接着我停了下来，斜着头，从风挡玻璃那头看着眼前这所房子。苍翠繁茂的草地一片绿意，青翠欲滴得好似小型高尔夫球场用的假草坪。从这里望去，绿色往两边无限延伸，按照华盛顿的标准，在邻居家的分界线前停住了。几盏照明灯刚刚自动开启，灯光投射在大理石柱子和门前的阶梯上，与地上的阴影交织在一起，使得门口看起来比往日更加气派。这么大的地方，如此的安静……真是和我在西弗吉尼亚的家有着天壤之别。那时邻居们挤在一起，母亲要是想借一个柠檬或者一勺洗衣粉，只要拉开纱门喊一声就可以了。天气好的时候，我们的前门从来不关，其他邻居也是。早上如果上学要迟到了，我就会从尖篱笆桩上跳过去，从家后面的院子抄近道去学校，还能顺便逗逗住在那里的那只小肥流浪狗。有时候，如果它刚好已经睡醒了，就会用一双忧郁的棕色大眼睛看着我，然后我就会分一点儿咸肉饼干给它。说句实话，这个后院一点儿也不大。但是门前有一棵高大的橡树，爸爸在树枝间挂了绳子，绑了一个轮胎做成秋千。邻居的孩子们总会聚集在那里，爸爸会将我们推向高高的天空，要是伸长腿，脚尖差不多就能碰到屋顶了。

“你们俩去哪里消夏？”在迈克尔和我举办的第一次晚宴上，有人这样问道。我不记得是谁问的了——当时同一桌有个女的叫霍里德，有个叫艾迪安，这样奇怪的名字我到今天还不能接受——在回答这个问题之前，我认真地喝了一口手中的柠檬沙冰。

“我以前一直在轮胎秋千上消夏。”我想象着自己优雅地说出这句话后，女宾们窃窃私语的样子，“她是指查尔斯顿[1]吗？”“不，不，肯定是他们的游艇的名字。”

但我没有这样说，我只是模棱两可地说我们会待在城里，而且我看到，或者说是感觉到，坐在桌子那一端的迈克尔对这场对话很是关心。一个月后，迈克尔连房都没看，就买了一栋位于阿斯彭的别墅。曾经有那么几年，每到八月份，我们就会抽出时间去那里度一周的假。但迈克尔总会带笔记本电脑、手机，还有他的黑莓，所以那根本就不叫度假，只不过是换个地方办公。有一次，我们在正午的时候飞到那里，刚吃过午饭，迈克尔就接到公司打来的电话。然后一小时之内，他就又坐飞机回去了，事实上，他在度假的时间比坐飞机的时间都短。

我打开车门踏上草地，抬头看着我们的房子。把这一切当作身外之物毅然抛开，到底会是什么感觉？我一边想着，一边用目光瞟过尖尖的屋顶、精巧的装饰，以及延伸出来的露台。我会无时无刻不在想着这些吗？又或者我会慢慢适应？我应该不会想念拥有全职女仆的感觉。以前家里还有女仆的时候，就算我前一晚因为策划聚会而忙到凌晨三点，但只要知道她在家里，我都不敢休息，她忙忙碌碌，清扫厕所，或者手洗我的蕾丝内衣；这让我的放松显得无比罪恶。还有，尽管我们经常邀请品酒师来家里专门教我们品酒，但我始终分辨不出价值二十美元和两百

① 美国西弗吉尼亚州的首府。

美元的“霞多丽”究竟有什么区别。放弃这些东西，我应该不会介意。不过，如果我们——或者我自己——搬到一个新的地方，环视四周，眼中一定会有不可避免的敌意。石灰墙上会时不时出现灰尘，洗衣篮里永远会有满满的脏衣服。每次洗衣机坏掉或者车过热的时候，我肯定会在心里埋怨迈克尔。

我不知道重过回以前的生活会是什么感觉，但我知道，当初搬进这栋豪华别墅时，我的感觉全然不是之前想象的样子。这是我第一次承认这一点，即使是对自己。我以为住在这栋房子里会减轻我的恐惧，治愈过去的创伤——以为新的环境能将我变成那种沉着自信的女人，就像那些真正住在豪宅里的人一样——但不知为什么，我总有一种感觉，一切都是暂时的，脚下的豪华地毯随时都会被抽走。我从来没觉得自己真正属于这里。

但是，这并不意味着我就想放弃这一切。至少，我热爱我的“极可意”按摩浴缸和自发热瓷砖。

我走到门廊前，还没拿出钥匙，迈克尔就开了门。

“怎么了？”我问道。

他的眼神看起来很不自然，下面有浓重的黑眼圈。自从他从医院回家之后，我还是第一次看到他这么焦虑不安。

“没……”他开口答道，接着使劲儿摇了摇头。“当……那件事情发生的时候，我发了个誓，要让你知道我的一切，甚至是那些我感到特别惭愧的事情。我不会再对你撒一句谎，再也不会。茱莉娅，我很担心。”

我呆呆地看着他，等着刚才那番话的意思在我脑海里渐渐清晰。“再也不会。”那么，他之前到底对我撒过多少谎呢？

“你离开家去伊莎贝尔那里之后，我一直想着戴尔的电话。我感觉一定出了什么大事，所以我让他们把相关文件传真过来。几个月前，一个员工上班时受了伤，戴尔做了处理；不，是我让戴尔处理的。戴尔的作用就是这个，帮我解决麻烦。那孩子开着一辆公司的卡车，出了车祸，我们赔了他一些钱，茱莉娅。但他脑部受伤了，现在他的短期记忆出了问题。他只有二十四岁，我们施加了压力，催着他很快就把这事儿解决了。他根本不知道自己在做什么。他的家人也都是什么都不懂的穷人，所以他们就拿了那点儿钱。”

我脱下外套，挂在衣柜里，默默地消化着迈克尔说的话。“你给了他多少钱？”我转头看着他，问道。

“七万五千美元。我们包了所有的医药费，之后他会定期拿到一些薪酬。但他再也找不到另一份工作了，至少找不到薪水还可以的工作。也许他可以去洗碗或者包装杂货什么的。我也不知道。我们把他毁了，茱莉娅。这个孩子过不了正常人的生活了，这都怪我们。”

“怪那个车祸。”我说。

“但我们应该照顾他。”迈克尔说，手指在眉心摩挲着。在头痛欲裂的时候，他通常会这样缓解压力。“卡车的刹车有点儿失灵，虽然只是意外，但我们抛弃了他。那是我们的卡车。他只是在努力谋生而已。他是个很勤奋的员工；我看过他的资料，我想弄清楚到底发生了什么。那天戴尔打电话的时候，说得好像那孩子只想快点儿要一笔钱了事似的。但他再也不能靠自己独立生活了，再也不能了。他也许会打开煤气炉，但转身就忘记了。他的生活会变成什么样子，茱莉娅？”

我沉默了一会儿，“你能做些什么吗？”我问道，“为时不晚，是不是？”

“我会努力的。”迈克尔说。

我想起在医院时，戴尔搭在我胳膊上的那只黏糊糊的手，以及我俩共同出席的场合，他那双永远跟着迈克尔转的眼睛。

“戴尔为什么要那样做？”我问道，“他为什么不照实跟你说呢？”

迈克尔长出了一口气，听起来好像一声大笑：“戴尔讨厌我，茱莉娅。”

我惊讶地眨了眨眼：“你为什么这么说？”

迈克尔用自嘲的表情看着我：“实话实说有时候就是这么伤人，对吧？戴尔简直嫉妒死我了。他希望拥有我所拥有的一切。他想要我的钱、我的生活。我以前很享受他这种嫉妒，茱莉娅。我还在有意无意故意增加他的嫉妒。我知道他有多么贪婪、多么狡猾，但我可以控制他。所以他从未让我担心过。”

“那现在呢？”我问道。

“现在我再也控制不了他了，”迈克尔简单地说，“我不知道他会做出什么事情。但我可不想因为他而担惊受怕，那简直是浪费时间。我得想想怎么帮那个孩子。”

不知为什么，我突然想起了贝琪·亨德里克森，想起迈克尔拿着已经翻得破破烂烂的书给她读《神探南希》的故事时，她那双成熟得与年龄不符的眼睛。我觉得，那个二十四岁的小伙子，可能也有这样一双忧伤的眼睛。他生活的画卷才刚刚展开，可是迈克尔用一点儿钱就打发了他，或者说，欺骗了他。

“这件事情，你要好好去做。”我用坚定的口吻说。

迈克尔点点头：“我还不知道该怎么去办，但我向你发誓，我会做好的。”

“西雅图怎么样啊？”我将手机夹在耳朵和肩膀之间，躺在沙发上，准备煲个长长的电话粥。伊莎贝尔才刚离开二十四小时，我却前所未有地想念她。“贝丝怎么样？”

“棒极了！两者都是！”伊莎贝尔说道，她声音里的欢快如同银铃一般清脆地响着。“她来机场接我。天哪，一个十六岁的女孩子，怎么会那么镇定和成熟！就在取行李的地方，她就那样走到我身边来，微微一笑说：‘嘿，我是贝丝。’就好像我们的相见是世界上最自然的事情。”

“她长得什么样？像你吗？你们都说了些什么？”

“慢点儿，你是凯蒂·库里克[①]吗？”伊莎贝尔的笑声比平时更爽朗，我明白一切都平安顺利。“她个子很高，很苗条，待人很体贴周到。是的，她长得很像我。准确地说，她还是比较像她自己。她活得那么坦然和自如。我十几岁的时候可不是那样，就连装都装不出来。抽

---

① 美国哥伦比亚广播公司著名新闻主播，以问题犀利著称。

烟、穿低胸暴露的衣服，都不能掩盖我的幼稚和自卑。贝丝的自信是从眼睛里透出来的。说话的时候，她会认真地看着我。”

“你都跟她说了什么？话题好找吗？”

“太好找了！她提了许许多多问题，问我为什么要把她抱养出去，问我那时的生活怎样。她是个思考者，茱莉娅。她爸爸说她喜欢填字和九宫格，还有拼字游戏。从某种程度上来说，我也是她想要解开的一道谜。我看得出，她在努力接受和消化我所有的话，并且将这些信息和她之前所了解的我联系在一起。”

“听起来真是个好孩子，”我说道，“你见了她的爸妈吗？”

“嗯，她接到我之后，就带我去他们家待了一会儿。她住的地方才叫真正的家。小而温馨，到处都是书本，沙发上铺着手织的毯子。他们喝咖啡的杯子也很有趣。每个圣诞节，贝丝都会送给爸爸一个特别好笑的礼物。今年的这个上面写着你睡了，是因为缺少咖啡因。他们告诉我，早上每个人都抢着用这只杯子喝咖啡，就跟一场比赛似的。这是不是你听过的最有爱的事情了？”

我突然意识到，在伊莎贝尔成长的过程中，从未经历过这种家人之间亲密互动的温情时刻。在她周围打转的都是女仆和保姆，然后到了十三岁，一排古奇行李箱和一张飞往寄宿学校的机票就摆在了她面前。

“她刚刚拿到驾照，来机场接我也是她第一次独自开车。真好，我会成为这个特殊回忆的一部分。对了，我跟你说过没？有个理论：看一个人怎么开车，就能看出他的性格。”

我差点儿笑出来，但赶紧用一声咳嗽掩盖了过去。要是让伊莎贝尔掌握方向盘，那简直是不要命了。因为开车时的她活像个狂躁症患者，她的左腿总是盘在驾驶座上，一只手还老是垂在窗外。有次转弯的时候，她擦到了一片树篱，结果接下来的几公里内，我们的车都夹着一根树枝，上面的树叶在风中摇啊摇，好像一面旗子。

“哦，去你的，我知道你在想什么。不说那个了。如果有人亮起了转弯灯，贝丝就会给他们让道，但她不是那种一味忍让的乖乖女。有个人在高速上超了她的车，她就使劲儿按喇叭抗议。哈哈。她的爸妈……嗯，我看得出来，他们有点儿紧张。妈妈叫戴安，给我端了至少四次咖啡，有一次还是我正在喝上一杯的时候。不过，我不怪他们。想想吧，我们不过是在十六年前见过一面，我那时候才十几岁。他们可拿不准我到底是不是个大疯子。”

“这说明了很多问题。就算他们不知道我的到来意味着什么，他们也想让贝丝见见我，”伊莎贝尔说，“他们把她放在第一位，茱莉娅。”

“你也是。”我提醒道。

“别对我这么好，不然我就要哭了，”她说道，“我最近一直在哭。第一次是因为终于松了口气，因为贝丝那么好、那么优秀，真是难以置信。现在呢，是因为我觉得好幸运，能够分享她的生活，也可以好好爱她。”

“你会待多久？”我问道，声音里有一丝不易察觉的颤抖，希望伊莎贝尔没听出来。昨晚我又做了一个噩梦，梦见迈克尔和我在一辆车里，他突然站起来，从风挡玻璃中穿了过去——他没有弄破风挡玻璃，而是像融进去了一样，就那样离开了我。我想跟着他走，但车门紧锁，怎么也打不开。我拼命地拍打着窗户，可迈克尔充耳不闻，一直向前走着。我能听见他吹着轻松的口哨，他却听不见我疯狂的尖叫。我惊醒的时候气喘吁吁，接下来的几小时里，完全无法入睡。

“不太确定，可能再待几天吧，”伊莎贝尔的声音远远地传来，“我现在在酒店，但今晚要去和贝丝吃晚饭。你那边怎么样？迈克尔赢回你的心了吗？”我心里将这个问题反复掂量，想着如何回答才好。我该怎么说呢？迈克尔和我相敬如宾，礼貌得如同火车上碰巧坐在邻座的乘客？我有时候会担心再次爱上他？有时候又很确定，即使爱上了他，我还是会离开他？

“还是老样子，”我最终说道，“你回来的时候再说吧。现在再给我讲讲贝丝。”

“说来好笑，我们都太过关心对方的感受了。我问贝丝的爸妈能不能带她出去吃晚饭，他们连忙说好；然后我就担心，他们是不是也有点儿想一起来呢？所以我说了一连串好话，说也很欢迎他们来参加。他们就说‘你真的想让我们一起来？如果你真想的话，我们就来。但如果你比较想两个人的话……’最后贝丝大笑起来，为我们做了决定。她说这次她会单独跟我吃晚饭。茱莉娅，她说了‘这次’，就好像还会有下一次似的。”

“为什么没有呢？”我问道，“只要你和贝丝都还想再见到对方……”

“但她妈妈离开房间去洗碗的时候，贝丝告诉我，两个人单独吃饭谈话比较好。我感觉到她在……担心着什么事情。她努力做出很随意的样子，但是，她有时会咬手指甲。”

“右手大拇指的指甲？”我问道。

伊莎贝尔的声音中有掩藏不住的笑意：“就像我一样，一焦虑就这样。”

“所以你要帮她，不管是什么担忧，”我说，“接着你们俩就一起去做个指甲。”

伊莎贝尔突然沉默了好一会儿。

“既然我已经见到她了……茱莉娅，我就不能再失去她。如果她来找我寻求帮助，我可不能搞砸了。”

“你不会的，”我对她说，“每一件事你都做得很好。你为了贝丝跨越了整个国家，你还认真考虑到她父母的感受。他们怎么会不欢迎你呢，伊莎贝尔？每个人都会喜欢你的。”

她犹豫了一下才开口，声音小小的：“我觉得，大概是有点儿不习惯吧，不习惯这样温馨的家庭。我自己的家太糟糕了，所以从来不知道一个真正的家是什么样的。也许我从小就觉得，自己不配被一个幸福的家庭欢迎和接纳。”

“你配的，”我斩钉截铁，“你绝对配。”

我从来没有真正感谢过伊莎贝尔为我所做的一切。她的关心和照顾，并不仅仅是在过去这几个星期，而是很久很久以前就开始了。所以我现在要向她说出这一切，不过是用另一种方式：“你就是我的家人，伊莎贝尔，很久以前就是了。”

我抬头看着他，狠狠咽了下口水。这就是我所渴望的那个迈克尔，他爱我、欣赏我、疼惜我的一切，让我觉得自己独一无二。

Chapter 9

坦诚心迹

“给个提示嘛，”我说，“你知道我最讨厌惊喜的。”

“真的？”迈克尔皱起了眉头。

“不，”我老老实实承认道，“不过还是告诉我吧。”

“我要带你去一个薰衣草庄园，两个人闻一整天的薰衣草。”我举拳就要向迈克尔挥去，他连忙改了口，“开玩笑的，开玩笑。不过我希望你喜欢这个礼物。我现在就说这么多。”

我在出租车的后座上坐稳，两人沉默了几分钟。过了一会儿，路边掠过一些写有“杜勒斯国际机场”字样的路牌。迈克尔向前斜过身子，对出租车司机说了几句话，给了他几张钞票。车停在联合航空公司的标志下面，迈克尔说：“闭上眼睛。”

“迈克尔！”我抗议道。

“求你了。”他回答。

“好吧！”我无可奈何地照做了。

我听到布料滑过座位的声音，车门“咔嗒”一声打开了。过了一会儿，又传来金属碰撞的“砰砰”声，好像是一个大箱子被关上了。我的一只眼睛微微张开一条线，看到迈克尔正跟站在路边的什么人说话。

“好了，现在可以看了。我不想让你的期待太高。”他说，伸过手要拉我走出的士。我犹豫了一下，也就由着他了。“我没有订豪华酒店，不过机票可是头等舱的。只是三天而已。我现在只是在做好多年前就该做的事情。我只是……真的很想让你享受这快乐，茱莉娅。”

“我们去哪儿？”我问道。

但接下来他什么话都没说。我们过了安检，他去一个便利店给我俩一人买了一大瓶水、一个水果和一份奶酪。一直到我们开始排队登机的时候，他才开口。

“先别看，”他把机票递给我。“你能别告诉她航班的目的地吗？”他请求登机门的工作人员，“这是个惊喜。”

她笑了，撕开我的机票，把小些的那一半递给我。“祝您旅途愉快。”

十五分钟后，我们在座位上坐定，我感觉到飞机加速行驶然后直冲蓝天。过了一会儿，女机长的声音在机舱内回响起来，她告诉我们前方天气晴好，还有预计的到达时间。

“看来我们会一路顺利，直达巴黎。”这是她的结束语。

我转头看着迈克尔，他脸上带着温柔的微笑。

“我们要去巴黎？”我转过身看着窗外，有点儿希望现在就能看到埃菲尔铁塔。

接着我又猛地想起什么，转过去看着迈克尔，“我没带行李……”

“我都帮你收拾好了。我刚在路边检查了一下我俩的行李，放心。”

“公司那边——”

“吉恩知道怎么联系你。他跟我说，这几天不会有什么事，你不用担心错失了什么机会。”

“真不敢相信，你居然想到了这个。”我说。

“可以吗？”迈克尔问道，眉毛又纠结成一团，“我没有自作多情吧……”

我缓缓地点点头表示赞许，把额头靠在旁边冰凉的小窗上，看着地上的风景越变越小，直到完全消失不见，一片美丽的白云飘到我的眼前。

接下来的七十二小时，我不断告诫自己，我要忘记两人这越来越疯狂、越来越复杂的婚姻；还有这个月末一直回荡在我脑海中的那个决定。一切在这里都要暂停休整，因为这不是真正的生活，这不算。多年来，我一直梦想着能到巴黎来看一看，我绝对不能让任何东西毁掉这美好的心情。我要向巴黎投降，沦陷在她的怀抱里。

飞机一落地，我们就把大包小包的行李扔在拉丁区一个小而古雅的旅店里，接着就开始在城中畅游，到一个宣称能做出十几种家常味道的小店里品尝榛子雪糕。最近刚下过一场雨，老建筑上蓝灰色的巨石还显得湿漉漉的，让我误以为不小心闯入了一幅氤氲的水粉画里。我忘记了时差和疲惫，只是和迈克尔并肩漫步，不停地走着，走了好几小时，看到精致的小店就进去逛逛；还在塞纳河的一座桥上驻足，看桥下悠悠驶过的大小船只。当我站在三条狭窄的鹅卵石街道交汇处时，一个年轻女人匆匆走过，擦过我肩膀时还轻轻用法语说了句“不好意思”。我看着她的背影，悄声重复刚才的话，感到舌尖上全是法语的优雅与美丽。

太阳西沉，我们遇到一个街头小贩。他割开长棍面包，往里面添了一片我从来没见过的美味白奶酪。在交给我们之前，他还把食物放在红彤彤的烤架上加热，接着包上一张蜡纸递给我们。我们就在那儿吃下了面包当晚餐。

“你累吗？”迈克尔问道，递给我一瓶水。

我不想承认：“就一点点。”

“我们买瓶酒坐下来喝怎么样？”他问道，“这里就有一家店。”

店主说得一口流利的英语，向我们推荐了一瓶价格适中的黑皮诺。最终我们还是在酒店的小阳台上喝下了这瓶酒，在那里我们一样能感受这个城市独具魅力的风景、香味和声音。

“干杯！”迈克尔说，碰了碰我的杯子。他不知怎么的，竟然从浴室里找到两个玻璃杯。

我还在想着说什么祝酒词，突然看到街那头轰隆着迅速驶来一辆摩托车，车上的女人坐在驾车的男人身后，双臂紧紧环着他的身子，两人离得那么近，好像已经融为一体。我只想单纯地享受旅程，不去想过去和将来的事情。

“敬巴黎！”这就是我简简单单的祝酒词。

那天晚上我睡得很香，一夜无梦。第二天早上，我们早早起床步行去了凯旋门；接着在街边一个小咖啡馆喝了牛奶咖啡，坐在那里看着这个城市随着晨光而慢慢鲜活。“这里的女人都很漂亮，是吧？”我问迈克尔。一个女孩正从咖啡馆旁走过，赤褐色的秀发随着脚步飞扬。她脖子上系着一条樱桃红的丝巾，随意地打了结，我恐怕一辈子都摆弄不出这种味道。

“是啊！”迈克尔说。我瞟眼过去想看看他是不是说的同一个女孩，却发现他正看着我。我低下头，喝光最后一滴牛奶咖啡，既有点儿烦躁，又有些高兴。

吃完一篮羊角面包之后，我们逛到了埃菲尔铁塔，接着又去了卢浮宫。不过最后还是被时差给击败了，只好回到旅店去打个小盹儿。一小时以后我们就又洗了澡跑了出来，走过大街小巷，尽情地享用着烤牡蛎和尼斯沙拉，好像永远也不会疲倦、永远也吃不饱。那天深夜，我们走了长长的一段路回旅店，在巴黎的市中心看到了一套老式的旋转木马。

“想去玩玩儿吗？”迈克尔问道，我默默点了点头。以前我从来没有玩儿过旋转木马。于是他买了好几张票，我在木马之间转来转去，选中了一匹有着粉色、紫色和银色鬃毛的木马。我微扬着头，感受着旋转时耳旁拂过的微风。迈克尔想起立抓住旁边的铜环，结果差点儿摔了下来。

这不是真正的生活，我提醒自己，看着他站在踏板上，有些夸张地对我鞠躬，弄得我哈哈大笑，“这不过是末日狂欢，不过是缓期执行。”

在巴黎的最后一晚，我们发现了一家小餐馆，进去点了奶酪锅，用面包片和脆脆的蔬菜蘸香浓的奶酪吃。“感觉真不错，”我鼓着腮帮子把食物消灭得一点儿不剩后，对迈克尔说，“谢谢你。”

“只是不错而已吗？”他做出捧心受伤的样子，接着又示意侍应生再来一瓶葡萄酒。“如果我们当初来这儿度了蜜月，我一定会带你出去吃浪漫晚餐，然后向你诉说我所爱的你的一切。”

“只要你没看你的黑莓。”我故作轻松地说。我把杯中的酒一饮而尽，侍应生又殷勤地加满，我点点头表示感谢。

“一针见血，”迈克尔承认道，“很不幸你是对的。我早就应该告诉你，我爱你一整个早上都喝着同一杯咖啡的习惯。你总是小小地抿一口，然后放在桌上，忘记了它的存在。一小时后再拿着杯子去微波炉里热一热，再抿一小口。我从来没见过谁像你那样分时段摄取咖啡因的。”

“你最爱我的就是这个？”我轻快地说，“有人还说什么‘浪漫未死’的鬼话呢。”

“这不过是九牛一毛，”他说，“我爱你跟体重秤吵架的样子。有天早上我听你骂它是个小贱妇。”

“肯定是个假期，”我说，“假期的时候它总能把我弄得恼羞成怒。”

“我喜欢你走路时好似脚尖都没抬，但又不拖泥带水的轻巧样。你走过房间的姿态，是我见过最优雅迷人的，”迈克尔说，“我爱你在阳光底下鼻尖上冒出的小小雀斑，它们几乎组成了一个完美的三角。我爱你的笑纹——别担心，都是很轻的纹路，别人肯定看不出来——但你那么爱笑，却一点儿都没有抬头纹。”

我抬头看着他，狠狠咽了下口水。这就是我所渴望的那个迈克尔，他爱我、欣赏我、疼惜我的一切，让我觉得自己独一无二。

“我还爱你善良宽容的心，”他说，“换了别的女人，一定早就离开我了。”

突然响起的音乐让我在座位上扭了扭身子。一个钢琴师开始弹奏他的曲子。这是一个小餐馆，钢琴被放在远远的角落里，和我们隔着好几张桌子，桌子上放着红色的餐巾和小小的烛台。这音乐真是救了我，我可不想现在去想那些会让我离开迈克尔的原因。

“再来点儿红酒？”迈克尔拿起酒杯，我点点头。另外，我还按照自己的意愿，品尝了一杯巴黎的香槟。

接下来的事情，我不能怪在酒精头上，也不能说是因为巴黎太过浪漫，帮了迈克尔的忙。但那天晚上的风真是暖得不可思议，我们推开酒店房间阳台的门。温柔的微风中，长长的白色窗帘轻舞飞扬，梳妆台上有个枝形大烛台，品蓝色的蜡烛摇曳着点点烛光，把整个房间笼罩在一层淡淡的光辉之中。迈克尔锁上了房间的门，转身凝视着我。虽然他一句话也没说，我还是感觉到他目光里的有些放肆的探询。我已经忘了两人上次做爱是什么时候，好像就是在深夜，黑漆漆的卧室里，随随便便敷衍了事，假装两人还有夫妻生活而已。

他仍然一言不发，只是用温柔的手指抚过我的颧骨、鼻尖和下巴，接着慢慢解开我的衬衫扣子。而我则在这无法抗拒的温存中不断告诉自己：这些都不是真的。

第二天一清早，我在他的臂弯中醒来。

“嘿，你好！”他在我耳边轻轻说道，声音比平时略带沙哑。

我腾地坐起来，抓起床单遮住身子，昨晚的一切如潮水般涌进我脑海：迈克尔的手指温柔地滑过我的腹部和腿，温暖的嘴唇亲吻着我的颈部，他在我身体里有节奏地进出，而我则抓住他的肩膀，两腿夹在他的腰部，发出欢快的叫声。

我发现他的双手还抱着我，好似占有什么东西似的放在我小腹上。我深呼吸了一下，裹着床单跳下床。迈克尔一丝不挂地躺在床上，整个身体暴露无遗。

“怎么回事！”我大喊起来，“你带我来了巴黎，把我灌醉了，然后和我上了床？”

“茱莉娅，冷静点儿。我们又没做错什么。”

“当然没有了，迈克尔，我们是夫妻，我们又不是在偷情！”我的话句句如刀，“我醉得一塌糊涂。这不代表我爱上你了，也不代表——不代表我就不会离开你！”

“茱莉娅……求你了……亲爱的……稍等一下下。”他说着，手忙脚乱地下了床，从地上捡起衣服胡乱穿上。我也在屋里乱窜，抓起我的牛仔裤、毛衣和靴子，两个人就好像在参加一场电视真人秀，做了爱之后还要比赛谁穿衣服穿得快。

“我们能心平气和地谈一谈吗，就一会儿？”我还在穿衣服的时候，他问道。

但我一点儿也不想待在他身边。我抓起外套和皮包，砰的一声摔上门出去了，留在房间里的他还在努力穿上四角短裤，因为慌乱，穿到一条裤腿里去了，另一条裤腿滑稽可笑地悬挂着，好像一只小火烈鸟。

我嘴巴里苦苦的、脑袋里嗡嗡的，而且知道自己头发肯定也是乱乱的；我就像是一个在酒吧里纸醉金迷地过了一夜后羞愧地走在路上的大学生。路边有个露天小餐馆，我赶紧走了进去，点了咖啡和瓶装水，甚至都不敢抬眼看那个女侍应生。没有人相信我刚刚是和丈夫做的爱：我身体紧张、神经兮兮，好像“贱妇”两个大字就清楚明白地写在我脸上。

等待上饮料的时候我急匆匆地进了卫生间，开始“灾后重建”：打湿一张纸巾，胡乱抹了把脸；涂上粉色的润唇膏；用梳子梳理了蓬乱的头发。我的脸颊和眼睛都红得发烫。凑近镜子的时候，我发现昨晚迈克尔胡子摩擦过的下巴那里长出了一小片疹子。

我把额头靠在冰冷的镜面上，闭上了眼睛。真不敢相信我和他上了床。我还觉得自己特别理智，一直很清醒地和迈克尔保持着距离，让他对我大献殷勤，把心都掏出来给我看；而我则非常冷静地思考到底要不要他这个问题。现在我就这样模糊了界限，在本来就纠结纷乱的情况中，我又系上了几个死结。

我尽量挺起胸膛回到餐桌前，慢慢地喝着饮料，试着把思绪理清。我总归是要回旅馆的——下午飞机就要起飞了——但这几小时我想一个人待着。最终，我付了餐费，站起来走到外面，并且发现了一个街边公园。我双手抱胸坐在长椅上，呆呆地看着一个衣衫褴褛的老人给一群饥饿的鸽子喂面包屑。

不要这么不开心啦，我告诉自己，即使和迈克尔上了床，也并没有改变什么；这并不意味着我就必须选择留在他身边；我并没有给他什么筹码。决定权还是在我手里。可我为什么还是有想要流泪的冲动？

是因为昨夜太美好了。

那不仅仅是一种身体上的释放；迈克尔亲吻了我所有的敏感地带，他还是记得那么清楚、那么熟悉。从膝盖的背面，到大腿，再到睫毛。他一遍遍地告诉我我有多美，他有多爱我。我感受到他的爱，那么呼之欲出，那么激情荡漾。他看我的时候，眼睛里溢满了柔情……好像他又回到了十七岁，第一次发现我的美。之后他帮我按摩了肩背，当我筋疲力尽地蜷着身子入睡时，他从背后靠着我，和我十指紧扣。一切就像回到了很久以前的过去，当迈克尔还是一个好丈夫，当我们初坠爱河、如胶似漆。

和迈克尔的这场欢爱让我意识到如果离开他我将失去什么。我们在一起可以很幸福，就像以前一样。但我还是不确定到底能不能和他一起生活，甚至不知道还能不能再信任他。

我抬起头，看见两个母亲从我身边走过，推着各自宝贝儿的婴儿车，开心地说着什么。我突然发现周围都是小孩子。两个小孩就在旁边互相追打玩闹着，另一个则在喷泉边注视着水面上一艘小小的黄色纸船。还有更多年龄不一的孩子，朝着街对面一间看起来很像博物馆的学校走去，他们甩着书包，用充满活力的声音呼喊着彼此的名字。

如果我选择留下——我和迈克尔能解决所有的问题——我们会有孩子吗？他会是一个怎样的父亲呢？如果他去做个小顾问，工作负担比较轻，如果我们对过去妥协，向彼此倾诉心中的秘密，并且不让这些秘密毁掉我们的关系……

如果我还和他在一起，我双手掩面，陷入沉思。如果我能原谅他放弃所有的财产，原谅他在这之前的所有过失。

我敲了敲酒店房间的门，听见迈克尔的脚步声响起，门打开了。

“嘿，”他仔细看着我的脸色，但并没有问我去了哪里，“我给你买了点儿东西。”他递给我一个小小的纸袋。我朝里面瞥了一眼，看见一顶绿色的贝雷帽，喉头便有些哽咽了。昨天经过一个小店时，我就对这顶贝雷帽爱不释手，没想到他竟注意到了。

“谢谢，”我清了清嗓子说道，“该出发了吧？”

“我已经把行李都收拾好了，”他边说边指着我俩的行李箱，“但没有装你的化妆品。”

我点点头。“好，我去一下洗手间。”

我将头发扎成马尾，迅速冲了个澡，刷了牙，往脸上抹了点儿保湿霜，我用手在脸上拍拍打打，心里则一直想着下一步的打算。我没准备好，不能和迈克尔好好谈；我需要一些空间。穿戴整齐之后，我用那副大大的墨镜，遮住了双眼。

我们像两个陌生人一样，站在电梯里，中间的距离足以再站下两个人。行李员已经叫了辆出租车等在旅店门外。我钻进车里，看着窗外掠过的风景，宽阔的塞纳河、雄伟的大桥、窄窄的街道，一个风情万种的女人穿着看上去并不舒服的粉色高跟鞋，却悠闲轻快地小跑着。几乎是出于一种本能，我想伸出手拍拍迈克尔，让他看那个女人；但我的手举在半空，又放了下来。我知道，迈克尔是希望这趟旅行可以让我俩更加亲密。然而，此时此刻，我却完全不想待在他身边。

我关掉手机，在座位上坐好。整整九小时后飞机才降落，我们叫了辆出租车回到家。进了家门，我才打开了手机。后来我常想，如果我接到了伊莎贝尔打来的电话，那情形又会是怎样？也许我能说服她回来，也许我能帮助她。

但当时飞机正在大西洋上空的云层里飞行，我还能感受到迈克尔的胡须在我脸颊上留下的灼热，同时装作靠着椅背打盹的样子，这样就能回避我丈夫不时投来的热切目光。

“记得我当时以为贝丝是想谈她的感情问题吗？”这是伊莎贝尔在语音信箱里的第一条留言。她的声音颤抖而哽咽，我一下子感觉到事情不妙，手里的行李箱砰地掉在卧室的地板上。“我真是大错特错了。她是要让我离开，她想让我离开，茱莉娅。她说得很有礼貌，她说她很高兴我对她坦白了一切，让我们有机会彼此见个面，聊聊天。但现在她需要空间。天哪，我以为……好吧，你应该知道我以为什么。我还特别兴奋地想，每个月都能去一趟，带她去吃饭；每周能和她煲煲电话粥……我甚至还在想，她也许会在东海岸这边上大学，我就能常常见到她了。

蠢到家了，是不是？”

她的话语中满含着痛苦和自嘲，我满心不忍地闭上了双眼。

“我十六年没跟她联系，这种关系不可能在突然间自发建立起来。她那么善良，说不出口，但我知道她有这个意思。我是个不那么好的‘惊喜’，茱莉娅。她是这么说我的。真是讽刺，因为十六年前她对我来说也是个不那么好的惊喜。现在她过着这样幸福完美的生活，也是我对她的希望，但问题是……我没有想到的是……茱莉娅，她完全没有想念过我。”

我听着她的留言，泪珠滚落下来。

“我没有失态，吃过晚饭她开车送我到酒店后，我告诉她要是想找我就随时打电话。她用那双清亮冷静的眼睛望着我，抱了我一下，什么也没说。我的天哪，我需要离开这里去个什么地方。”她的声音半哭半笑，“我要打个车去机场，看看下一班飞机去哪里。也许去西班牙，学跳弗拉明戈舞；也许去法国南部，在沙滩上躺一个月——”留言从这里就断了，但我还是把手机贴在耳边，好像这样就能和伊莎贝尔待在一起。

“茱莉娅？”迈克尔伸手来抱我。这么多天来，我再一次让自己尽情沦陷在他怀抱里。但这次不一样，他的拥抱中没有那略带挑逗的如火热情。他只是轻轻抱住我，而我则尽情流泪，为了我最好的朋友，为了她那颗破碎的心。

“真不敢相信她女儿不想和她联系，”平复下来后，我喃喃地说，用迈克尔递给我的纸巾使劲儿擤着鼻子，“要是这个妈妈难相处或者脾气怪也就罢了……但这是伊莎贝尔啊，谁不想待在伊莎贝尔身边呢？”

迈克尔缓缓地点点头，“我倒不觉得她们的缘分就这样尽了。试着从贝丝的角度想想：伊莎贝尔的感情积累了那么多年，但是贝丝却对此一无所知。她需要调整和适应的时间。”

“所以你觉得贝丝会再找她？”我问道。

迈克尔靠在床头板上，揉了揉鼻梁。“要么打电话，要么写信。我有种直觉，只要她把自己的思绪和心情理清楚了，就会再联系自己的生母。你想想，突然接到那样一封信，伊莎贝尔又在几天以后就风风火火出现在她面前，这么年轻的姑娘一时接受不了也可以理解。我都想象不出她的情感会经历怎样的大起大落。也许贝丝觉得应该显现一种对养父母的忠诚；也许她就是想要一点点空间。但我想她会再联系伊莎贝尔的，她们俩会重新开始，也许那时两人会有点儿经验，小心翼翼地慢慢来。”

“但愿如此，”我说，“要是你听到伊莎贝尔的声音，迈克尔……”

“我在想……”他停下来清了清嗓子，“这一切发生的时候，你和我在一起，伊莎贝尔会不会觉得更加孤独？”

我惊奇地抬眼看他，没想到他能想到这一层。我被他忽略得太久了，都快要忘记被他关心和重视是什么感觉了——他总是能看到别人注意不到的细节。

“我也这么想，”我说，“我感到好内疚。她独自面对这一切的时候，我和你却在巴黎逍遥快活。”

“她很孤独，对吧？”迈克尔问道。

我点点头：“她不轻易在人前诉说或显现这种情绪，但你说对了。”

他一动不动地看着我。“同样的孤独感让你们俩成为了最好的朋友，是不是？”他问道，“我还有公司，可是你身边却没有任何人，任何可以倚靠的东西。”

我耸耸肩，简单地说：“她是我此生最珍惜的挚友。”

“她会回来的，”迈克尔说，“我向你发誓，她会回来的。”

当天晚上，迈克尔负责收拾碗筷，而我则在长久的纠结之后不敌美食的诱惑，吃下了一盒哈根达斯冰激凌。他转过身来，看着我。“有件事我一直很后悔。”

不知道为什么，我对他下面要说的话了然于胸。自从接到伊莎贝尔的电话留言之后，整个夜晚都被一种忧伤的情绪笼罩，仿佛是为这一刻的到来埋下伏笔，设好舞台。

“我从未陪你去看过你妈妈。”

我突然意识到，原来自从迈克尔在会议室倒下后，我们就一直在往这个问题上走。在那个瞬间，我真想像伊莎贝尔那样尽快逃开，但我还是仰起了下巴。“那我们去吧。”

“现在吗？”迈克尔问道。

我看了看表，心里飞快地计算了一下时间。“我们十点能到那里，不算太晚。”

“我去拿车钥匙。”他迅速关上洗碗机，关掉了厨房的灯。

“欢迎来到西弗吉尼亚。”路边的标牌上写着这几个大字。但这就是唯一欢迎我们的东西了。我们自小长大的小镇此刻非常安静，这让汽车引擎的轰鸣声和车轮与地面的摩擦声显得愈加刺耳和寂寞。我摇下车窗，毫不在意夜风将我的眼睛吹得泛泪，只是看着掠过的风景，任由思绪和回忆翻飞：合家欢餐馆，有时我和家人会在周日早上来这里吃蓝莓蛋糕，配上热热的枫糖，真是幸福的美味；就在辅路旁边，是镇上小小的砖砌图书馆，戴着厚厚的近视眼镜的唐娜·米尔森总是用那双笑眯眯的眼睛向我问好，拿出特地为我预留的一摞摞图书。还有那间药店，十三岁的我偷偷摸摸地走进去，目光低垂、脸颊发烫，要买卫生棉条。“用这些会比较舒服。”收银员克里斯蒂对我说，随手将我拿的那一大包放在一边，拿起一包稍薄点儿的递给我。她还会偷偷往我包里放一条好时巧克力，不收我的钱。

西弗吉尼亚总是出现在人们的玩笑当中，但我在这里遇到过一些生命中最善良的好心人。我那么孤注一掷地想要逃离，并不是因为这个淳朴美好的故土，而是因为我在这里的最后一年所经历的痛苦。那段时间，很多人都来关心我：我不再去图书馆之后，唐娜带了一些书来到我们家，但我将它们束之高阁、只字未读，然后在一天晚上图书馆关门之后，悄悄放回了还书的柜子里。邻居有一对退休老夫妻，每到积雪的时候都会主动把整个街区的人行道扫干净。一天下午，他们和另外两个邻居都来敲我的门，带着一篮子香蕉面包想跟我聊一聊。但我随便找了个功课之类的借口就把他们给打发走了。那时的我，只对迈克尔敞开心扉。

“你还好吧？”迈克尔问道，我点点头，整理了一下手中的花束。

几个急转弯后，车子开进了一个小公墓，里面布满了简单的白色墓碑。“我们在这里停车吧。”我指着一块空地说道。迈克尔停好车，取下钥匙，我从副驾驶那边的门下了车，等着他和我一起沿着那条石子路走下去。

头顶的明月将清辉洒在墓地。尽管之前只来过一次，我还是很快就找到母亲的墓碑。我在一棵垂柳旁跪了下来，用手指抚摸着墓碑上刻下的碑文：一个满怀深爱的妻子和母亲。下面刻着她的生卒年月。

我闭上双眼，满脑子都是她去世那晚的情景：

尖锐的铃声把我从睡梦中惊醒，我在黑暗中伸出手在床头柜上摸索，打翻了半杯水之后终于拿起了电话听筒。我看了一眼闹钟：凌晨两点。我心中一紧，好像是为即将听到的消息做心理准备。

“茱莉娅？”

是我爸爸，但听起来完全不像平时的他。

“你妈妈出事了。”他说。

“怎么了？她没事吧？”

问是这么问，但在爸爸开口之前，我就已经知道了，“妈妈走了。”

是中风，爸爸哽咽地告诉我。但母亲还不到六十岁呢，不是上了年纪的人才会得中风的吗？我跳下床，在卧室里来回踱步，双手紧握着电话。我浑身麻木，连眼泪都没掉，情绪焦躁得坐不住，心头一片茫然，除了不停地问“为什么”，我再也说不出其他的话。

过了一会儿，我才渐渐理清事情的来龙去脉：晚饭后，妈妈去一个朋友家，约她出去走走。“你拿冰激凌了吗？”和朋友走出门的时候，她问道。那位朋友看着妈妈，以为自己听错了，“你是问我拿车钥匙了吗？”她一边问，心里还在想两人只是出去散步而已，为什么需要车钥匙呢。才走了一个街区，妈妈就摔了两跤。朋友提议说坐下来歇一歇，接着两人又一起走回妈妈的家——她们走得很慢很慢，而与此同时，妈妈的脑细胞正在逐渐死亡——回到家，爸爸看到妈妈的笑脸斜向一边，就抱着她冲向汽车，直接去了医院。但已经太迟了。

“我能再见见她吗？”我问爸爸，手中依然攥着电话待在一片漆黑的卧室里。我上次和妈妈见面还是两年以前。怎么就过了这么久了呢？我应该多接她来住的。我应该多去看她的。

我努力回忆自己对她说的最后一句话。我有对她说“我爱你”吗？还是只是随口说了声“拜拜”就挂了电话呢？

“给我几小时，我马上就出发，别让他们……把她带走。”我请求爸爸。我挂断电话，哆哆嗦嗦地找到了五斗橱上的手机，我脑中一团乱，但有个名字很清晰地出现在迷雾中：迈克尔。他肯定知道该怎么办，他一定会帮我尽快见到妈妈。

我先给他打了手机，因为手颤抖得太厉害，还拨了两次。但没人接，也许迈克尔睡了，关了机。我抽泣着留下一条语音留言，请求他马上给我回电话。

他今晚在哪里？我闭上眼睛想要集中精神，却连他出差的城市都想不起来。他给我讲了住哪家酒店吗？

我踉踉跄跄地走向电脑，开了机，屏幕将微弱的蓝光洒在屋子里。我迅速浏览着邮箱，想找出凯特发送给我的迈克尔的本周最新行程。我通常是不看这些邮件的，但还是会等到一周结束的时候再集中删除。

洛杉矶。他在洛杉矶。

我按照凯特做了标记的酒店名和电话号码打过去，让前台帮我接到他的房间。电话响了，一声、两声、三声。等我快要挂断的时候，那头传来一个女声。

“迈克尔？”我的声音里满含悲哀的请求。

“他在洗澡。”葛洛仙妮悄声说，声音里带着胜利者的笑意。她停顿了一下，好像在享受着这一刻的欢愉。“我，嗯……能帮你什么吗？邓希尔夫人。”

我不记得接下来的几秒钟里自己都做了什么。我肯定是挂断了电话，然后胡乱抓了几件衣服扔进行李箱里。后来发现什么有用的都没带。我是去跟妈妈告别的，带的却是运动裤、高跟靴子和春季的流行小丝巾。

我到的时候还穿着睡衣，外面罩了一件冬天的外套，根据导航的提示直接去了医院。穿着白色制服的护士给我开了门，把妈妈的病房指给我。我快速跑到床边，跪了下来，握住她冰凉的手，一遍又一遍地亲吻。我将头靠在她的旁边，泪水打湿了枕头和妈妈的秀发。

过了一会儿——也不知是半小时，还是更久——我才站了起来。床尾有一块毯子，我拿起来，轻柔地盖在妈妈身上，就像我小时候妈妈常做的那样。我小时候睡觉很不老实，母亲总是半夜起来悄悄走进我的房间，重新帮我盖好被子，我在半梦半醒中总能感觉到母亲的爱温暖着我。

有人把手放在我肩上，轻声说："该走了。"

"走去哪里？"我几乎哭出声。我的两个家都不复存在了：西弗吉尼亚的家早就毁了，现在华盛顿那个家也一样。我没有地方可去。

接着我意识到肩膀上的那只手属于爸爸，赶忙躲开了。

"茱莉娅，亲爱的！"他开口道。

我看着他，突然感觉喉咙里卡着好多不堪入耳的脏话，快要让我窒息而死。因为痛苦和愤怒，我头晕目眩。这是我爸爸的错，一切都是他的错。他嗜赌成性，毁了妈妈的人生，那种沉重的压力过早夺去了她的性命。但我忍住了所有的谩骂和发泄，只是跌跌撞撞地走出病房，我知道爸爸也在某种程度上清楚这一点。真要明白说出来，不仅没有意义，而且太过残忍。

他站在门口看着我离开，他的双手依然伸着。"我爱你。"他对着我的背影大声说。

真好笑，迈克尔以前也说他爱我，然后他就跟葛洛仙妮双宿双飞地出差去了。

我发动引擎，一路开到市郊，就那样坐着，呆呆地盯着地平面。天空的颜色由黑转灰，再由紫转蓝，看上去都像瘀青的颜色。我想起妈妈每个月给我写的信。是的，是信。每个人都在写冷冰冰的邮件和短信，可她却总是坚持将要说的话一字一句地写在淡黄色的信笺上。她的离开没有任何预兆：信里的书写从未潦草不清，也不见颤抖的迹象。内容总是太过欢快，闲闲地说着家里和小城最近的情况。“这个春天我种了一些水仙花，把前院装饰得好漂亮。”“你还记得桑迪·罗宾森吗？她现在生了三个女儿，真是太可爱了，宝贝儿们排队走在街上时好像小鸭子。”

我也总是给她回信，也定时打电话，还邀请她和我一起去纽约，保证说会订舒适的酒店，带她去第五大街购物。但她没有动心。她不想离开爸爸，又知道如果带上他，那气氛就会很奇怪。妈妈的忠诚就是她的劫数，我突然想到。她本可以过上完全不同的生活。

手机突然响了起来，我低头看了看，迈克尔的号码在屏幕上刺眼地闪烁着。已经快到早上九点了。过了这么久他才回我，我心中泛起一丝苦涩。葛洛仙妮还躺在他枕边吗？

我拿起电话，在手中翻来覆去地掂量。原来不知不觉间，我已经步了妈妈的后尘。尽管我曾经发过誓，一定要过和她完全不同的生活，但现在我才发觉，其实我也要在一棵树上吊死了，总是守在一个一直伤害我的男人身边。

电话又响了起来，我拼尽全力，将手机砸在车窗上，看着碎片噼里啪啦地掉在地面上。我试着想象离开迈克尔重新开始，但脑中却一片空白。我知道自己会朝他大喊大叫，拿出种种证据与他对质，但这又能怎么样呢？就像一部突然从轻快转向阴沉的电影。如果没有了迈克尔，我不知道下面该怎么办，不知道我人生的剧情，又将怎样展开。

我在那里坐了好几小时，最后，终于硬撑着开车往家驶去。那天晚上，迈克尔走进家门想要安慰我的时候，我转过了身子。他没明白过来，以为我生气是因为他回华盛顿的第一件事情是去公司开早会，而不是马上回家。“对不起。”他不断对我低语。但我一句话也不想对他说。我跑进浴室，锁上门，蜷着身子躺在地上，在那里待了一整夜。我感到浑身的皮都被人扒了下去，即使是最轻微的触摸和响动都会像箭一样射穿我，给我带来无法承受的痛苦。我知道自己无法与他对质，至少不是现在，不是在我还为母亲的离世悲伤的时候。如果他真的喜欢葛洛仙妮，也许会主动离开我。就好像妈妈离开我，还有之前爸爸抛弃我一样。我身边一个人都没有。

一天以后，迈克尔问我葬礼是什么时候，我突然歇斯底里地朝他尖叫起来，声音粗哑而恐怖，他则十分畏惧地后退：他脑子出了什么毛病？我怎么能去葬礼呢？难道要我眼睁睁看着自己那不争气的爸爸，向请来主持葬礼的牧师借钱吗？

“回洛杉矶去吧，”我冷冰冰地对迈克尔说，脑子里全是他和葛洛仙妮苗条柔软的身体纠缠在一起的画面，“你还回来干什么？”

他做了个投降的手势，然后走出房间。“等你想聊聊的时候再找我。”没等他把话说完，我就狠狠摔上了门……

我把一路抱在怀中的黄色郁金香放在母亲的墓前。那是她最喜欢的花，但她从来没给自己买过。“太贵了！”她总是说，眼睛看着郁金香，手却伸向更朴素和实际的盆栽菊，可以活好几个月的那种。

她去世之后的每个星期，我都会订一打郁金香送到她的墓前。但这还是我第一次亲自拿着这花来献给她；那晚之后，我再也没有回过家乡。除了节假日打个敷衍的电话之外，我也没有联系过爸爸。我还是无法原谅他。那晚，我的心被什么东西彻底扭曲了，把我变成了一个自己都不认识的人。那个总是骑在爸爸脖子上，被他模仿的高头大马逗得咯咯大笑的小女孩，也在那天晚上永远地消失了。

我看了看她墓碑上简洁的碑文，又抬起头面对着迈克尔。

“我妈妈去世的时候……”我开了口，却怎么也说不下去，胸中似乎卡着一把利器。

“我没有在你身边陪你，”迈克尔说着也跪在我身边，“我应该马上飞回来的，真不敢相信我竟先去开了个该死的会。茱莉娅，我真的很抱歉。”

是时候了，该了结一下这件事了。

“会议是其次，但是半夜我打电话给你的时候，是葛洛仙妮接的，”我突兀地说，“在洛杉矶的酒店，你的房间里。”

我抬起双眼直视着他。坦诚一切，这是他给我的承诺。要是他胆敢在此时此地，在我母亲的墓前对我说谎……

“她接了我的电话？”他一脸困惑地问道。接着，一丝说不清的阴郁神情闪过他的脸庞。

“你和她有过外遇。”我说，心中的怒火又开始翻腾，全身都开始紧张起来，脸颊红得发烫。我双手抱胸，想平复一下心情。

他无奈地闭上了双眼。

来了，来了，我心想。

“哦，天哪，我必须跟你说清楚。以前……我的确骗过你……在某些事情上……但你完全没告诉过我她接了我的电话。茱莉娅。你为什么不问问我呢？”

我回避了那个问题。我有个很好的理由，但我现在可不想说。“你敢再骗我。”

“是有个晚上，”他开口道，“但不是在洛杉矶，而是你妈妈去世前一个月左右。我们都在纽约，公司的一大帮人。那天晚饭时我喝了点儿酒，接着又去酒吧喝了些白兰地。后来我们回酒店，不知怎么电梯里就剩下她和我。她开始亲我。但电梯门开了，我们就停下了。大厅里有人，所以我们就各自回了房间。”

他艰难地咽了口唾沫。“不过，嗯，晚一些的时候她敲开了我的门。”

我盯着他，感到心一点一点地沉下去。

“我们又亲吻了对方，然后又更进了一步。”

他避开我的目光，我看得出，他在努力控制自己的情绪，保持声音的稳定。

“她开始做其他的事情。比如抚摸我什么的。我……我脱下了她的衬衣……但接着我低下头，看见她手里拿着一个避孕套，把什么都准备好了。就在突然间，”他又抬头看着我，“我意识到，不能这样下去。”

“你们俩没有婚外情？”我满腹狐疑地问，“那她为什么接你的电话？她在你房间里啊。我妈妈去世的那晚，我给你打了电话，而她说你在洗什么该死的澡！”

“茱莉娅，我只要是去洛杉矶，都会入住同一家酒店，都会住在顶层的公寓。很大的房间，有餐厅和起居室，有时我还在那里开会，特别是工作到很晚的时候。那里总是有人进进出出。”

当时我那里是凌晨两点，但西海岸是晚上十一点。过去的迈克尔在那个点儿开会，也是很有可能的。

“有时候如果太晚，我们会叫客房服务生送点儿吃的上来。”迈克尔接着说，“我不知道为什么没接电话。可能没听见铃声，或者以为是厨房来的电话。也许是因为正在打另一通电话，或者与其他同事在谈事情，或者刚从酒店健身房回来，真的去洗澡了。但你真的以为，要是我在背着你偷情，会让那个女的帮我接电话吗？”

“你没和她上床，”我没有回答他的问题，想把理揽到我这边，“但你和她调情来着。你那样勾着她、吊着她，心里很开心很满足，是不是？除了没有和她上床，你什么都做了。”

“茱莉娅，过去的那个我……你说得对，我喜欢有人追求的感觉，那都是因为我的骄傲自负。但她并不是想要我这个人，她只想要我能给予她的那些东西。事实上，我根本没那么喜欢她。那晚在酒店，我是清醒的。我知道自己做了很糟糕的事情——但几分钟之后我就停下了，我真的停下了。”

迈克尔想拉起我的手，但我躲开了。我常常想象着他与葛洛仙妮的春宵一夜，编造了很多不同版本的故事。但他的讲述却与我的想象完全不同。我从来没料到，事情原来是这样的。

“我想，她是希望你认为我们俩发生了什么，”迈克尔说，“她想插到我们中间来，茱莉娅。否则，她怎么会那样跟你说呢？她稍微有一点儿……不正经。”

她想要插到我们中间，我突然警觉。第一次见到她的时候，她对迈克尔的挑逗眼神就是为了让我不安。如果他真的是在洗澡的话……好吧，严格意义上说，她并没有说谎。但她的语气传达的信息完全不同，很明显的，她想让我认为两人正亲密无间地在酒店房间里偷腥。她想在迈克尔和我之间燃起是非，蒙上阴影。

我转过身来，又想出了新的“指控”：“但她还给你发邮件呢！她说她想要你的嘴唇和身体！”

迈克尔还没开口，我闭上双眼，脑海里浮现出他之前的话，“她想得到更多。”

她那些挑逗的语言，是在追求他，而不是情人之间的蜜语。就像诺亚讲的那个侍应生和消失的一美元的故事，真正的答案在于你看待问题的角度。就像视觉误差，这是诺亚说过的话。我戴着自己想象中的有色眼镜看她的邮件。就像赌钱的时候，我只是死死地盯着牌堆，却没注意到发牌人的袖口暗藏玄机。

“那晚之后发生了什么？”我问道。

“她给我发了一段时间的信息，有电话留言、短信和邮件。我进退两难。我不能解雇她，因为某种程度上我们是有过亲密举动。我不能一下子下手太狠。而且她和戴尔关系很好，公司出了什么事的时候，他们俩就会联手把问题掩盖过去。我很了解她，知道她会把事情弄得很……难堪。但是，茱莉娅，到那个时候为止，你是我唯一亲吻过的女人。”他停顿了一下，清了清嗓子。“还有件事我必须告诉你。戴尔看见我们一起了。我从她房间出来的时候，他就在走廊里，就好像专门在那里等我似的。也许就是他打了个电话，把你的名字改成了葛洛仙妮的名字，就是那个晚宴名牌的事情。只有这样才说得通。”

“为什么？”我问道。

“他就是想通过这种方式告诉我他手里也有我的把柄。我想他是想用尽一切办法来整我。我承认，知道自己能斗过他这种感觉很享受；但更重要的是，我知道他的收入握在我的手里。我知道他被困在这里。我必须要比这个浑蛋更浑蛋，把他治得服服帖帖的。茱莉娅，这令我兴奋，我停不下来。”

他叹了口气：“还是说说葛洛仙妮吧。”

“帮个忙，”我轻轻地说，“别提起她的名字。”

“对不起，”迈克尔说，“那晚之后，我就确保两人再也没有独处的机会，也无视她的邮件和信息。过了段时间，她跳了槽，我也帮了点儿忙，就是向另一家公司推荐了她。”

“茱莉娅，”他伸出手，轻轻放在我脸颊上，让我看着他的眼睛，“我没有和她继续，还有一个最重要的原因……我眼前一直浮现着你的脸。”我注视着他，清楚地知道，他说的都是实话。我感觉得到。

眼泪滴在母亲的碑文上。我站起来开始狂奔，猛烈的呼吸在夜晚的空气中呵出一团团白色的雾气。迈克尔在我身后追着我，不停喊着我的名字。我终于累得停了下来，靠在一棵歪歪斜斜的橡树上。我的腿哆嗦得厉害，感觉快要站不住了。

“茱莉娅，对不起，请你相信我。”

“我相信你。”我小声说道。

“你抖得好厉害。”他伸手抱住我。我贪恋着他怀里的温暖，但很快就推开了他。

“你没有外遇，”我说，强迫自己看着他的眼睛，说出了深藏在心中的秘密，“但是我有。”

只有一次。

不，我说了谎，两次，有两次。

好吧，好吧，是三次。但第三次应该不算，因为我们没做完。

如果你想来段外遇，报复你的丈夫，那么会选一个什么样的男人？也许会选个身材火辣的冲浪运动员，乱蓬蓬的金发，平滑黝黑的胸上有心形的文身，听起来不错吧？也许是个性感而充满男人味的男人，让你感到年轻有活力、优雅美丽而又有人爱——弥补丈夫的忽略带来的自卑。

我才三十出头，但可不想和那种年轻得能掐出水来，剥香蕉时还能轻松劈叉的大学生去比。我想让对方付出得更多。我希望能有个男人在我耳边悄声细语，说我多么美，多么让人不可抗拒。就像迈克尔以前那样。

所以，我和一个特别平常的男人有了外遇。我是在工作的场合遇到布兰德的；他是一家餐饮公司的主厨，有时候会和我们合作办宴会。他做的巧克力裹草莓，可能是世界上最好吃的。一开始，我甚至都觉得他肯定不知道我是华盛顿首富的妻子。我从来不戴我那颗大钻石戒指或者其他昂贵的珠宝去上班，迈克尔也从来不出席我们主办的聚会。对于布兰德来说，我只是茱莉娅，一个拿着笔记簿，到处跑来跑去，像个疯子样的女人；随着婚礼或聚会日期的临近，就变得越来越狂躁，接着，又像个粉墨登场的演员，变成完全不同的另一人，平静地露出得体的微笑，有时还充当酒保，调酒给客人们喝，或者熟练地拿着宽胶布，把摇摇摆摆的桌腿三下五除二地缠稳当。

妈妈去世后两周左右，我主办了一场婚礼宴会。当新郎和新娘下了场，宾客们也都散去之后，我站在空荡荡的大厅中央，看着清洁工们用吸尘器打扫红玫瑰的花瓣，拆掉巧克力喷泉。迈克尔那晚破天荒地没有出差，也就意味着，我哪儿都可以待着，就是不想回家。

我没有与他对质。我只想先搜集证据，要是两人离婚，这个筹码可以让我很好地保护自己。我已经打听到一个很好的私人侦探，明天早上就给他电话。迈克尔这周会再去出差；这是个跟踪他的好机会。接着我会找到最好的离婚律师，看看迈克尔的背叛行为能不能让婚前协议失效。

然而，这一切的算计，以及里面所承载的矛盾、责难以及伤害，都让我感觉到好像有一双利爪，将我从里到外慢慢撕裂。我筋疲力尽，每天的脚步都是飘的，好像踩在云端。痛苦也侵蚀了我的思想，脑中总是响着沉重的轰鸣。就连早上刷个牙，都好像要了我的命。最痛苦的是，给客户打电话的时候，声音还必须轻松欢快。挂上电话的一刹那，我总是感到五内俱焚，元气大伤。有时会在光天化日时一头栽在办公桌上，希望这场小寐永远也不要醒来。我发现自己在忧郁和沮丧中越陷越深。就在一天之内，我失去了我的妈妈和我的婚姻，这超出了我承受的范围。而我情绪最糟糕的时候，就是问自己迈克尔是否爱上了葛洛仙妮的时候。也许他真的愿意扔给我几百万，只求能逃脱婚姻的牢笼。

昨天很晚的时候，她打过电话，但没有留言；迈克尔洗澡的时候，我看到显示着她电话号码的未接来电，拿起来悄悄删掉了。我的手指带着满腔敌意，一遍又一遍地按着删除键，好像这样我就能把这个人也一起抹去。

我走出酒店的大厅，鞋子踩着地上的谷物，发出咯吱咯吱的响声。刚才，笑得合不拢嘴的新婚夫妇走出大厅，人们都用这种方式将祝福洒向他们[①]。我发现有人将小赠品掉在了地上。那是一块饼干，上面印着新郎新娘的头像。背面则用粉色的食材，写上了两人的名字：利亚姆和丽莎。但有人——也许就是新娘本人，在穿着尖尖的高跟鞋匆匆跑向婚车的时候——踩在了上面，两个“饼干夫妇”的脸上出现参差不齐的伤痕。我低头看了很久，接着把手伸进包里，摸到了那串冰冷的钥匙。

“你不会想吃这个吧？”一个声音突然响起。我把视线从饼干上移开，抬头看到布兰德斜靠在外墙边，正抽着烟。“你知道的，我可以给你做点儿更好吃的。”

我勉强发出一声笑，把饼干的碎片放进垃圾箱里，走过去站在他

① 西方的风俗里，结婚时要向新郎新娘抛掷大米等谷物。

身旁。

“来一根儿？”他把万宝路烟盒的开口朝向我。

我本能地摇了摇头，但接着又说道，“来一根儿就来一根儿。”

他帮我点了火。他的手指细长而优雅，看起来应该是属于一个弹钢琴或者画风景画的男人，而不是眼前这个稍微有些矮胖，金色头发已经有些秃顶的厨师。但他很风趣，也很善良，还总会在宴会的时候给我留点儿小零食——比如一个烤得近乎完美、外皮都成了焦糖色的干贝；一盘浸了荷兰柠檬辣酱汁的嫩芦笋，还有他最拿手的草莓巧克力。

现在，那充满烹饪天赋的手指向我伸过来，点燃了我的香烟。我吸了一口，忍住咳嗽；大学的时候我偶尔会在课间和史蒂芬妮抽一支，但毕业之后我就没吸过烟了，史蒂芬妮在准备怀孕的时候戒了。而我则是因为没有了烟友——没法儿一起犯罪了——也就把这个还没养成的习惯给戒了。

“你干得很好，一直都是。”布兰德说。

“天公作美！”我说着抬头看了看天空。天气晴好，没有一丝风。“新娘最讨厌下雨，就算那预示着好运。”

我转头看着布兰德，惊奇地发现他向我凑近了一点儿。也或者是我靠近了他？

“我们几个想去喝一杯，”他说，“一起来吗？”

我想都没想：“很好。”

喝一杯变成了喝好几杯。和我们一起来的侍应生以及餐饮工作人员都开始三三两两地离开，最后只剩下我和布兰德。我们从一群人坐的卡座移到了吧台的高脚凳。酒吧里还是人头攒动，所以我俩只能紧挨着坐。布兰德的双膝是分开的，而我的腿则在他的腿间。两人在尽量避免接触的情况下，靠得很近很近。

那晚我和往常不同，心里有什么东西燃烧了起来，一种我无法言说的需要。那并不是欲望、愤怒或者报复的渴望，而是一种“我必须这样做”的朦胧意识。我偷偷地解开了衬衫的一颗扣子，笑得也比平时更大声。我慢慢地抿着酒，每一口都会舔一下上嘴唇，而此时布兰德棕色的眼睛一直掠过我的马蒂尼酒杯边缘注视着我。手机振动的时候，我把手伸进包里关了机，都没有看看是谁打的。

接着布兰德的腿碰了碰我，我们之间的空气顿时像过了电一般。我知道他在试探，这个晚上也许会走向两个截然不同的方向。我可以把两膝并得更紧，或者站起来去卫生间，或者做点儿其他的什么来转移注意力。但是我没有。我随意地把腿靠向了他，透过他的牛仔裤和我的丝质包裙，我能感觉到他身体传来的热量。就这样，我们无声而默契地选定了同一个方向。

“想换个地方吗？”布兰德问道，我默默地点点头。两人埋了单。我突然有点儿慌乱，怕遇到认识的人。但环顾四周，灯光十分昏暗，我知道自己是安全的。再说，我又没干什么见不得人的事情，至少，现在还没有。

我们来到外面，布兰德把摩托车的头盔戴在我头上，把头盔带系紧在我下巴上。我上了车，坐在他身后，双臂紧紧环抱他的腰部。我们离开时，我的大脑一片空白，只听到发动机的轰鸣。

布兰德的公寓位于亚当斯·摩根区，就在布满小餐馆和酒吧的第十八街旁边。踏入他家门槛的一瞬间，我就被恐慌包围了。布兰德在我身后关上了门，我觉得自己就这样被困在里面了。还可以离开的。我慌乱地对自己说。还不算太晚。

“你想喝点儿什么吗？”布兰德问道。

我摇摇头，还是一句话都说不出来。我站在客厅里，穿着大衣，紧紧抓着我的包，好像那是个盾牌。要是他朝我走来，或者说了什么有暗示性的话，我甚至可能用包打他，就像那种身材矮小的老婆婆尖叫着跑开。但布兰德接下来做的事，让我始料未及，并且完全卸下了防备。

“我给你做点儿吃的吧？你一整晚都没吃什么东西。”

“你注意到了？”我惊讶地问道。声音听起来有些迟钝，我赶紧清了清嗓子。

“过来。”他温柔地说，然后接过我的包放在沙发上，接着伸出双手将我带到厨房里。他没有帮我脱大衣；也许他知道我还没准备好，连这件衣服也暂时脱不下来。

“坐吧。”他简单地说，拉出一张椅子。

他打开冰箱开始找食材，口中还念念有词。

“来看看，炸鸡、宽面条、南瓜汤……”他看了看我，做了决定，“做个煎蛋卷吧。”

我解开了大衣的扣子，但并没有脱下。我清楚自己吃不下任何东西，但看着布兰德修长的手指拿着餐刀慢慢地切开香葱，把奶酪弄成细细的丝，我感觉到自己的身体慢慢地放松了下来。看他做饭就像看一场艺术家的表演，他对这小小的厨房如此熟悉，每一步的移动都从容优雅，好似舞者。一边用左腿关上抽屉，一边用右手打开冰箱，接着搅动铁锅中嘶嘶冒热气的黄油，手腕轻快地旋转着打蛋器。在这间廉价的公寓里，喇叭声、吼叫声、发动机的轰鸣声透过开着的窗子灌进来，但布兰德却安静地专注在眼前的煎蛋卷上，想给我做一顿完美的夜宵。我注意到他的白衬衫没像白天一样塞在裤子里，而是让衣角随意地垂下来。随着手腕自如地移动，他把煎蛋卷从锅中端出来，准确地放在一个天蓝色盘子的正中间。

接着他喂给我吃。

就是这一举动让我完全卸下了防备。他温柔地用叉子切下一块，放到我的唇边。他把全部注意力都放在我身上。直到咬下第一口，感觉到香味在我嘴里漫溢开来的时候，我才意识到自己有多饿。这煎蛋卷的口感那样轻柔蓬松，简直跟精致的舒芙蕾没什么区别。

这个晚上还是结局未定，可以让它成为一个仅限于调情的夜晚，两人只不过是喝了太多马蒂尼而已，我对自己说，但手却不听使唤地握着叉了，而布兰德的手就在我旁边。我可以扣上大衣的扣子，在他脸上留下一个吻，然后出去叫辆出租车回家，第二天给他发一封口气戏谑的邮件，说自己喝得太多，搞得他还得像照顾小孩子似的喂我吃饭。“下次我会带个围嘴过来。”我会这样写。

但接着我想起了那个在迈克尔酒店房间里替他接电话的沙哑声音。于是，我突然朝前斜了下身子，就像被什么绊住了似的，我把头靠在布兰德胸前闭上双眼。他开始抚摸我的头发，修长的手指穿过发丝帮我按摩颈项和头皮。几分钟以后我抬起脸，眼睛仍然闭着，他弯下腰，我们接吻了。

但是，如果他太心急，比如要解开我的衬衫扣子，或是抓了我的屁股，也许我还是会醒过来，跑到街上，叫辆车急匆匆地赶回家。

但他很慢，很温柔体贴。最终，我让布兰德用那温柔的手指脱掉了我的衣服，然后跟着他进了卧室。我心中没有激情，但今天来这里，本来就不是来寻找激情的。

跟布兰德做爱，一切都很不一样。他的胸上布满浓密卷曲的金色毛发，而迈克尔则拥有平滑的胸肌。布兰德会在我耳边低语，告诉我他有多想要我。迈克尔和我在做爱的过程中几乎都不怎么说话，只不过在初坠爱河期间，我们会注视着彼此的眼睛。布兰德的嘴唇比迈克尔厚，接吻的时候用舌头比较多。他的体味也完全不同，混合着他那天做过的所有食物的味道。抚摸我头发时，他的指甲闻起来有淡淡的覆盆子味，舌尖上则是干邑葡萄酒，而皮肤则像在香料里浸过一样，有些发红。

完事之后，布兰德又从身后抱了我一会儿。他的手臂又粗又壮，而不像迈克尔的那样瘦长结实。并不是说两者孰优孰劣，只是不一样而已。我在他的臂弯里等待着负罪感涌上心头，但那个时刻始终没有到来。其实，我心里根本什么感觉都没有。

过了一会儿，我钻进被窝，从床那头溜了下去，准备穿衣服。布兰德用手肘支撑着下巴，看着我。

“你没法儿留下过夜吧？”他说。

“不行，”我小声说，“但我会回来的。”

我第三次去他家的时候，布兰德建议我们俩去什么地方度个周末。“弗吉尼亚有个很不错的小旅店，我可以在那里订个房间，”他用指尖在我腹部划着小小的圆圈，“整个周末，我们都可以吃吃喝喝，在床上度过。”我移开身子，惊讶地看着他。那个时候，我才从他的眼神看出，这对他来说，远远不只几个偷腥的晚上那么简单。

“我不行，不好意思。”我说，希望我的语气同时也能传达出我的另一层歉意，因为我并没有他这样的感觉。我从来没有想过，布兰德也许会比我想要的多得多，他想要一段真正的感情。

“你可以离开他的。”布兰德边说边下了床。他走到窗边，看着外面的风景，背对着我。他的语气听来很随意，但站姿却十分紧张。

“离开迈克尔？”我问道，声音听起来像被什么东西掐住了，我清了清嗓子。

布兰德摇摇头：“我不知道他叫什么。你从来没说起过他，茱莉娅。”

我坐在床边，俯下身子从地板上捡起我的衬衫。我低头摆弄着那小小的珍珠扣子，这样就不用在布兰德转身时非要看他的眼睛了。之前我喝了半瓶上好的红酒，整个身体都沉重不堪，眼睛也干涩疲乏。我好像突然灵魂出窍，从上空俯视着自己的躯壳——一丝不挂，只在手指上套着一个金色的结婚戒指，脸上的妆都花掉了，头发也乱糟糟的。这时，迟来的负罪感终于包围了我。但并不是因为迈克尔，而是因为我对布兰德做下的事情。我本以为，他明白这一切都不过是露水情缘，两人各取所需。我带着性别上的成见，认为既然他是个男人，就会喜欢这种不用承担后果的逢场作戏。毕竟，我对他的了解太少了。

“这个问题很复杂。”我吞吞吐吐半天，说出这么句话。现在我的确是把事情弄得更复杂了。“我不能离开他，至少不是现在。”

“他真的很有钱，对吧？”布兰德快速穿上他的牛仔裤，“那天有人说了一下，还在奇怪你为什么要工作，因为你丈夫那么有钱。”

“布兰德，不是因为这个，”我说，但此时心中有个小小的声音尖刻地质问我，“难道不是吗？”

“我是在迈克尔一无所有的时候爱上他的，”我带着抗议的语气，“我们从高中开始就在一起了。”

“那你为什么和我走到一起？”布兰德问。

我又低头看着自己的衬衫，不知道该怎么回答。“我该走了，”过了半天我才开口，“我很抱歉。”

布兰德耸耸肩，好像完全不在乎的样子，但我看得出来，他正在忍住开口的冲动。也许是想说点儿残忍而伤人的话；我伤害了他，现在他想回击。但他太善良了，说不出口，做不出来。我把一切都搞乱套了。

我离开了布兰德的公寓，没有再多说什么，在之后的几个月里，我都没见过他。有一次我在深夜给他打了电话，但当他接起来的时候，我却一句话都说不出来，只好慌乱地挂掉。我不知道该说什么，不知道该怎样解释我们之间发生的事情。就连我自己，也是过了很久才想清楚的。

到我们再次因为一个聚会而合作的时候，布兰德显然已经放下了，对我也没那么在乎了。他向我微笑，迅速拍了拍我的肩膀作为问候，接着把注意力集中于手上的炸鱼柳。他把奶酪摆得像一件艺术品，周围撒上无花果，然后把用作餐后甜点的小野莓芝士蛋糕切好。完成一切之后，他解下围裙，把手洗干净，我发现自己竟不能将目光从他那优雅修长的手指上移开。接着我听见有人在叫他的名字，转身一看，是个眉清目秀的女人，戴着眼镜，金色短发，正向宴会厅走来。她的眼睛在人群中搜寻，等找到布兰德的时候，她脸上的微笑说明了一切。几分钟之后，他们手挽着手离开了，布兰德甚至都没有回头看我一眼。

我感到一身轻松，因为他没有恨我。但同时，前所未有的强烈孤独感，猛然涌上心头。

很多人都认为《奥赛罗》是威尔第最好的歌剧。生性阴冷的奥赛罗在拼凑了一些无谓的证据之后，确信妻子苔丝狄蒙娜欺骗了他。当然他是错得离谱了。但他的一个手下伊阿古，就充当了戴尔那样的角色，总是在他耳边吹风，刺激他，挑起他的怒气，不断增加他的怀疑。

我一直在想，如果在那混乱糟糕的日子，我选择和他谈谈，那么事情会不会不同，会不会将整个婚姻的走向全都改变？也许我可以扔掉他的电话，抛开他的黑莓，理性地将事情说清楚。不仅仅是葛洛仙妮，还有我们之间所有的问题。

我花了很长时间才弄清楚自己为何要偷情，但最终我意识到，这跟报复没有一点儿关系。只是因为我自己正面临着两难的选择：如果我强迫迈克尔承认他的外遇，那么我一定不能够继续和他保持婚姻关系。但如果我离开了他，我就会失去一切——我们的房子、车子，我所热衷的那些奢侈品。而我有了外遇之后，就有了另一个选择，那就是假装我们俩扯平了，这样就能继续心平气和地和迈克尔维持婚姻关系，过上表面光鲜恩爱，背地里各自偷情的“新生活”。

偷情的另一部分原因是，我依旧爱着迈克尔，无法放手，虽然这听起来扭曲而疯狂。不过，还有另一个我——一个更为丑陋和自私的我——愿意用爱和信任换取安全感和奢侈的生活。我做的这些事情从来没对任何人启齿过，哪怕是伊莎贝尔。在我心里，迈克尔是理亏的那个——他先出轨的。不管怎样，我总是用这个借口来安慰自己。

既然我已经拥有了自己的秘密，那么也就不再需要逼迫迈克尔向我坦白。所以我放任沉默与误解恣意生长，如同热带雨林中的毒蘑菇。我与迈克尔之间，越来越远，鸿沟难平。

“我……嗯……没想到会听到这样的事。”迈克尔说。他试着挤出一丝微笑，但最后却变成痛苦的表情。

“我很抱歉。”我犹豫地伸出手，紧接着又缩了回来。我没有任何权利去碰他。

“给我一分钟，好吗？”迈克尔转过身，背对着我，看着那一排排的墓碑。

“我应该跟你谈的，”我语气里带着无限的哀求，“但我以为你和葛洛仙妮……唉，我不该找借口的。”

“不。”他斩钉截铁地说，我看到他的眼角有泪光闪动，“是我的错，我先抛弃你的。”

“但是我——”

“茱莉娅，过去的我是怎样一个人？”迈克尔靠着树干滑下身子，跌坐在我旁边的土地上，“我逼得你去搞外遇；我欺骗了一个小伙子；我玩弄戴尔，只为了享受胜利者的快感；我用我的钱羞辱我的家人，而不是发自内心地给他们经济上的帮助……我究竟变成了一个什么样的人？”

他双手掩面，低声呢喃，我差点儿没听到他下面说的话，“我从来没想过自己最后会变成这样。”

“迈克尔，听我说。你是个好人。”我诚恳地说。

但他摇了摇头。“所有的事情都像滚雪球一样越来越大，茱莉娅。我越想做好事，就越意识到自己伤害了多少人。我差一点儿就失去你了。其实在很长一段时间里，我的确失去了你。但最糟糕的是，我竟然浑然不觉。”

“和布兰德在一起……根本什么都不是，”我痛恨自己给出这么苍白老套的解释，“我不爱他，而且一点儿也不了解他。”迈克尔缓缓点了点头，但我知道他并没有听我的话。他的心思在其他地方，也许正看着我和布兰德在温暖的被窝里纠缠。我知道这对迈克尔来说，一定是一种折磨，因为我也在很多个不眠之夜试着赶走脑海中相似的画面。

他坐在地上，鼻头冻得发红，虽然戴着一顶针织帽，但他毫不服帖的棕色鬈发还是冒了出来。多年以前，就在这个小城中，我俩开始了有彼此的生活。也许，这里也将成为我们故事的终结地。

我爱你。

这三个字突然闯进我的脑海。也许我对迈克尔的爱从来没停止过，但现在感觉更不同了。我爱他，不管我们给彼此带来了多少伤害；我爱他，因为那些欢乐的时光，也因为我们之间有过的误解和彷徨；我爱他，就算他放弃了一切财产，让我无法继续奢侈挥霍，尽管我还对那样的生活有所留恋，却对未来的可能心生向往。我们可以共同从头开始，建立起一种新的生活。我们的爱，经历了重重坎坷与大起大落，在此时更为丰富深沉、历久弥新。

我张开嘴，想大声说句“我爱你”，但突然，我看到一个影子，内脏瞬间收紧，一下子喘不上气。

“怎么了，”迈克尔听到我倒抽一口凉气，抬起了头，“茱莉娅？”

他跟随着我的目光四下张望。

那不是幽灵，是他。

高高的个子，灰色的呢子大衣，急匆匆的脚步……我很想赶快跑开，离他越远越好，但双腿却像灌满了铅，挪不动步。

“茱莉娅？”迈克尔又问了一遍，用手握紧了我的胳膊。“不舒服吗？想走了吗？”

我强迫自己再看了一眼，他正从一个街灯下走过，借着灯光，我发现，原来那并不是我爸爸。那只不过是一个从墓地外的人行道走过的男人。

我靠在迈克尔身上，身体不停地颤抖。“没事的。”这句话我不仅是说给迈克尔听，也是在安慰自己。

“可以走了吗？”他问道，目光落在我脸上。我默默点点头。他拉着我的手走到车前，而我也挽着他的胳膊。也不知道到底是谁在搀扶着谁。

“这事会过去的。”迈克尔说。我不知道这是个郑重的承诺，还是仪式一般严肃的誓言。“我们一定会好的，茱莉娅。”

我们一路不停地开回家，汽车在漆黑安静的公路上急速飞驰。只有一些大型拖车和夜间旅行者偶尔经过我们身旁。他们戴着头灯，强光在我们脸上掠过。我们之间的对话很是客气——你饿了吗？需要停下方便吗？——接着就又陷入令人窒息的沉默中。

我知道迈克尔说的那些葛洛仙妮的事情全是真话。他说，知道她的渴望和追求就足够了，不会再有进一步的行动。我完全相信。这句话比他稳定安静的声音以及目不转睛的注视更具有说服力。这种心态契合于他那秘密的伤痛和阴影，只有我知道。

我闭上眼睛，思绪回到从前。迈克尔的公司上市后的几个月，股价一路飙升，我回家的时候发现家门口停着一辆崭新的玛莎拉蒂，上面挂的还是临时牌照。

我惊讶地看了看自己的车载钟表：才下午六点十五。迈克尔已经很多年没这么早回过家了，真的。我走进门，叫着他的名字，却听见自己的声音回荡在两层楼高的大厅里，被明亮的大理石地板反射了回来。迈克尔没有应声。我来到楼上的卧室，他不在那儿；接着又跑到楼下他的家庭办公室。

我在那里找到了他，他正站在房间中央，抬头看着面前的那堵墙，墙上全是镶了框的媒体报道：《财富》杂志上采访他的文章；奥普拉和她那瓶“畅饮”的合影；《华盛顿邮报》经济版三个版面的专访，等等。

他的神情中隐藏着一种情绪，我不禁柔声问道：“迈克尔？”

他转过身，双眼空洞无神。“今天我妈妈给我打电话了。”

我惊讶地向前一步，接着快速走到他身边。

“她说了什么？”我问道。

他的嘴角闪过一丝嘲讽的笑意，但赶紧抿起来掩饰了过去。“她想祝贺我成功了，就好像她一直都知道我会成大事、赚大钱。有趣的是，她以前从来没有提起过。就这么突然地想起了我们之间的亲情。”

他抬头看着墙壁，语气冷酷得让我感到陌生：“我的天，真不知道是什么让她改变了主意？”

我张开双臂抱住他，想缓解他的伤痛。“你怎么跟她说的？”

“我告诉她我很忙，以后再给她打电话。”

“你会吗？”我问道。

他摇摇头：“从十二岁起，我从她那里得到的唯一的礼物，不过就是一张破破烂烂的生日卡。我无数次地幻想过她会回到我身边。你知道我最深刻的记忆是什么吗？那时我才六七岁，哥哥们像往常一样在打架。爸爸坐在沙发上，挺着啤酒肚，不停按着遥控器换台。我妈妈有一幅特别喜欢的画——不是什么名画，好像就是一片大海，但那是我们家里稍微看得过眼的几样东西之一——我的一个哥哥扔了什么东西过去，画框的玻璃碎了，那幅画也毁了，画纸裂了口。我妈妈就那样站在那里，我看见她用目光扫视着两个兄弟，然后放在我爸爸身上。她的脸……好像整个皱在一起。我听见她喃喃地说‘本不应该是这样的。’”

我把他抱得更紧了：“那之后她很快就走了吗？”

迈克尔点点头：“几个星期之后就一走了之了。我知道她和爸爸结婚的时候还很年轻，一个少女想象中的婚后生活并不是那样的。当她还是豆蔻年华的时候，他在她眼里一定很帅很迷人。他是个很壮实的橄榄球运动员，非常受欢迎。问题在于，我了解母亲的感受，茱莉娅。我知道她可能会在某天早上惊醒的时候，意识到她嫁的这个男人从高中之后就没有再成长，生出的孩子也是和他一样四肢发达、头脑简单的人。我也不想过那样的生活。她说‘本不应该是这样的’，我完全明白她的意思。我知道她为什么离开他们。可是我呢，茱莉娅？她为什么也抛下了我呢？”

他的声音变得凶狠却又柔软：“她有了一个新家庭，找了个新老公，有了一儿一女。”

我怀疑地看着他：“是她跟你说的？”

他耸耸肩。“她想让我见见同母异父的妹妹和弟弟。她邀请我们共进晚餐。你想想，这是一个多么幸福的大家庭啊，围坐在餐桌旁叙旧聊天。‘嘿，妈妈，还记得你离开后的第一个圣诞节，我在电话前守了一整天，因为我确信你会打电话告诉我你会回来接我吗？’那时，我情愿用自己的一切交换她的一个电话。而今天我告诉秘书，再也不要把她的电话接进来，不管她说什么。”

我把头靠在他的胸前，听着他强烈的心跳。他的手臂环抱着我，手却仍然紧紧握着拳。“这不怪你。”我悄声说。

我们就那样站在他的家庭办公室里。过了很久很久，迈克尔叹了口气，听起来好像一声短暂的抽泣，接着他说了一句让我心碎的话：“全世界，只有你是爱我的。”

第二天早上他早早地起了床，冲了澡，穿上一件剪裁精良的海军蓝西装和白得发亮的笔挺衬衫。他试了三条领带，最后选了条红蓝相间的，然后打了两次，最终在衣领上打成一个完美的结。

我倚在门柱上，看着他穿上这身行头。“你还好吧？”我终于忍不住问道。

他走过来，吻了吻我的额头，“会好的，”他说，“只要你永远不离开我。”

这件事情让我俩的关系在一两周的时间里亲密了许多。迈克尔甚至会在工作的间隙给我打电话，只为了问声好。一天晚上我们在按摩浴缸里泡了个双人浴，喝掉了一瓶红酒。他无法入睡的时候，我抚摸着他的后背，让他的身体渐渐放松，能迷迷糊糊睡上几小时。

但很快我们俩又开始变得冷漠和疏离：迈克尔在公司待得越来越晚，出差越来越多。我的重点工作时间往往是周末的晚上，而他却总是在周末才好不容易有时间在家。即使两人有难得共享的闲暇时光，我们的手机也总是响个不停。迈克尔买了另一个公司的股份，然后加入了一个慈善团体的董事会。各类宴会的请柬如雪片般飞来，我们的生活就被耗费在无休止的忙碌当中。无限膨胀的财富仿佛张着血盆大口，想把我们的婚姻与爱情吞进肚里。

我们婚姻中的核心事实，我需要记住的最重要的一点，就是迈克尔和我彼此相爱。我们的爱曾被离间、被伤害、被掩埋，但一直顽强地存在着。

Chapter 10

共渡难关

“你手机响了吧？”第二天早上，迈克尔问道。我们俩都一夜无眠。午夜的某个时刻，我去拉他的手，两人十指紧扣。满心的感恩与幸福，竟让我差点儿喜极而泣。

“应该是你的。”我走到橱柜边看了看。“就让他语音留言吧，”他说，“肯定没什么要紧的。”迈克尔的手机号是对外保密的，也就是说，即使现在还有一些“贼心不死”的媒体想找他独家专访，他们也只能打到家里的固定电话上来。只有少数的几个人知道他的手机号，都是他公司——或者说是“前公司”的雇员。这几天他的手机已经很少响了。

不知什么力量吸引我走了过去，有个小小的声音在我耳边说：“你需要接这个电话。”

“你确定吗？”我问道，手拿着他的电话。

他耸耸肩：“随便。”

“茉莉娅？”

是戴尔。不知道为什么我一点儿也不惊讶。

“什么事？”我直截了当地问道。

“就是想给迈克尔提个醒，”戴尔的声音好似油一样光滑平顺，“那个撞烂我们卡车的小伙子？”

我的胃里涌起一股厌恶。“刹车失灵了，戴尔。”我拼命忍住尖叫的冲动，不过我怀疑，戴尔就是想让我尖叫，就是想让我失去控制。“不是他的错。”

戴尔好像没听见我的话，自顾自地讲下去。“他要告我们。到时候就没办法了，你知道吗？我们可以拿很多文件之类的让他填，拖延时间，让他的法律费用不断增加，到最后无法负担。他可能会去找一些无偿法律援助，但即使是这样，我们也是稳胜。一切都滴水不漏。”

“你打电话来，就是说这个？”

“就是跟迈克尔说一声，”戴尔说，“记住，所有的文件都是他签的名。”

我没再多说一句话就挂断了。迈克尔已经从床上坐起来了，正看着我。

“出事故的那个小伙子要打官司，”我说，走过去坐在他身边，“就是那个失忆的人。”

“我不怪他。”迈克尔简单地说。他屈起双膝抱在胸前。“他应该打官司的，我应该被告个十几二十次都不为过。”

他转头看着我，“这并不是我做过的唯一一件这样的事。”他的声音很机械，不带一丝感情。

我皱了皱眉头：“什么意思？”

“公司开业后的几年，供应商提供给我们做饮料瓶的玻璃出了点儿问题。在生产线上加压和加温的时候，那些瓶子特别易碎。要是玻璃没问题，就不会出现这样的情况。但那批的玻璃有些部分很薄，是次品。”

“所以就碎了……”他的声音渐渐小下去，我接了一句。

“关于这种事情，有个安全程序规定，必须关闭生产线，并且将破碎瓶子两米之内的所有开口的瓶子都扔掉，防止玻璃的碎片掉到饮料中去；还要把所有东西清理干净……我们照做了，不过只是在一开始的几次。越来越多的玻璃瓶开始碎裂，一个接着一个，好像小炸弹一样。第二次发生这种事情的时候，我飞到了水牛城亲自查看。一开始我以为没问题，可以对付，可以买新的玻璃。但供应商突然不见了，而我们的订单又像雪片一般飞来，就是奥普拉赞扬过我们的饮料之后，我们有了成百上千的新客户。我被逼得走投无路，一定要把那些饮料包装好送出去，茱莉娅。”

“我们把所有人都清了出去，只留下几个可靠的，承诺了很大一笔奖金，要他们保守秘密。生产线就那样一直开着，而更多的瓶子碎掉了——现在我还能听到那些令人心惊肉跳的声音，刺耳的响声就像汽车逆火。我们只把碎掉的瓶子两边的那些扔出去了，生产线就一直那样跑着，马不停蹄。我们没有按照规定把两米以内的每个瓶子都扔掉。”

我见过那些穿着足球运动服的孩子们喝着迈克尔那可能含有碎片的柠檬汁；身怀六甲的妇女在野餐时打开野莓汁的瓶盖；炎热的天气里老爷爷走到便利店，买了酸橙汽水。瓶身上都有醒目的“畅饮”二字。*哦，迈克尔，我难过地想。*

“我曾经可能因此而一败涂地，失去一切，”他说，声音听起来还是那么机械和怪异，“我们一共处理了十六宗事件，都是戴尔去办的。只要我们一接到投诉，他就会在一小时内登上前往目的地的飞机，口袋里装着一个空白支票本。不知道他是怎么办到的，总之他说服了所有人不要张扬。只有一个住在亚拉巴马州安尼斯顿市的女人，她的邻居是当地一家报纸的记者。不过，葛洛仙妮也出面把这件事情搞定了。她和那个记者见了面，假装自己是另有要事来到那个城市的，然后说服了他这件事情没有新闻价值。每个发现饮料里有玻璃碎片的人都迅速得到了一万美元的赔偿，没人知道这些有害的饮料到底有多少。大多数人都吐出来了，没有吞下去。只有一个人咽下去生了病，他得到了十万美元。”

我把手放在迈克尔的手上，但他好像丝毫没有注意。

“我本来想告诉你的，但我转念一想，要是真有什么事，什么坏事”——*要是死了人*，我心想，我知道迈克尔也是这么想的——“你也许会被认为是我的同谋，要是我们公司被告了，他们可能也会冲着你来。”

“那时你肯定害怕极了。”我说，差点儿就说希望他那时跟我谈过。可是我不能再向迈克尔说谎了。要是我必须做出选择，要么让几瓶含有玻璃碎片的饮料销售出去，要么失去整个公司，看着迈克尔被无穷无尽的债务和无法支付的官司缠身，我不知道自己会怎么做。

也许，我比我自己所想的，要更像那时的迈克尔。

“你明白我为什么要赎罪了吧，茱莉娅？我必须现在就去帮助那个小伙子。如果我可以真正帮到他，改变他的生活……但我把那些文件都复印了，拿回家来，认认真真看了好多遍。我不知道能改变什么。要是我手里还剩下点儿钱，我会全数给他。但我的律师们把所有东西都分配出去了。这房子卖的钱，要捐给‘无国界医生’组织；华盛顿的公立学校准备用我汽车卖出的钱买一些电脑安置在教室里；有个组织要雇用一个新的调查员，处理虐待动物的投诉；我还承诺捐两千万给‘癌症研究’……真是没剩下什么了。我已经把所有的一切都捐出去了。”

他靠在一个枕头上，呆呆地看着天花板。“我一直在想，我应该去看看他。”

“见到他你要说什么呢？”我问道。

他耸耸肩。“我可以向他道歉，向他解释，承认我的错误。”

我细细掂量了一下，“我不想这么说，但是迈克尔，难道这不会给他更充分的起诉理由吗？”

“也许吧！”他说。

我看着迈克尔，他的脸上有着深刻的忧虑。几天以前，我听见他给一个相识多年的律师打电话，求他帮忙查查一个免除条款的文件。“不，你不明白，”迈克尔说，“我希望那些解决协议都无效。”他把文件都传真了过去，一小时后，电话响了，他迅速接了起来。“我明白了。”他说，用耳朵和肩膀夹着电话，手指揉着太阳穴。头痛又来了，我当时想，还放了些泰诺在他手里。

“迈克尔？”我说，“我想你应该去见他。不管律师怎么说。”

他看着我，这还是我坦白自己的外遇之后，他第一次这样认真地看着我。“我正希望听你这么说。”他说，愁云密布的脸上终于有了一丝微笑。

在我大概十岁的时候，一个星期天的下午，爸爸和我开车出游，看见一个女人站在路旁。她穿着一件合身的棕色大衣，左脚上穿着一只棕色的乐福鞋，而右脚却是一只毛绒绒的粉色家居拖鞋。右边的头发蓬乱而肮脏，左边却梳得服服帖帖，好像有人在她身体中间画了一条线，创造了两个完全不同的“半人”。

“那不是安特伍德夫人吗？”爸爸的车速慢了下来，我惊奇地问道。她教过我几年芭蕾，直到我宁愿和邻居的男孩子们踢足球，也不愿意做优雅的旋转才告结束。

“安特伍德夫人？”爸爸摇下车窗，“有什么可以帮你的吗？”

她看了看我们，脸上露出明显的安慰和轻松。“我找不到路了。”尽管带着微笑，她的声音还是颤抖着，双手握拳，紧攥着她的钱包。

“上车吧。”爸爸语气轻快地说，挥手让我坐到后座上去。他下了车，走到车那边去，轻轻抚着她的手肘。“我们走，茉莉和我会把你安全送到家的，别担心。你只是出来走走，是吧？”

安特伍德夫人慌乱地点点头，“走走。”

“您为什么走这么远？”我问道，话音没落，爸爸就插嘴打断了我，声音很大，把我的话生生地憋了回去。

“嗯，要等着搭便车回去真是不能怪你，天气突然就这么冷了，是不是？”

那时，我只知道眼前的事情没有一件说得通：安特伍德夫人的毛绒拖鞋；和爸爸关于她守在路边就是为了等搭便车的说法。

“你叫什么来着，亲爱的？”她问我，转过身努力看着我的脸。

“茱莉。”我轻轻地说，然后就明白不该多问什么了。

“我把你送进去，”爸爸把车停在安特伍德夫人那所小房子的前面，“茱莉，你能在这里等等吗？”

不等我回答，他就下了车，我看着他来到她家门前，这么冷的天，门却敞开着。他扶着她走了进去，待了大概十五分钟。

“对不起啊丫头，”他边说边上了车，“我们得多等一会儿了。”

“安特伍德夫人还好吧？”我问道。

“到前面来和我坐一起。”爸爸没回答我的问题。等我坐好了，他侧过身面对着我。我惊讶地发现他的眼睛有些湿润。这可是我爸爸啊，整日都笑呵呵的爸爸。

“有时候，人变老了，记忆就可能出点儿毛病，”爸爸说，“忘事情很正常的。你爷爷有一次把帽子放在冰箱里了，奶奶还问他要不要把帽子热了当晚饭吃。”

我咯咯笑了起来，爸爸也笑了，但脸上的悲伤却丝毫没有减轻。

“但很多人都只是忘记一些这样那样的小事。比如一个认识了很久的人的名字，或者钥匙放在哪儿，等等。”

“你现在也会忘啊。”我插嘴道。

他假装要打我，“年纪越大，情况就越糟糕。但是安特伍德夫人不一样，她得了一种病，叫阿尔茨海默症[①]。”

“这种病可以治吗？”

爸爸摇了摇头：“不，亲爱的，而且她会越来越严重，忘记越来越多的事情。”他往窗外看了看，伸出食指，“等一下，好吗？”

他又下了车，走向一辆停在安特伍德夫人房门前的蓝色本田。车里走出一个年轻女人，开了后车门，抱出一个小孩子。我看见爸爸走到他们身边，说了几句话，年轻女人背过身子不让小男孩看到，擦了一下眼泪。

爸爸将手放在她背上，轻轻拍了好几次，又说了几句话。接着，她终于点了点头，走进了安特伍德夫人的房间。

“那是谁？”爸爸上车的时候，我问道。“她女儿，”他说，“我发现冰箱上贴着她的电话号码，我想应该让她过来看看她妈妈。”

“她是一个人住吗，安特伍德夫人？”有时我会怕黑，想着安特伍德夫人一个人躺在床上，四下环视，双手紧紧攥着被子，就像白天攥着钱包似的。突然来到一个陌生的地方，又不记得自己是怎么来的，这事听起来可真恐怖。

“她现在是一个人住，”爸爸说，“但她会住到自己其中一个孩子家里去。她们都很担心她，她们会照顾她的。”

---

① 即通常所说的老年痴呆症。

“她看起来很害怕。”我低声说。

爸爸点点头：“忘掉自己的事情，实在是挺可怕的，她在经历这种痛苦。尽量想想她曾有过的好时候吧，茱莉。即便是现在，她还是有爱她的亲人，不管发生了什么，都会一直爱着她。”

客厅的桌子上还放着五颜六色的祝福卡片，祝贺斯科特·布雷维利二十四岁生日快乐。“你叫什么？”他问道，脸上露出亲切的微笑。他身材高大，圆蓬蓬的短发藏不住右耳朵上那条深深的伤痕。他穿着一件酒红色的红皮队[①]运动服和牛仔裤，我能想象，周日下午他会和一群朋友坐在电视机前，激动地大喊大叫，为橄榄球运动员加油助威，一边大口大口地吃着炸鸡翅和玉米片。

“是茱莉娅。”我说。这是他第三次问我了。

他的妻子，金伯莉，朝我抱歉地笑了笑。之前她打开房门，和我们握手，还帮我们把大衣挂起来时，我简直不敢相信自己的眼睛。她把我们当成贵客对待。我也不知道来访之前自己是怎么想的——她应该当着我们的面狠狠摔上门；而不应该像这样贴心地给我们沏低咖啡因的咖啡，端上美味的点心。

我不知道斯科特已经结婚了。这对他来说，是好还是坏呢？我禁不住想。两人外表看起来不是很相配——金伯莉小巧清秀。但不知为什么，当两个年轻人坐在他们蓝色的牛仔布沙发上时，看起来还真是一对。壁炉架上摆着两人更年轻时候的合影，看起来像是高中毕业舞会后

① 美国的一支橄榄球队。

拍的。这么说他俩在一起已经很久了。金伯莉会留在他身边，努力照顾现在的他；还是会最终绝望崩溃弃他而去呢？

他们住在弗吉尼亚州亚历山大市的一栋公寓楼里，这个区域的两边，分别是零零星星的奢华海滨别墅和密密麻麻的破败公共援建屋。他们的家与我和迈克尔租住的第二间公寓有点儿像——比第一间稍好一点儿，至少没有虫子了。客厅不算小，餐厅看起来好像刚刚装修过。金伯莉告诉我，她在一个贸易组织做行政助理。

“他妈妈白天会过来，”她说，语气随意得就像在谈论谁来看管小孩，“我们真是好运，因为她就住在附近。”

我看见迈克尔短暂地闭了一会儿眼睛。我们来之前他没吃晚饭。

“你家人多吗？”我问斯科特。我希望他给出肯定的回答，说自己有兄弟姐妹、叔伯阿姨以及表兄堂妹，能来搭把手，帮帮他。但是他摇了摇头，“不算多。”

迈克尔清了清嗓子，手掌不自在地在裤腿上擦了擦。“我来是想告诉你们，我非常抱歉。”他开口道。金伯莉用那双棕色的眼睛尖锐地看着他。看得出来，尽管她热情地邀请我们进了屋，但心里还是充满了疑问和不确定。对于丈夫的遭遇，她不知道该怪谁。

“我不应该签那些文件的，”迈克尔说，“我让你们失望了。你们应该得到更多的。”

房间里一片沉默。我禁不住想斯科特能不能记得这对话里的只言片语，或者很快就忘得一干二净，好像一个老师，把粉笔字擦得干干净净，要为第二天的课堂准备一个光亮的黑板。

“但还没解决完呢，”金伯莉皱皱眉头，“我以为你来是为了那件事，官司的事。”

迈克尔摇摇头，“我理解你想打官司的心情。我不怪你。但我只是来这里道歉的。”

金伯莉长长地舒了一口气，但还是在皱眉头。“你不是来给钱，想私下跟我们解决的？”

迈克尔继续摇摇头。“我希望自己拿得出钱。但我已经承诺把所有的一切给别的人了。但如果还有什么我能做的——”

金伯莉拍拍手，打断了他，“那个人让我们打官司。他说我们可以从你那儿得到更多的钱。”

很长一段时间都没人出声。

“那个人？”迈克尔终于开口了，声音很平稳。

“黑头发，你的同事？他几周前来过。他叫什么来着，丹？戴伍？反正叫戴什么。”

是戴尔。

从门厅传来一个小而尖的声音，我猛地转过身，心想一定是戴尔，站在那里搓着手，像动画片里上蹿下跳的反派人物。但不是他，只是一个小女孩，穿着粉色的连身睡衣，打着哈欠，蹒跚地跑过门厅。一看到她，我顿时屏住了呼吸。

金伯莉站了起来，伸手去抱女儿。但小女孩却跑向了爸爸。

“艾希莉是爸爸的好女儿，”金伯莉满含着爱意说道，“一直都是，从出生开始就和爸爸亲。”

“她真漂亮！”迈克尔说。我无声地点点头，看着她把头藏到斯科特的臂弯里去。

“嘿，亲爱的，”斯科特柔声说道，好像在哼唱一首摇篮曲，“我们吵醒你了吗？要奶瓶吗？”

“好了。我们应该走了，让你女儿好好睡觉。”迈克尔迅速站起来，斯科特和金伯莉也站起来。那慈祥的父亲还用左臂紧紧抱着艾希莉。

接着斯科特做了一件让我很惊讶的事，他伸出了右手。迈克尔并没有简单地握一握，而是伸出自己略显瘦弱的双手，握着斯科特宽大的手掌，握得很紧。

“对不起。”迈克尔又重复了一次，接着他疾步走出公寓，差点儿跑了起来。

我在电梯旁终于追上了他。“你来开车好吗？”迈克尔问道。

“当然。”递给我车钥匙的时候，他的手还在颤抖，把钥匙弄得叮当响。

我们上了车，一言不发地开上回家的路。我看到远处的华盛顿纪念碑，在夜空下显得格外苍白和雄伟。我想起和迈克尔第一次来到这座大城市的感觉。我们的整个人生路在眼前铺展开来，仿佛什么梦想都可以实现。

我口中泛起一丝苦涩，发现自己其实对戴尔想伤害迈克尔这件事并不惊奇，因为他想尽一切可能羞辱他，搞臭他的名声。我眼前浮现出戴尔深思熟虑着谋划不同方法的样子，就好像在玩弄着一个成熟的红苹果，考虑着从哪里下口，用他锋利的牙齿一啃而光。戴尔心里清楚，新的迈克尔最大的希望，就是做个好人。鼓励斯科特打官司是戴尔对迈克尔最大的复仇，但这跟钱无关。一个官司，能逼迈克尔想起过去那个让自己都嫌恶的自己。

车缓缓开进家门前的车道，迈克尔终于开口说话了。“关于官司的文件，今天送来了。你当时在洗澡。斯科特不仅仅告了公司，茱莉娅。他还单方面告了我个人。”

深深的悔意好像要生吃了迈克尔。他的颧骨渐渐高耸，眼窝深深地陷了下去，整日露着疲态，裤腿也开始变宽了，有些空空荡荡的。他的新陈代谢一向很快，现在体重更是下降得厉害，让人又吃惊又担心。我总是给他吃一些清淡的食物，比如香蕉和烤芝士三明治，但他总是吃了几口就不吃了。他又开始失眠了。只要我在半夜醒来，总能听见他在被窝里辗转反侧的声音。

自从迈克尔在会议室里栽倒之后，他就好像变了一个人，就好像……好像一个在感情和性格上与他完全相反的人乘机钻进了他的皮囊下面。但现在的迈克尔好像又变回了那个为一件事情茶不思饭不想的人。可不同在于，过去他沉浸在自己的成功当中，现在却始终思考着自己的失败之处。

“我太想弥补我的错误了。”一次，我被他的翻身弄醒，问他怎么样的时候，他这样悄声回答道。在一片漆黑的卧室里，他的声音听起来烦躁易怒而又疲惫不堪。“但我做不到。”

迈克尔总是喜欢把一切事情都想象成有形的画面。有一次，他告诉我，读一本小说的时候，他眼前会浮现出一幕幕的场景，好像在看电影。我知道现在他眼前也显现着一些画面，折磨着他，让他身心俱痛，五内俱焚。比如我和布兰德纠缠在一起，比如小艾希莉躺在失忆爸爸的臂弯里。

日子一天天地过去，迈克尔开始努力做回一个正常人，他和我一起坐在沙发上，喝一口我倒的咖啡，和我说话。但他总是在一些不恰当的时候问我些稀奇古怪的问题，让我知道他内心还是备受煎熬。

“那时你不再爱我了吗？”一天早上，我刚刷完牙，他突然没头没脑地问。

我用一块温暖的湿毛巾慢慢擦了擦脸，想争取点儿时间，思考一下怎么尽量温柔婉转地回答他。“我不知道，”想了很久，我终于开口道，使劲拧了拧毛巾，挂在架子上，“我想，当时我应该觉得我们的婚姻里没剩下多少爱了。我爱很久以前的你，我爱我们曾经一起走过的日子，但是……”我的声音渐渐低了下去。

“我真是太大意了，”他说，“工作的时候我事无巨细地掌管着一切。我知道公司发生的每一件事情。每个月我都能拿到康涅狄格州的销售数据，我也能原原本本地跟你说出我们的社交网络负责人在推销上用了什么样的策略吸引年轻消费者。但是，其他的所有事情，所有真正要紧的事情……”他摇了摇头。

我又想起诺亚那道“障眼法”的题，以及我怎样错看和误解了葛洛仙妮邮件里的那些话，将其融进我的想象设定好的画面中。我的婚姻也在某种程度上掉进了这样一个怪圈。迈克尔和我的位置变换了，现在我是出轨的那个，对婚姻丧失了信念的那个；而迈克尔一直在努力而忠诚地维系着两人的关系。我回想起那些漫长无眠的夜晚，想象着迈克尔和葛洛仙妮在一起的画面，心开始缓缓下沉。现在，我则把所有的痛苦都转嫁给他了。

“那时我们都没什么话说了。”他身上穿着T恤和短裤，在耀眼的灯光下，他的腿看起来瘦长而苍白。两人一起站在浴室里，肩并肩，就好像很久以前两人起床时一同为新的一天做准备一样。我们的目光在镜子里相遇了，我很想知道，他是否也在回想那些岁月。

“我知道。”我说，“我把过错全推在你身上，但我们俩都有错。我应该再努力一点儿去争取，去挽救我们的婚姻。我以为，有了这么多钱，有了这个房子，就需要付出我们之间的爱作为代价。如果不是你那样不分昼夜的工作，我不可能得到这一切，所以我就忍受了那些你晚归或者不归的夜晚。也许在某种程度上，我甚至害怕如果你慢下来，我们会失去一切。”

迈克尔缓缓地点了点头。“我知道你之前一直不明白我为什么要卖掉公司，但你现在明白了吗？至少有一点儿明白了吗？那是我们的毒药，茱莉娅。毁掉了我们的生活，毁掉了我们的婚姻。要是我没有——”

突兀的电话铃声打断了他的话。

“我去接。”我用尽量轻快的语气说道。

我快步走到卧室的沙发旁，在打电话的人要留言之前接了电话。昨天接连有三个记者打电话来，我就把楼下电话的铃声关了，却忘了楼上的。

“你好？他现在不在。”我撒了个谎，压低了声音，同时转过身，希望迈克尔听不到。“您是？他的夫人吗？您对那宗官司怎么看？”电话那头的记者像机关枪一样向我抛出一连串的问题。她还没说完，我就“啪”的一声挂了电话。

时隔多日，迈克尔的故事刚刚从当地各大报刊的头版渐渐淡出，现在又用更为醒目的方式回来了。记者们发现了那些和官司有关的文件。时间很短。也许斯科特和金伯莉的律师把资料给了他们；又或者是戴尔打了几个匿名电话。关于迈克尔这段“传奇”的最新转折真是让媒体不可抗拒。昨天我拿到的《华盛顿邮报》就有一版内页，上面用黑色的粗体大字写着：“他来家里拜访了，但他没有提供任何帮助。他只是表达了歉意。”报道文字旁边配了一张斯科特和他女儿的照片。

放下电话，我发现身后站着个人，转过身，我看到了静静站在那里的迈克尔。

“这些事你不用瞒着我，”他说，“凯特昨天打到我手机上了。她想给我提个醒，因为她也接到了媒体的电话和信息。”

“对不起，”我说，“我以为这样会好一些。”

“你知道吗，这真是有趣又疯狂。放在半年前，如果媒体这样报道我，我肯定会生不如死。我会发动一场声势浩大的申辩和反击，要把所有的报道都枪毙掉。但现在我什么都不在乎了。我满脑子想的都是那些放弃的财产一点儿也不重要。我帮助了一些家庭，但看看我又是多么严重地伤害了一个家庭。这把我做的所有善事都抹杀了。”

“迈克尔，你没有。”我从来没见过这样的他，看起来好像被什么力量打得一败涂地。眼睛周围有着浓重的黑眼圈，整个身子像垮掉了一样，疲乏困倦。

他轻轻耸了耸肩膀。

“今天想不想去个什么地方？”我问道，想转移他的注意力，“我们可以再去吊床那儿躺着，或者去大瀑布那边，诺亚可能在那儿呢。”

“好啊，出去一下吧。”迈克尔说，但声音里没有一点儿热情。他转过身背对着我，往窗外看去。我突然悲哀地意识到，我又要失去那个我爱的丈夫了。

迈克尔让我给他三个星期的时间，这天我经过厨房里的日历时，上面的日期如晴天霹雳般提醒了我：还剩下不到一周的时间了。我停下脚步，注视着那一页上仅剩的四个空白方格。在过去的十七天里发生了太多太多的事情，我从未预料到。而未来的日子，又叫我怎么去预测和规划呢？

我给自己倒了一杯白开水，坐在我们湖绿色的花岗岩灶台上，想起我那次当陪审员的经历。那是一个关于持枪抢劫便利店的案子，两个目击证人被传唤上庭。第一个证人说抢劫犯的身高大概有一米八三的样子。但第二个证人坚持说他只有一米七五左右。随着律师的深入询问，他们的证词越来越离谱，有时大相径庭，有时又惊人的一致，好像DNA纠缠绵延的螺旋。

他们回忆中的很多细节都差异很大。那时我还在想到底是为什么，因为他们都在场，亲眼目睹了一切。

在结案陈词的时候，公诉方建议陪审团成员注意一个最重要的事实：尽管矛盾众多，但两个目击证人都确认无误地说，坐在我们面前的嫌疑犯用枪指着售货员，然后拿走了钱。

“为小细节纠缠和困惑是很平常的。”律师说，走到陪审席前。无论怎么看，他都只是个其貌不扬的男人：不算高，棕色短发，五官也没有什么突出的地方。但我记得他坚定有神的淡蓝色眼睛。目光和我相遇的时候，他说，“目击证人在最关键的事实上给出了一致的证词，这是唯一重要的一点。他们都斩钉截铁地认为是这个人——”他猛地转过身指着那个嫌疑犯，“确实抢劫了那个便利店。这是最重要的。你们需要记住的，只有这一点。”

而我们婚姻中的核心事实，我需要记住的最重要的一点，就是迈克尔和我彼此相爱。我们的爱曾被离间、被伤害、被掩埋，但一直顽强地存在着。

我最后喝了一口水，站了起来，走进起居室，突然想到了伊莎贝尔。我常常给她写电子邮件，但她只回过一封，说她正在环游意大利，常常找不到电脑上网。“但我喜欢看到你的信，”她写道，“如果我不回信，请你还是常常写给我，好吗？”

我把她的信反反复复读了好多遍，想从有限的字数中猜测出她的情绪。接着我回了信，“每天都会。我每天都会给你写邮件，直到你回到我身边。”

此时此刻，我想起了她心中所有的悔恨，恨自己没有早点儿去见贝丝，坦诚自己的感情；没有抓住机会，让本可以和女儿相处的岁月白白流走。

有时候，看似最安全的那条道路往往会引向一个最伤人的结果。我恍然大悟。

双层玻璃门外，我丈夫正站在石质露台上，双手插在牛仔裤裤兜里。他眼神茫然地望着远方。我把头靠在玻璃门上，细细观察着他的神情。我意识到我们的人生中有超过一半的时间都是在一起的。我第一次遇见迈克尔的时候只有十六岁，而现在我已经快要三十五岁了。十多年了，我们携手并肩，经历了种种截然不同的生活，好像已经度过了几生几世：在西弗吉尼亚一起长大；在华盛顿尽力打拼，创建了各自的公司，最后搬进了这栋豪宅——年少时的多少梦想，都一一实现，而这个家就是我们梦想之旅中最辉煌的风景。

我们的下半生会变成什么样，我无法预测。但我们做过什么，在哪里生活过并不重要。下半生，我只要和他在一起。

我敲了敲玻璃门，但他没有听到。我又更大声地敲了几下，他转过身，我挥手示意他进屋来。

他走进起居室，问道："有什么事吗？"

我静静注视着他，在想我是不是真的有勇气和眼前这个人面对未来的风风雨雨。

"茱儿？"他试探性地问了一句，我吃惊地后退了一步。我们第一次见面时，迈克尔就这么亲昵地叫我，但后来就很少用了。我从来不相信什么预兆之类的鬼话，但我恍然意识到我们婚姻关系的一个转折点，就是我从一封邮件中的只言片语幻想出了一个根本不存在的事实。而现在，也是一个简简单单的词，它好像经过了我头脑的万花筒折射成美丽的图案，变成了意义完全不同的东西。

“跟我来。”我简单地说。

我脸上的表情告诉他不要再多问。我牵着迈克尔的手走上旋转楼梯来到衣帽间里。接着我推开了衣柜的门，来到后面的角落，把一架子的毛衣一股脑儿扔在地上，打开了那个隐藏的保险柜。

短短的一瞬间，我脑中回想起迈克尔要带我私奔时所说的那番话：有你有我，就够了。一直都是这样的，不是吗？

希望是这样，我现在给出了回答。我想是的，我确定是的。

我拿出大大小小的天鹅绒盒子，随意地将它们堆放在旁边的躺椅上。“我的珠宝，”我说，“把这些给斯科特，或者让克里斯蒂拿去拍卖，把拿到的钱给斯科特。随便你。”

“等等。”迈克尔吃惊地睁大了眼睛。他伸手拿起一个盒子打开，那对钻石耳环闪闪发光。“你想让我卖掉你的珠宝？但我不……我从来没有……”

“马上去做吧，现在就做，”我的喉头哽咽了，再讲下去就要失声痛哭，“拿走吧。我现在要出去，这样就不用眼睁睁地看着了，好吗？”

迈克尔拿起那对耳环，阳光透过窗户照射进来，照在钻石分明的棱角和光面上，在屋中折射出小小的彩虹。这是他送给我的生日礼物——不，严格意义上来说不是他送的。当时珠宝店的经理按响了我们的门铃，我一看到礼物就知道，是迈克尔特意这样安排的，因为他能想象我看到这阵势的表情：小小的天鹅绒首饰盒与一瓶香槟一起送到我手里，好像在说：晚上一起喝掉它。我会立刻戴上那对耳环，一直戴着，晚点儿的时候换上那件白色的丝质睡衣。等终于听到迈克尔的车子声时，我来到门前迎接他，撅着屁股，做出时装模特的样子。

“嘿，你……”他说着，退后了一步，端详着我的耳环——我把头发全束在脑后，以充分地展现耳环的效果。他脸上绽放着灿烂的笑容，我也报以幸福的微笑。

“你忘了点儿东西。”他说。

“是吗？”我用戏谑的口吻问道。我不知道他说的是什么——也许是想说如果我什么衣服都不穿，耳环的效果看起来会更好——但他只是伸出手，摸了摸我的耳垂。

“你不会想戴着这个睡觉吧？”

我呆呆地盯着他看了一会儿，然后才反应过来，原来他从来没见过这对耳环。我早应该想到的，是凯特为我选的礼物，挑了好看的生日卡，送到迈克尔面前，然后他大笔一挥，签上龙飞凤舞的大名。我的丈夫永远不会有时间去哈利·温斯顿或卡地亚[1]，在玻璃柜前挑来选去，想想我会最喜欢哪一款，哪一个。如果我的生日卡是他挑的，那也不会像这次这张这么浪漫，应该是比较幽默搞笑的那种。

当时我对自己说不要紧。我还是开了那瓶香槟，迈克尔与我在当晚尽情做爱，我没有多说什么。我告诉自己，你可是这个世界上最幸运的女人，住在这样一个宫殿般的房子里，有一个买得起如此贵重生日礼物的丈夫。他没有时间去亲自挑选，又有什么好在乎的呢？

① 两者都是著名奢侈珠宝品牌。

我一直欺骗自己说，这些珠宝是我多年来忍辱负重、听话懂事的“安慰奖”，也是对这段婚姻中所有情感损失的补偿。然而，它们实际上代表着两人关系中所有的丑陋与冷漠。

“你确定吗？你有可能会想——”迈克尔忧心忡忡地开了口。

我的眼睛还停留在那对耳环上，但眼前却浮现出那个穿粉色连体睡衣的小女孩，蹒跚地跑向对她张开双臂的爸爸。

“迈克尔，请现在就把它们拿走，马上。因为我真的不想改变主意。如果你再多待一秒，我不能保证自己不会把它们收回。”

他深深地看了我一眼，接着把钻石放进盒子里，把所有东西装进我的一个大包里，走出了门。

迈克尔回家的时候，我正泡在按摩浴缸里。这之前我在跑步机上做了一小时运动，iPod里的音乐震耳欲聋，内容都好像故意要折磨我。一开始阿巴乐队[1]大吼“钱、钱、钱”的时候，我尽管痛苦，还是可以忍受，但接着麦当娜就开始哼唱《拜金女郎》；我忍无可忍地跳下跑步机，咕嘟咕嘟地喝下两大杯水。吧台上摆着一瓶贵得离谱的苏格兰威士忌。我又喝了一点儿水，觉得心情还是很差，于是开了威士忌来借酒浇愁。

“钱还是够花的！”我擦擦自己下巴上的泪水，响亮地擤了擤鼻涕，想着自己在黄色记事簿上写下的那些数字，咒语一样重复着这句话。我永远不会挨饿，永远不会无家可归，永远不用像斯嘉丽·奥哈

① 瑞典流行乐队。

拉[1]那样，得用窗帘布做衣服。

尽管心中恐惧，我也清楚，自己必须这样做。这并不是为了外遇或者没能相信迈克尔而赎罪。原因很复杂，还带着一点儿诡异，但我能感觉到，这对我的帮助和对迈克尔的救赎一样重要。我必须相信他，相信我们，这是我唯一能说服自己做好准备去接受未来的办法。

“嘿！”迈克尔边说边进了浴室，坐在按摩浴缸的边上。

“你怎么处理的？”我问道。

“克里斯蒂要把它们都拍卖掉，”他说，“很显然他们觉得那些珠宝会拍卖出很超值的价钱，因为——我猜是名人效应之类的。”

我难过得抽搐了一下。“还记得你跟我说，会永远对我说实话的。那现在我告诉你，像这种残酷的真相你就不用说了。”

“然后我去看了斯科特和金伯莉，”他继续说道，“她又来给我开了门，但这次我没等到进屋就说了好多话。我告诉他们，这与官司无关。他们如果愿意，继续告下去也没关系。但现在我知道了，茱莉娅，我知道至少在很长一段时间来说，钱对他们不会是问题了。你做的事情——你给他们的东西——比我把所有的财产捐给慈善机构还要有意义。”

“并不只是给他们俩的，”我说，“是给他们女儿的，同时也是给你和我的。”

迈克尔笑了：“我明白。”

他蹲下身子，我发现他拿了一个棕色的纸袋子进浴室里。“我有东

① 《飘》中的女主人公。

西给你，不是什么值钱的……”

我往袋子里看了看，里面有一桶半加仑装的布雷耶巧克力冰激凌。

“这交易挺公平的啊，”我说，“一百万左右的珠宝换这一桶冰激凌。”

“我本来想买草莓味的，但那个只值五十万而已。”他说。

“要是你真的爱我，你该干什么，知道吗？”我问道。他摇摇头。我的喉咙因为刚才长时间的哭泣有些刺痛和酸涨。吃点儿冰激凌简直好极了。

“去拿个勺子，然后给我跳进来，一起泡这个澡！”我说。

我用双手抱起迈克尔的头，告诉他我爱他。他的眼睛睁开了一下，他听见了，我知道，他一定听见了。

Chapter 11
我终于失去了你

第二天一早，我醒来的时候，卧室里堆满了鲜花。迈克尔天还没亮就溜了出去，到鲜花店买了满满一怀的雏菊。他把每一朵分别插进小小的纸杯里，它们绽放在五斗橱上、床头柜上和餐桌上，把每一寸空间都占据得满满的，还有更多的堆满了卫生间。我好像一觉入梦，然后在花园中醒来。

他脱掉鞋子，上了床躺在我身边，但没脱衣服。如果不是他接下来说的这句话，我都忘了今天是什么日子了，“生日快乐。”

每隔一小时，他就送我一样礼物。十点钟时，是一首歌——唱到高音处，他的声音破了两次，虽然尽力想将茱莉娅这个名字和甲壳虫的歌押韵，却并不怎么成功——我笑得眼泪都出来了。中午的时候，他给我烤了个巧克力蛋糕。

“你还在中间混了布丁呢？”我跳着坐到橱柜上，读着食材背面的蛋糕做法，“我真感动啊。”

“只有最好的才配得上我的女孩儿。”迈克尔说。他低头看看搅拌钵，拿出一片蛋壳。“你还是喜欢蛋糕不那么脆，是不是？”

下午一点的时候，我们又回到了床上，我还是把头枕在他胸前。但这次，他的全部衣服都乱七八糟地堆在地上的鞋子旁边。

“下面还有什么？”我问道。“我们一穷二白了，而且我们也没那么年轻了。我们已经是人到中年了——特别是我，半小时前正式三十五岁了——这听起来可真不浪漫啊。不过我可不希望用垃圾袋装着我们的行李四处流浪啊。”

“嗯，我可没有把你的行李箱捐出去。”他提醒我说。

“嗯，”我认真地思考着，“我应该可以分给你一个行李箱。可别太贪心哦。”

“想想我在蛋糕里加了布丁夹心吧，没有功劳也有苦劳，”他讨好地说道，“我本来也可以给你烤个什么夹心都没有的蛋糕来着。”

“好吧，两个行李箱。”我大方地说。

“嗯，下面干吗呢……嗯，等把这房子移交给‘无国界医生’组织，他们就会卖掉它。应该会需要一段时间。”

“大家没有抢着来买，真是奇怪，”我说，“谁不想买个价值一千万的不动产呢？”

迈克尔笑了。“所以我们可以暂时待在这里，”他说，“可以吗？”

“当然啦。我下周要回去工作了，”我说，“我接到几个电话，说有一些聚会要办。”

“我告诉过你，要找份工作，”他说，“但我可以先过来和你一起工作吗？短时间的？”

我扬起一条眉毛：“你说真的？”

“我想看看你工作时的样子，”他说，“我想了解你的另一面。”

“所以我得颐指气使地使唤你干这干那了，”我说，“告诉你‘去做这个！’‘这样做不行！’”

“你现在就可以使唤我了。”他说着吻了吻我的脖子，接着又亲了耳垂，“这个您还满意吗，夫人？”

“我喜欢这个想法，”我告诉他，“继续做下去，我可能会评你当本月优秀员工哦。”

三点的生日礼物是在后院的一顿野餐。我们躺在一块毯子上，身边散落着所剩无几的零食——奶酪、葡萄、法国面包和几瓶苏打水。

“我知道你一直怀疑天堂的存在，但我的手艺有没有让你重新考虑这个可能性？”迈克尔问道，递给我一块蛋糕。中间部分在烤箱里有点儿塌缩了，所以他多加了一点儿奶油，让表面看起来平整一些。

我没有笑，而是躺在毯子上，面向天空。“我从来没问过你到底发生了什么，”我说，“在你出事的那天。”

“哦？”迈克尔说，躺在我身边，双臂枕着头。我突然这么问，他也许是觉得奇怪；但他没有表现出来。

“一开始就是平平常常的一天，”他说，“我都记不清那天上午我都干了什么了。上班的路上应该喝了两杯浓缩咖啡，因为我每天都喝。肯定看了几十封邮件，接了好多电话。接着就是新产品展示研讨会，是什么蔓越莓燕麦能量棒来着。大家都在会议室里。但突然之间，我就不在那里了。”

我转过头，两人的脸挨得更近了。天气阴沉沉的，这个下午比我想象的冷。空气中满含着冬天即将到来的预兆。我只穿了一条牛仔裤和一件薄毛衣，但是没穿外套。我双臂抱着胸，摩挲着自己的胳膊。

“以前我以为自己很怕死。我想这可能是让我不断努力前进的原因之一吧。如果我赚了足够多的钱，如果我成了足够重要的人物，如果我有了足够大的生存空间——也许我就能用某种方法躲过死神。也许他就没法儿抓住我。很疯狂的想法，是不是？但一想到不活在这个世界上，不存在于人们的周围，就觉得真是太可怕了。”

我犹豫了一下，“你去了哪里？”过了很久我问道。

“我不知道怎么说，”他说，“我想名字不重要吧。就好像从一间屋走到另一间屋那么容易，甚至比那更容易。”

我闭上眼睛，试图想象那种感觉。但我却一直忍不住想打断迈克尔好跑进屋里去加一件毛衣。一阵突如其来的风让我手臂上的汗毛嗖的一下竖了起来，我不禁打了个冷战。

“在那短短的几分钟，我明白了太多太多的东西，”他说，“我感觉到了爱和被爱。我和所有活着的人和死去的人都有了一种联系。我们俩的心也紧紧相连，茱莉娅。尽管全世界的人们说着不同的语言，住在相隔千里的地方，我们都在感受着同样的欢乐、痛苦、愤怒、尴尬和爱。我们都是有感情的人，感情是我们离开人世时带走的唯一东西。死去之后，我知道自己身在一个过渡的地方，然后会往前走，走向另一个境界。有人和我在一起，那是一种神圣的存在。我知道，那个存在是最安全、善良和温暖的。”

“有人？”我问道，“是个什么人呢？”

“是的，有人。”他停顿了一下，“是你妈妈。”

我直直地坐起来，猛吸了一口气。

“茱莉娅，宝贝儿，没事的。她把那么多的善意传递给我。她的眼睛……她那样温暖地看着我。我想她是在把她的爱传递给我，充满我的整个内心，这样我就可以把这爱拿回来给你。”

我一句话也说不出来。

“她让我知道我可以回来，而我下次再去的时候，她也会热情欢迎我，然后我再继续走下去。我想其他人在等着我，在下一个境界。”

“迈克尔，这真是疯了！”我硬生生挤出这几个字。

“我知道，”他安静地说，“但是，茱莉娅，就是这样的。”

我用双手捂住脸：“你为什么不早告诉我。”

“我想的，但我觉得你可能不想听。”

“迈克尔，我不敢相信。我明白你觉得经历了这些事情，但这太疯狂了。你知道这听起来有多荒谬吗？”我又开始颤抖，又用双臂抱住自己。

“知道。”他简单地说。

我又躺下来，盯着灰蒙蒙的天空。我又惊又冻，牙齿直打架。身子抖得停不下来。

“我不知道能不能相信你，”我终于低低地开了口，“这不合理啊。我妈妈怎么会在那里呢？这怎么可能呢？”

“我只是希望……”迈克尔开口道，可是声音渐渐低了下去。

“你说什么？”我悄声道，一滴眼泪顺着面颊流了下来。对妈妈强烈的思念好像要把我撕裂成两半。我闭上双眼，想起她的样子，鲜活得就像她还守在我身边：

妈妈的声音甜蜜而清亮，在屋前像唱歌一样叫跳绳的我回去吃饭。

我小学毕业的时候，妈妈拥抱了我，接着给我照了一张照片。我身上白色的漂亮蕾丝裙还是她一针一线亲手缝制起来的。

我过生日的时候，妈妈会坐在我床边，讲着我出生那天的故事。“你那么小，哭声却那么响亮，”她总是这么说，“一听到你哭我就伸手过去抱你，想直接从医生的手里把你拉过来。我可不想让你哭得那么伤心，一刻都不可以。”

“茱莉娅，真希望我能解释清楚那种感觉。”迈克尔话音刚落，太阳就从厚厚的云层后面露出脸来，把温暖的光洒在我身上，从我的脚上爬到腿上，接着环绕了我的胳膊和脖子。

就像我的妈妈，在寒冷的夜晚，帮我盖上一块温暖的毯子。

我看着迈克尔，双眼因为惊奇而圆睁着。他也出神地盯着我，脸上浮现出我从没见过的表情。

“就是这种感觉，”他低声说，“就是刚才，你那么冷，而太阳突然一下出来了。茱莉娅，那就是我死后的感觉。”

两天之后，我们来到河边，和诺亚还有贝尔一起，沿着停车场旁边的路悠闲地散着步。迈克尔和我手牵着手，诺亚则走在我们前面几米的地方，还是在扔棍子逗贝尔玩。

“你说贝尔是不是永远不会累啊？”我问迈克尔。

“它简直是一条摩托狗啊，”他说，“我一直都这么觉得，有这个可能。”

“你怎么会感觉到的呢？”我故作天真地问。迈克尔把我拉得更近了一些，在我耳边轻轻吠叫了几声。“今晚你想干什么？”我问道。这时小路转了弯，和一条忙碌喧闹的街道平行，诺亚从裤子后面的兜里掏出一根尼龙绳，吹了吹牵在上面的哨子，叫贝尔回来。

“其实，我有点儿累了。”迈克尔坦白地说。

“你？！”我有点儿吃惊地问道。这应该是第一次听他承认自己想要休息。

“回来，狗狗！”诺亚喊道。但贝尔的注意力被另外的东西吸引住了，它的头朝向和我们相反的方向。那是一只松鼠，在路中间吓得一动不动。我对此没什么反应。

“你又没收到伊莎贝尔的回信，是不是？”迈克尔问道。

我摇了摇头，“我还是每天给她写信。我太想她了。我在想是不是可以飞去她那儿陪她几天，不管她在哪里。至少我可以给她写封邮件说说这事。”

“好主意。”迈克尔握紧了我的手。“今晚我们可以待在家里吗？”过了一会儿，他问道。

“当然可以。”我说。抬头看着他，皱了皱眉头。“你是不是又头痛了？”

“不，没有头痛。”他说。

“那我们就待在家里。”我说，又看了他一眼。他的脸色是有点儿苍白。“我们洗个按摩浴，然后早点儿上床睡觉。记住，你要开始为我工作了。你需要好好休息。”

迈克尔斜过身子，在我头顶留下一个吻，然后深深吸了口气。“椰子香混着少许的柠檬味。”他温柔地轻言细语，“这是你的味道，我的茱莉。”

贝尔突然开始去追那只松鼠，可怜的小东西一下子反应过来，开始没命地跑，往右边逃去，一头跑进了那条双车道的街上。

“贝尔！”诺亚跟在他的狗身后，迈克尔松开我的手，跟在诺亚后面。诺亚离车道还有十五米左右，看起来跑得很快，马上就可以抓住贝尔。

但接着贝尔轻快的蹦跳就变成了全速狂奔。它低着头，所有的注意力都在小松鼠身上。它几代以前的那种本能告诉它，小动物就是猎物；可是本能可没有告诉它要注意人类新发明出来的汽车。

我不停地左右看着，车太多了。大家都在赶着下班回家，可能在车里还打着电话，看着短信和邮件。已经傍晚了，小路和大道上都种着稀疏的树木。司机们能注意到贝尔和诺亚跑到他们车前吗？

尽管我清楚没法儿及时赶上他们，但还是狂奔起来。

“诺亚，”我尖叫道，双手蒙住嘴巴，“停下！”

现在我谁也看不见了，他们的身影在树木之间时隐时现。我跑得更快了，看到迈克尔把我们的野餐篮落在前面。配奶酪吃的饼干掉了出来，方糖散落在地上，让我一个趔趄，差点儿摔倒。我突然想起白色信封纷纷落在地上的样子，就是那天，迈克尔死去的那天，负责送邮件的鲍勃丢掉信，跑去拿便携除颤器……

我听见一声尖厉的刹车声，边跑边紧紧闭上了眼睛；我的鞋子扬起阵阵尘土，我的手在空气里乱抓，好像这样就能让自己跑得更快一些。等我终于跑出树丛，两个方向行驶的所有车都停下来了。我四下张望，但谁也看不到——没有迈克尔，没有诺亚，也没有贝尔。司机们纷纷下了车，一个女人正在朝电话里大喊大叫，另一只手高高挥舞在空中。

我继续跑到街上，在车子之间穿梭，终于看到了诺亚，躺在路边，胳膊扭曲成一个奇怪的角度。

我想尖叫，却只发出一声低沉的嘶吼。

“我没事。”诺亚说。他伸直胳膊，脸上抽搐了一下，然后就屈伸自如了。他的眼睛睁得很大，站起来看着我。“迈克尔推了我一把，我没有受伤。”

我转过头去，看到迈克尔静静躺在两辆车之间。

所有的歌剧中，我最喜欢的部分都是尾声的咏叹调。在意大利，“咏叹调”这个词的意思是“空气”。这真是恰到好处的一种诠释。长长的一幕幕过去了，所有的一切都慢下来，舞台空旷寂寞，悄然无声，只回荡着那甜中带苦的声音。每次听咏叹调的时候，我都泪流满面。一首咏叹调，包含了那出歌剧所有的感情，以及生命中所有的感受；将这些欢笑与泪水，全都浓缩在悠扬动听的歌声中。

我用双手抱起迈克尔的头，告诉他我爱他。他的眼睛睁开了一下，他听见了，我知道，他一定听见了。

第二天一早，门铃响了，我慢慢睁开眼睛，从沙发上抬起沉重的身子。我的思维迟钝而模糊，好久才明白这声音是怎么回事。

迈克尔。

他以前死过一次，但活回来了。不管怎么样，不管用什么方式，他肯定还会再做一次的。当时警察拼命要把我从丈夫的尸体旁边拉开；那个从车上跳下来的年轻女子在我身上披了一条皱皱的应急毯，不停地说着“我很抱歉”；还有那个外科医生，伸出手指摸了摸迈克尔颈部的脉搏，抬头对他的同事沉默地摇了摇头。他们都以为迈克尔死了，但他们都错了。

迈克尔回来了，回到我身边了。

我挣扎着站起来，向门边跑去，但在光滑的木地板上滑了一下，双膝跪地。

“等一下！”我大喊着，拼命向门厅爬去。我抓着门附近那张桌子的桌角，撑着站起来，心怦怦直跳。我的手哆哆嗦嗦，好不容易开了门。刺眼的阳光射到我脸上，把眼睛弄得生疼，我一时什么也看不见，眼前只有一个高高瘦瘦的模糊影子。

“迈克尔。”我低低地喊，但什么声音都没发出来。

“希望没有打扰到您。”那个男人说。

等眼睛恢复过来，我才看清来人：他七十出头，一头白发非常稀疏，拄着一根磨得光滑无比的拐棍。我不认识他。

我感到整个身子从里到外都垮下来了。我扶着门框，那可怕的事实铺天盖地向我压下来，比昨天还更突然、更厉害：迈克尔真的走了。我喉咙里涌起一阵恶心的感觉，差点儿吐出来。

“我知道这不是什么好时候，”来人说道，“请节哀顺变。我不应该来打扰的，但我是迈克尔的律师，我叫乔纳森·波利特。”

我无法呼吸，头越来越晕眩，他的脸在眼前渐渐模糊起来。

“我很抱歉，”乔纳森伸出手拍拍我的胳膊，“我可以改天再来。”

他转过身，但我大喊一声，“别!”他停住了脚步。一整晚我都蜷缩在起居室的沙发上，不停地颤抖，现在已经不能一个人待着了。“别走，”我说，“请您进来。”

“我不会打扰太久的。”乔纳森承诺道。我松开门框，带着他慢慢走进我们的书房。我浑身酸痛，筋疲力尽，好像一夜之间变成了花甲之年的老太婆。

“我能坐下吗？”他问道。我眨了眨眼，意识到我们已经一言不发地站了一会儿了。

“不好意思，当然可以，我——”

“没关系的，”他打断了我，像爷爷那样慈祥地拍了拍我的肩膀，

“我懂。”

他打开皮质的公文包，拿出一个双筒望远镜，又窸窸窣窣地拿出一些纸。短短几天之前，迈克尔就坐在他现在坐的那个位子上。闭上眼睛，我就能再看到他，张开双臂要我钻进他怀里。我陷进乔纳森旁边的那张沙发里；我的双腿已无法站立了。

“我不会用法律上那些繁文缛节来烦你，”他轻轻地说，“你丈夫的人身保险有两百万美元。你是他唯一的受益人。”

我用了很久才反应过来他这一番话，“他有……人身保险？”

“这个条约生效已经有一段时间了，”乔纳森说，“他告诉过我很多次，不管他发生了什么，都希望你能过得好。”

我摇摇头。“我没有……但是他从来没有……他没有说过任何事。”

乔纳森用他瘦骨嶙峋的大手拍了拍我的手，我反过手来将他的手握紧。

“三年前，我妻子走了，”他温柔而平静地说，“你就握着我的手吧，握多久都可以。”

我点了点头，感觉到眼泪溢出了眼眶。“你们结婚很多年了吗？”

“是的。”他简单地说。

三年了，我简直不忍想象这个好心的老人所经历的漫长痛苦和煎熬。“我很抱歉。”

他低下了头，“我也是，为你。”接着他清了清嗓子，“但我是来这里告诉你迈克尔留给你的东西的。条约里有一条，如果死于事故的话，那么收益就加倍。那的确是一次事故。所以总数是四百万美元。”

乔纳森伸出另一只手，把一叠文件放在我面前。

“多久之前……”我没能问完这个问题。

“很多年前他就买了这个保险。需要我帮您查一下确切日期吗？”他的声音中带着一些疑问。

我摇了摇头，“不用了……对不起，我只是——”

我失声哭了起来。

“有一天他就那样走进我街边的办公室，当时当地就买下了那个保险，”乔纳森说，“当时他的公司经营状况已经很好了，但他告诉我，希望给你预备着，以防他遇到经济危机什么的。他每年都按时交保险费。后来——”乔纳森转了转头，接着说道，“他遇到心脏骤停之后的一个下午，他来见了我，告诉我遇到的事情。他是来确认保险条款还有效的。我告诉他每年年末保险费都按时上缴了。但他想亲自确认一下。他问了我很多相关的问题，直到确认没有任何漏洞才满意。他的头脑真是清醒。”

“他特别聪明，特别优秀。”我的嘴唇一直颤抖着，但努力说出了这几个字；这句话很重要。

“他非常爱你！”乔纳森说，他把手伸进衣兜里，拿出一张皱巴巴的白色纸巾递给我。我都没意识到眼泪已经爬满了脸颊。迈克尔永远无法成为一个拄拐杖的老人了。我也永远没机会和他白头到老了。明早我不能再将头枕在他胸前，幸福地醒来；再也听不到他快速的心跳在我耳边回荡了。

我很想尖叫着冲出房间，但四肢像灌满了铅，僵硬而沉重地靠在沙发上。

“他告诉我他想确保自己的妻子永远不用为了钱担心；也希望保险公司这边没问题。我会处理所有的事情，一收到支票就通知您。最多几周的样子。”

我点了点头，挣扎着深呼吸了一下，肺部一阵抽搐。

“我需要您的签名，”乔纳森温柔地提醒着我，拿起那些文件，“或者您想让另一个律师再看一下？”

我摇摇头，胡乱而潦草地签上我的名字。

“看起来简直就好像他……预料到了这一步，”乔纳森说，“希望您别介意我这样说。迈克尔告诉我，要是他出了什么意外，马上给您打电话，一分钟都不要等。就在昨晚，我在电视上看到了新闻……”

突然有什么东西把我从茫然中拉了出来，一切瞬间清晰起来：昨天刚好是迈克尔心脏骤停后的第二十一天。三个星期。正好是他让我当作最后礼物给他的时间。

他是早就知道吗？他怎么能知道的呢？

我看着乔纳森把文件放回公文包里。

“这样就一切妥当了。”他说，“但迈克尔还想让我告诉您一件事。”他脸上露出一个微笑，“迈克尔说您会明白他的意思。需要的时候，冰箱里还有很多布雷耶巧克力冰激凌。”

我紧紧闭上双眼。“谢谢您！”等我可以开口说话时，我对乔纳森表达了谢意。

“我不打扰了。”他说。

请您别走，我心想，突然被恐慌的情绪包围了。请别把我一个人留在这里。

“您想喝点儿水吗？”我问道，“或者……”我努力想着其他饮料，“茶？果汁？”

我看到乔纳森嘴条件反射般地呈现出一个“不”字的口型，但他四下看了看，好像第一次看到这个大而空旷的房子。他是第一个走进这里，却并没显得特别惊讶的人。

他的目光最后落在我身上，“今天我没有其他预约了。来杯茶最好不过了。”他说。

“你怎么这么快就回来了？”我问道。

“租了辆私人飞机，”伊莎贝尔轻描淡写地说，“一路闯红灯。”她把大衣随意地挂在门边，然后张开双臂拥抱着我。

我这才意识到，自己一直在等待这个时刻。我是如此期盼着她的到来。

“亲爱的，有件事情听起来可能很奇怪。几个星期前迈克尔给我打了个电话——就在他心脏骤停之后——然后问如果他有了什么不测，你能不能和我住一起。”

“他干什么了？”我失声问道。猜想被证实了，我心惊不已。他知道的，不知道为什么，但他早就知道。

我清了清嗓子，又问道，“你怎么说的？”

“我说，‘当然不行。’难道我是开旅馆的吗？”

我吃惊地眨了眨眼睛，然后大笑起来。我趴在沙发上，捂着肚子。接着眼泪扑簌簌地掉下来，好像有人打开了水龙头。

“哦，亲爱的，”伊莎贝尔紧紧抱着我，把我扶起来，“我在这儿呢，想哭就尽情地哭吧。”

“我做不到，”我在她肩上耳语着，“没有他我活不下去。”

“你什么也不用做，”她说，“我会好好照顾你的。搬来和我住一起，茱莉娅。想住多久就住多久。”

“我总觉得他会突然从另一间房走进来。”我泣不成声，“他怎么就这么走了呢？一个人怎么会刚刚还在这里，而下一秒就不在了呢？”

“我不知道。这不公平。”伊莎贝尔摩挲着我的头发，发出安慰的声音。

“你会搬来跟我一起住吗？”过了很久，她问道，“我无法想象你一个人孤独的样子，或者我可以住在这里……”

我颤抖着深呼吸了一口，努力思考这个问题。我能离开迈克尔和我曾一起生活的这个家吗？但迈克尔已经不在这儿了，不在这个优雅奢华却又冰冷慑人的地方了。我能感觉到他存在的地方，是属于我们的河岸上，是我们躲过雨的树荫，是在阳光下的温暖中。

“让我收拾一下东西。”我说，一边努力想着需要的东西，“我需要一把牙刷。”

“茱莉娅，别忘了我是个千金小姐！”她说，“一把新牙刷我那里还是有的。我们走吧，亲爱的。”

最初的几天，我没有起床。我吃不下东西，甚至说不出话。我只是躺在床上，在睡眠与清醒中游荡，任回忆和梦境纠缠在一起。我看见学校里年少的迈克尔，敏捷地坐在我的座位旁边；接着又在勤劳地搅拌食材给我做生日蛋糕，还调皮地眨着眼睛。巴黎，他在旋转木马上站起来，要抓住上面的铜环；接着又举起红酒和我干杯，眼中含着深沉的爱意。有时我会在黑暗中惊醒，嘴里喊着他的名字；接着悲伤就如潮水般袭来，将我紧紧包围，快要让我窒息。但伊莎贝尔的声音也会随之出现，让我稍稍有些安慰。

“没事的。”她总是这样柔声细语，把一杯姜汁举到我唇边。她浸湿了毛巾，擦了擦我的脸和手，温柔地说道，“我就在这里，在你身边。”

第五天的时候，她拉开了窗帘，让阳光洒进我的房间。

“我要帮你坐起来。”她说，伸手扶住我的后背。

“不，”我用手臂挡住眼睛，“现在不行。”

“你不能再这样下去了，亲爱的，”她说，“该下床了，加油。”

我的整个身体都无比疼痛，但有了她的支持，我竟然勉勉强强地站了起来。她递给我一件蓝色毛绒浴袍和一瓶红糖沐浴露，牵着我来到浴室，喷头的水已经打开了，整个房间里弥漫着白色的蒸汽。

“需要我帮你脱衣服吗？”她问道。我摇了摇头。

“那等你洗完我再过来。”

我在热气腾腾的水中站了很久，把头发洗干净，然后慢慢地将味道香甜的沐浴露泡泡揉进身体中。关掉喷头用浴袍将自己裹起来的时候，我发现床上的睡衣不见了，取而代之的是一套橘滋[①]休闲服和一双运动鞋。“出去走走，很快的，”伊莎贝尔一边帮我吹着头发，一边用一种哄小孩的口吻说道，“我们就走到街那头。”

我嘟囔着抗议了一声，但还是听话地跟她出去了。新鲜空气迎面扑来，美妙的感觉让我大吃一惊。过了几分钟，我的脚步更稳了，不知不觉中，两人就走了将近一公里。

“会好起来吗？”回家的时候，我问道，“痛失所爱之后。”

她的眼神暗淡了下来，我知道她想起了贝丝。

“会好的，”她说，“但永远都会背负着感情的重担。”

我点点头，“我想你说得对。只不过是要分清孰轻孰重，勇敢活下去罢了，对不对？”

她紧握着我的双肩，“我们能做的只有这些了。”接着两人又沉默地并肩走了一会儿。

“我想明天得回去一趟，”我说，“回去看看。”

“要我陪你吗？”伊莎贝尔问道。

我犹豫了一下，然后摇了摇头。不知为什么，我知道自己需要独自一人回去。

“我一个人没事的，”我说，“不会去很久。”

这栋房子从未真正成为一个家，我一边想着，一边清理着桌上堆积如山的信件，拂去上面薄薄的灰尘。我手扶着栏杆，沿着旋转楼梯上了

① 美国时尚休闲服饰品牌。

楼，走进我们的卧室。我的眼光掠过这个巨大的房间两侧的洗手间，以及那张豪华的大床。我和迈克尔当初怎么会以为我们需要这么大的空间呢？

这间屋的样子，就象征着我们之间的问题：外表无比光鲜亮丽，惹人艳羡；但私下里，我们从来都找不到彼此。

我找出一个旅行袋，收拾了一些东西——我最喜欢的暖和袜子；迈克尔系着“畅饮”围裙，干杯一样举起一杯饮料的那张照片；以及一本封面登载了迈克尔帅气照片的杂志，带着它我就能时时想起我的丈夫，让关于他的记忆永不褪色。我听了答录机上的所有留言——有的是记者想要采访，有的是熟人表示哀悼，还有一通来自诺亚的父母，一遍又一遍地说着他们有多感激迈克尔救了他们的孩子。他们在留言里说想要见我。我记下了他们的号码，暗自保证说会尽快回复他们。

我在水池里冲洗了一个杯子，然后放在洗碗机里，接着打开冰箱，把蔫掉的生菜和坏掉的牛奶清理掉。接着我开始用海绵布擦拭架子，正干得起劲的时候，突然想起一件事情。我打开冰柜，看到迈克尔买给我的东西藏在一堆食品后面。我把那堆我一直欺骗自己说总有一天要吃的菠菜推开，拿出那盒布雷耶巧克力冰激凌。

我拿着盒子向吧台走去，突然发现盖子顶上放着什么东西。我一屁股坐进椅子里，定定地看着那张折得方方正正的白纸。上面写着我的名字，是迈克尔熟悉的笔迹。对他的想念和痛楚又突然向我汹涌袭来，我用双臂捂着心口，蜷着身子待了一会儿。过了很久，终于伸出手，展开那张纸，上面的字字句句如迈克尔的笑脸，在我眼前晃动。

我的茱莉：

我懂，宝贝儿。我也很想你。我是那样地想念你。

有些回忆我一直珍藏在心中：陪你从贝琪·亨得里克森那儿走回家时，我心里清楚自己已经深深爱上你；在我们的旧公寓随着《世界多美好》的旋律起舞；在你熟睡时把你揽在怀中，感觉你在我臂弯留下的温度；在巴黎欣赏烛光中的你；你要把珠宝卖掉时恐惧而又决绝的神情；我知道那对于你意味着什么，我说的不是钱。

我知道在我放弃一切的时候，你以为我疯了。但是茱莉，我一直都清楚这一天会到来。我没有办法给你想要的一整年，因为我怀疑，不，我知道自己没那么长的时间了。但至少，这短暂的日子已经足够我们找回最初的彼此。我向你保证：我们会再次找回彼此的，在未来的某一天。

我希望你向我承诺几件事情。大口吃冰激凌。开心闻薰衣草。把那个叫作体重计的贱人永远扔掉。再去一趟巴黎，或者澳洲。但晚上也可以简单地坐在院子里，单纯地抬头看着星空。

我希望你再次坠入爱河。请生养一群小孩。你会是一个最棒的妈妈。

我爱你。我把它带在身边了，还记得我曾跟你说过的话吗？

我会一直爱着你。

M.

多少衷肠，要对你倾诉；多少见闻，要与你分享；但只有一样，宽广浩渺如同海洋；深邃无边永无尽头永不沧桑：你是我的爱，你是我的生命，你是我最绚烂的阳光……

Chapter 12

这是你给我的爱

“我很怕见你，”诺亚说，我能感觉到他瘦小的身躯在颤抖，“我以为你会冲我发火。”

“永远都不会。”我说着将他抱得更紧了一些，然后松开，深深地看着他的眼睛。“诺亚，那不是你的错，那不是任何人的错；不是司机的错，也不是贝尔跑到路中间的错，甚至也不是那只笨松鼠的错。那只不过是一次事故罢了。”

“你觉得他痛吗？”

我摇摇头，“他看起来没有任何痛苦。而且，诺亚，当时他一点儿也不害怕。迈克尔不怕死。”

我放开他，他又开始丢棍子让贝尔去捡。现在天气很冷了，地上结着冰，还有大堆大堆的雪。但贝尔还是迫不及待地跳进了水中。不过这次它没有头朝下，而是肚子朝下跃进波涛。它的爪子灵活地划着水，溅起高高的水花。它花了一点儿时间四处寻找，发现了那根棍子，然后潜入了水下。

“你相信人死后灵魂会去到某个地方吗？”诺亚问道，他抬头看着我，小小的眉毛拧成一股。“迈克尔现在会不会在那个地方呢？”

“现在我不知道自己该相信什么，”我缓慢地说，“不过我希望我能相信些什么东西；但我以前从没死去过。”

“很多伟大的数学家都相信人死后还有生命。”诺亚说。

贝尔浮出水面，嘴里叼着那根棍子，向岸边游来。

“我读过一个叫伽利略的人写的书，他说宇宙中的万物都包含在数学中，”诺亚说，“他是对的。并不仅仅是斐波那契数列。有时候我会想，我在任何地方都能看到数学的存在，是因为某个神就是这样创造世界的呢，还是因为我太热爱数学，所以把它附加到了我看到的每一样东西上去？”

“这个，”我说，拿着贝尔给的棍子，好像那是一件价值连城的传家宝，“这是个很好的问题。”

“就像先有鸡还是先有蛋的问题一样。”诺亚说。

“没错。”

“嘿，茱莉娅？”

“嗯？”

“你带吃的了吗？”

“我们不是要遛完狗之后跟你爸妈吃晚饭的吗？”我问道。

"是的，"他说，"但还有整整一小时呢。"

"打开那个包看看，孩子，"我说，"我也觉得应该在晚饭前来点儿垃圾食品。"

他开心地笑了："你回来了我真高兴。"

我看着脚下湍急的水流，抬起脸面对着冬日和煦的阳光。"我也很高兴。"晒了一会儿太阳之后我轻轻地说道，诺亚把温暖的小手放进我的手中。

第二天，我坐在二楼临窗的垫子上，看着锃亮的高级轿车、豪华的加长车和便宜一些的老车形成一股车流，缓缓驶进那长长的圆形车道。外面下着绵绵细雨，一片伞的海洋，所以我看不到前来吊唁的人们的脸，只看到他们下了车，撑着伞来到门前。

在过去的几年里，我策划了几百场聚会，但我丈夫的葬礼是迄今为止最难筹办的。我用了好多天绞尽脑汁地想迈克尔想要什么。是一个小型的户外葬礼，还是根本什么都不用办？我非常渴望实现他的愿望，但我根本不知道那到底是什么。最终我给迈克尔过去的助理凯特打了个电话。在一定程度上，她平静的声音和理性的建议给我吃了一颗"定心丸"，让我终于能拿定主意。我给相熟的餐饮和座椅租赁公司打了电话，说这次是我本人需要他们的服务。凯特建议我在这个常常作为婚礼场地的老宅举行葬礼。

意料之中，这是个完美的选择：底层大厅是整个打通的，褪色的东方风格地板和两头巨大的壁炉让空间的线条变得柔和起来，整个地方看起来舒适又温馨。墙上众多的枝形烛台给大厅蒙上了一层淡淡的黄色光芒，比亮闪闪的灯光来得更亲切。迈克尔的遗嘱中专门说明了，希望遗体火化，然后将骨灰撒入西弗吉尼亚那条属于我们的河水中。过几天，我会独自一人去完成他这最后的愿望；但今天，就让其他人好好跟迈克尔说再见吧。

"亲爱的？"伊莎贝尔的声音在身后响起，我转过头去。

她站在门厅里。"该开始了。"她说。

这里本是新娘走婚毯前独处的地方，也许等的也正是这句话。也许有的新娘就坐在这个临窗的地方烫卷自己的头发，穿上与我的一身黑衣正好相反的白色婚纱，无限憧憬地期待着站在那个自己选择的男人身边。

不知不觉间，泪水已经挂满了脸庞。伊莎贝尔走近，递了张纸巾到我手里。我扶着她的手臂站起来，接着一起来到楼下。当我走过大厅往台上走去时，我看到了拉希曼医生和一些"华盛顿火焰队"的球员，他们在人群中显得格外高大；我找到了诺亚，他戴着一条看起来很不舒服的红蓝条纹领带坐在爸爸妈妈中间；还有一个前国会议员，看他那突出的鼻子和浓密的白发就能认出来了，他抓紧时间在黑莓上发了个信息，然后才放进胸前的衣袋里。桑迪坐在后排，就是那个年轻的爱尔兰女人，她曾给我们带来了自己亲手做的饼干，讲述她因癌症而去世的姐姐的故事。我租了三百把椅子，场内几乎是座无虚席。凯特是对的：我们需要这么大的地方。

仪式非常简单。拉吉，迈克尔在公司唯一的真心朋友讲了讲两人创业初期那些好玩儿的事情，比如迈克尔通宵工作，第二天一早把冰箱里给别人准备的生日蛋糕整个吃掉了。“他跑到蛋糕店，一小时后又拎回来一个新的，”拉吉说，“没有其他人知道这件事，直到今天。”

我请凯特说几句话的时候，她本来有些推辞，直到我一再地提醒，迈克尔一直很信赖和喜欢她。她说了一段非常恳切的悼词，回忆起迈克尔曾经在给她的一张节日贺卡中夹了一张支票，可以支付女儿的大学学费时，她哽咽了。

接着诺亚站了起来，来到大厅前面。随着他小小的身影越来越清晰，我感觉到自己的嘴角忍不住上翘。一路上有人伸手想帮他理理头发，但他那蓬乱的鬈发毫不屈服地我行我素。

“迈克尔救了我的命，”诺亚用他尖而甜蜜的嗓音说道，“我在追我的狗狗贝尔，突然就跑到一辆车跟前。”他小小的下巴开始颤动，“我非常害怕。我知道逃出去已经来不及了。但迈克尔出现了，他把我举起来，推了我一把。我安全了。我真希望……”诺亚放声大哭起来，但还是断断续续地说着话，“我希望可以跟他说声‘对不起’和‘谢谢你’。因为我们是朋友，我非常喜欢他。”说完后，诺亚朝自己的座位走去，我看到他的爸爸妈妈伸手去接他。整个大厅陷入长久的寂静，只有一些小小的咕哝和人们擦眼泪的声音。

接着，悠扬的音乐声响起来了，回荡在空旷的大厅里。

这首普契尼作曲的歌是我献给迈克尔的最后一样礼物。我从来都没能和他一起去看过歌剧，但我可以把这首献给爱人的歌献给他。我可以与迈克尔共同分享这旋律所表达的光明和希望。

我口里喃喃着《波希米亚人》的唱词，闭上双眼，又看见我丈夫的脸：“多少衷肠，要对你倾诉；多少见闻，要与你分享；但只有一样，宽广浩渺如同海洋；深邃无边永无尽头永不沧桑：你是我的爱，你是我的生命，你是我最绚烂的阳光……”

“茱莉？”

听到我小时候的昵称，我有些吃惊地转过身，迎面遇上迈克尔爸爸的眼睛。真是不可思议，过了这么多年，他一点儿都没变。我倒抽了一口凉气，往后退了几步，才渐渐意识到，这肯定是迈克尔的两个哥哥之一。

“我想表达我的敬意。”他说。我点点头，心想这个动作可能已经充分说明我完全不知道他是两兄弟中的哪一个。

“迈克尔寄来的那些支票……嗯，它们帮了很大的忙。”他说着，脸色有些发红，声音渐渐低了下去。他有些无措地搓着自己那双粗糙的大手，一看就属于体力劳动者。“但不太确定我们是不是值得迈克尔这样帮。”

我久久地看着他的眼睛，有一种理解的情绪在两人的眼神之间默默地传递，接着我点了点头。*人是会变的*。我耳边回响着迈克尔的声音。至少迈克尔家里有人来参加葬礼了。“谢谢你，”我最后说道，接着转向了另一个等着和我说话的人，他一头黑发，看起来有四五十岁。

“我是卡尔·谢温斯基，从约翰·霍普金斯大学来，”他说，轻轻握了一下我的手，“我从来没见过您的丈夫，但我想来这里送送他。他给我们的中风研究基金捐了有史以来最大的一笔钱。他真是个大善人。”

有那么一会儿，我一句话也说不出来。中风研究。这是为了纪念我的妈妈。

我深深吸了口气，希望自己的声音能平静下来，“很高兴您来了。”

他又开始说话，但我没注意听，因为我突然看见两个人从大厅的那一头向我走来。我的心怦怦直跳，快得让我什么也听不见了。狂热的怒火遍布了周身的血液，我简直不敢相信这两人还有胆子来。

“伊莎贝尔呢？”我狂躁地想着，急切地寻找着她，但她正和别人谈话，看不到即将发生的事情。

“请接受我的哀悼。”戴尔说。葛洛仙妮站在他的身边，用那双猫一样的大眼睛盯着我，一句话也不说。

“你来干什么？”我小声说道，差点儿噎着。心里的怒火仍然压抑不住，我真想一掌把他俩推到门外去。

葛洛仙妮终于开口了，“我们想来表达敬意。”

“敬意？”我难以置信地想。他们曾经努力要毁掉迈克尔，毁掉我们俩。现在他们又要来夺走我在他葬礼上寻找到的平和心境了。

“我希望你现在就离开。”我说。

戴尔扬起一只眉毛，但他一动也不动。我心里的怒火燃烧得更旺了，但同时一种无力感也涌了上来。我不能把事情闹大，不能在这里。戴尔是不是就等着我出洋相呢？

突然间，我感到一条坚实的臂膀拍了拍我的后背，一个低沉的声音响起，“这位女士请您离开。”我抬起头，看到斯科特·布雷维利。

戴尔皱起了眉头，接着终于想起了他。“是斯科特吧，对吗？我们不久前才见过面。我们谈了你起诉迈克尔的问题。”

戴尔正要伸手跟斯科特握手，金伯莉把手拦在丈夫面前。她像打一只虫子那样把那只手打了下去。“迈克尔和茱莉娅对我们很好，”金伯莉说，“事情一开始有点儿糟糕，但是他解决了。我们不会起诉迈克尔，现在，你需要离开了。”

突然间伊莎贝尔也出现在了我的另一边，诺亚则站在我身前，伸出瘦弱的胳膊想要保护我。另一个声音像一把锋利的刀穿过人群，清晰动听而又带着不容置疑的强硬。“你真的应该走了，戴尔。你是不是得开始找工作了呀？”原来是凯特。

我看着围在我身边的这个小小的军团，内心深处积聚了一声大笑，由衷地爆发了出来。

戴尔急忙转身，一言不发地离开了。紧跟在他身后的是葛洛仙妮。

“我去确保他们出了门。”斯科特把手臂从我背上移开，朝我眨了眨眼睛。我点头表示谢意。

“我给你拿杯喝的吧？”凯特说。

“吃块饼干吧？”诺亚建议说，“我检查了一下吃的，他们拿出来摆在盘子上的都是巧克力味儿的。”

“你还好吧？”伊莎贝尔温柔地问。

我看着这一张张亲切友善的脸，长长地呼了一口气，感觉身体的所有紧张不安都渐渐远离了。人们还在等着和我说话，与我分享他们和迈克尔的回忆。

“好，”我回答道，“三个问题的答案，都是‘好’。”

我把车停在路边，熄了火，对眼前的房子注视良久。之前我只来过几次，而且是很多年以前了。现在这个小小的木制别墅用可爱的蓝色重新漆过了。有人加盖了一个前廊，几盏没来得及取下来的圣诞彩灯挂在门前矮矮的灌木上。看起来是如此漂亮可爱，我心想，为什么大家不一年四季都挂着这些彩灯呢？不一定要在十二月才开始庆祝节日啊。

我下了车，伸了个大大的懒腰，感觉我的脊柱满意地放松了一下，接着我检查了一下包，确定那个牛皮纸信封还在里面。我慢慢地走到门前的楼梯上，抬了抬黄铜锁，让它撞了撞门，我的心也随着那厚重的声音响了起来。

没什么好紧张的，我告诉自己，挺直了身子。过了一会儿，又敲了敲门。

没有回音。

我不禁笑了起来。我花了好几个月——不，好几年——才来到此时此地，但居然没人在家。下次我会先打个电话。

我走到车旁，正打开车门，突然听到他叫我的名字，声音里带着点儿疑问。我转过身。

“嘿，爸爸。”我说。

他站在房子的角落边，戴着一双园丁手套，扶着一把铝合金的梯子。

“是你，”过了一会儿他才确定地说，“我在清理屋顶的树枝。我还以为是自己想象出来的。”

“我收到你的问候卡了，”我说，“想来谢谢你。”

他把梯子放下，脱下手套，在卡其裤上擦了擦手。“我听到消息之后，就马上开车赶来了。茱莉，我真的很遗憾。”

“你开车赶来了？”我吃惊地问道，“到了华盛顿？”

“你不在家。我等了好几天……然后我想去参加葬礼，但我不知道……”他渐渐压低了声音。

“你等了我好几天？”我皱起了眉头，“你住的宾馆？”

他摇了摇头。“我买了个睡袋，以防万一。如果天气变冷了，我就把车里的暖气打开。”他说。

我狠狠咽了口唾沫，想着他在我房子外面，守着、盼着，在车里等了那么多天。

“我在外面待了一阵子，几天前才想起来回去收了一下信件。所以我没能很快回复你的问候卡。”

他低下了头。“我希望当时我能在那里陪你，安慰你。”

我深吸了一口气。“你应该在那儿的，只是我……”

我不知道是谁先往前踏出一步的，但突然之间，我就和爸爸拥抱了。他比以前瘦多了，我的手臂可以完全环住他的腰。但他身上仍然有那种陈旧的香料的味道。

“真不敢相信你来了。”他说，声音摩擦着我的头发，变得模糊不清。

“我要告诉你件事。”我把脸颊的泪水擦干，退后一步抬头看着他，他脸上有难以掩饰的忧虑。

“别想多了，”我说，“是好消息。”

之前我数过日子，得出了日期：是在巴黎的时候。

我把手伸进包里，把信封递给他。他打开信封，拿出那张光滑的纸，定定地看了很久，眼睛睁得老大。

“这个是——你的——”他简直问不出一个完整的问题。

我点点头。“这是你外孙的第一张照片。他将在今年夏天来到这个世界。”

伊莎贝尔已经买了一衣柜的小衣服、裤子和鞋子——是的，鞋子也买了——昨天我小睡了一会儿醒来，发现她正把一大盒一大盒的尿片放进衣柜里。

“什么？”听我说她反应过度，她吃惊地问，“做女童子军[1]的经历告诉我要时刻准备着。”

我低下头，用手捂住肚子，已经有点儿微凸了，只是一点点，好像一个微笑刚刚开始时上翘的嘴角。“一直都很饿是不是正常的怀孕反应啊？”

“让我看看。”伊莎贝尔说。她从一个购物袋里拿出六本厚厚的书。

“伊莎贝尔！”我大笑起来，“就给我做个三明治和水果沙拉就成啦，行吗？”

“哦，太好啦。其他的孕妇都想吃冰激凌。只有我身边的这个喜欢

---

① 风行美国学校的课外组织，是美国最大的女孩团体，家喻户晓，其主题歌歌词里有句话叫“时刻准备着”。

健康食品，”她略带抱怨地说，“我也得跟着你长点儿体重，免得你嫉妒。别拦我啊。”

现在，我爸爸的目光回到那张超声波图片上，我把孩子的头和圆圆的小身体指给他看。只有四个月，他还只有一个橙子那么大，我在一本书上读到过。但他每一天都在长大，变强壮。

我想起那个巴黎的早上，当我跑出小旅馆的门，突然看到满街都是小孩。迈克尔忘记帮我带上避孕药了，而且那晚谁也没心思想到要采取保护措施。

我是不是在潜意识里也有点儿预知到，我体内的细胞正在忙碌地繁殖着，为这个小人儿的到来做着积极的准备呢？

“他真是太棒了！”爸爸说，不可置信地摇了摇头，“你竟然要生孩子了。真是不敢相信。”

他一次又一次地看着那张照片，而我则一直看着他。他脸上的皱纹沟壑纵横，头发也变得花白了。他的帆布大衣穿在身上显得太过宽大了；在变瘦之后他可能都没心思去买一件新的。琐事一直都是妈妈在做，洗衣、做饭、打扫，在爸爸把袜子从脚趾到后跟都穿破的时候去买新的。他努力要适应没有她的生活，一定很艰难。

他比上次见面时老多了。

他发现我在看着他，突然问道：“你会……我是说，你想进来坐坐吗？”

我吸了一口气，他迅速说道：“对不起，你应该还有其他事情吧？”

“爸爸，”我把手放在他胳膊上，“我想跟你待几天。你是不是可以给孩子做个摇篮呢？我也希望你下个月可以到华盛顿来，帮我给他的房间刷刷漆。”

他看了我一会儿，接着伸出手，把我揽在怀里，久久地抱着，两人都没有松手。

致谢

我第一个想要感谢的人是希斯·高德曼，“诚实茶饮”公司的首席执行官。希斯非常亲切地邀请我到他的办公室——还去了两次——给我喝了很多美味的饮料，耐心地回答我关于如何从零开始成功建立一个饮料公司的问题。当然，我笔下的人物和希斯完全两样，我虚构出的“畅饮”公司完全没有“诚实茶饮”的影子。无论怎么说，这家公司都是最有信誉的企业之一。请读者记住：我的故事纯属虚构！不过，再来句广告，诚实茶饮真是让人不可抗拒，容易上瘾。

我仍然觉得自己运气好得过分了，我不但能从事写小说这份世界上最好的工作，身边还围绕着出版界最能干、聪明和善良的人们。我的编辑吉尔·亨德里克斯，是那种我在一个人挤人的房间里能一眼挑出来做我好朋友的女人。她修改出来的章节，超凡的创造力，以及充满感染力和向上活力的能量，都在不断激励着我。我的代理人，维克托利亚·桑德斯，是我见过的最有趣的人（她写的邮件简直可以用“传奇”二字来形容），而且她简直太聪明了。谢谢你们让我的梦想变成现实。

我对作家詹妮弗·温纳的感激之情，实在无法用语言来表达。她给了我无与伦比的支持，现在想想还感动不已。但她总是说不用谢。她唯一的愿望，就是希望我把这种善意传递给其他作家。是的，她就是这样让人难以置信。

我的“超级公关”玛西·英格曼看上了我的第一本书，开始帮我大肆宣传，即使我有一次送给她的礼物坏在了路上。幸运的是，她幽默感十足，内心也非常宽大，我非常骄傲能成为她最新的客户。同时，我也对可爱的黛娜·基德利·费塔雅表示感谢。

我的父亲，约翰·帕坎南一直是我的第一读者。他真是一个一流的编辑，更是一个最好的父亲。我的母亲，林，单枪匹马就把我的书推销给了邻居街坊和巴诺书店里的陌生人。我的哥哥罗伯特和他的妻子萨蒂亚，给了很多意见和建议，帮我设置好了第一稿的结构。我的弟弟本和他的妻子塔米·霍根，为我的第一本书开了个漂亮的好头。（嗯，同志们，也许这时候说有点儿奇怪，但我可能很快需要你们帮我想另一本了。）还有我丈夫的姐姐卡罗琳·雷诺兹·曼德尔，精益求精地帮我琢磨早期的稿子，作家艾米·亚尔克·哈特维尼和我的朋友蕾切尔·贝克、安妮塔·陈，以及珍妮特·梅德尼克也耐心帮我字斟句酌。

我代理公司的文字总监贝尼·诺尔，给出了一些敏锐的校改建议，也对我说了很多充满想法和鼓励的话。是他，让这本书变得更好。我还要感谢维克多利亚·桑德斯办公室的克里斯·开普勒。

我做有关歌剧的资料查找时，有几本书帮了很大的忙，其中包括瑞妮·弗莱明精彩的自传《内心的呼唤》；另外还有伊森·摩尔登所著的《歌剧逸事》；阿瑞安娜·赫芬顿描写玛丽亚·卡拉斯的书：《传奇背后的女人》；还有大卫·伯格和斯科特·斯贝克所著的《傻子也能懂歌剧》。肯尼迪中心还邀请我去参加了一个后台歌剧工作坊。马克·希尔曼还耐心地回答了我关于如何描写有钱人的问题。

谢谢钱德勒·克劳福德，优秀的国际代理商；也谢谢国外的出版商。同时我也深深地感激“心房图书”和“华盛顿广场出版社”的每一个人，包括朱迪丝·库尔、克里斯·伊洛雷达、蕾切尔·波斯迪克、丽莎·吉姆、娜塔莉·怀特、卡罗勒·思科温德勒、安娜·多夫曼、约娜·德西梅斯、保罗·奥瑟维斯基，以及优秀的销售团队。还要感谢萨拉·坎丁，和你共事真的很开心。

我的宣传人员杰西卡·普瑟尔和克里斯托·帕利亚克为《世上另一个我》做了完美的公关策划，我很幸运，能让他们两人都留在我身边，为我的第二本书展开营销。我还要深深地感谢《创业邦》杂志的苏珊·科尔和斯蒂夫·赫尔，谢谢他们不断的支持和帮助，（你们俩办聚会还真是有一套啊！）还有林赛·迈因斯，想出了“高跟鞋日”这么个绝妙的主意。

还要谢谢我的“博客迷”读者们，他们以网络为工具，将对我的作品的热爱四处散播；还要感谢那些在Facebook和“推特”上加我好友的读者，你们在网站上的留言给了我很多鼓励。我真喜欢和你们聊天。

当然，和一直以来一样，我身边的四个男孩——丈夫格伦，以及我们的孩子，杰克逊、威尔和迪兰；我把我所有的爱，献给你们。

译后记

今生永相伴

我相信每个人的心中，都曾默默地存在过这样一个假设，“假如我知道自己大限将至，那余生的时光，该怎么活？”

我也相信答案将众说纷纭，也许环游世界周游列国，也许如饥似渴博览群书，也许奋力一搏，实现本以为这一生都无法实现的梦想。

而我的答案，简单得甚至有点儿老套，“每一分，每一秒，都要和爱的人在一起”。

为这本小说的译文打下最后一个句号时，我默默走到窗前，天气难得的晴好，夕阳的余晖里有白发苍苍的爷爷和奶奶，两人并未牵手，只是一人提了一袋东西颤巍巍地走着。路上有清洁工还没来得及清扫的树枝，老爷爷轻轻绊了一下，奶奶赶紧松开手上的袋子去扶他。有惊无险之后两人面对面看着，各自露出沟壑纵横的笑容。老爷爷很自然地伸手理了理奶奶稍稍弄乱的银丝。接着两人又松开手，默默提着东西，融进一片暖暖的阳光里。好像刚才那一幕，从没发生过。两人只是平淡静默地，又走向未来也许屈指可数的人生。

我微笑着，看得出了神。

老来相伴，是多么可遇而不可求的人生大幸啊。不知经历了多少争吵与磨合，才得来如今的清淡平和？也许爷爷奶奶的岁月不是小说，没有那么多的矛盾、纠结、挣扎、痛苦，没有那么让人意想不到的起承转合。但几十年人世间的跋涉，岂不比小说中的千言万语更艰难、更复杂？诚知曾经的他们不似茱莉娅和迈克尔，被太多的身外之物蒙蔽了双眼，忽视了身边最重要的人？你忙忙碌碌，我缝缝补补，于是烦躁取代了耐心，厌倦取代了欣赏，就像书里常用到的一个词，身还在一起，心却“渐行渐远”。

如果你已经读完这个故事的一字一句，我想你也会承认，书里最揪心的部分，便是茱莉娅对两人婚姻危机的回忆。青梅竹马，两小无猜，看起来是多么纯真而美好的字眼。但那之后，当门前已没有青梅与竹马，当你我二人已经长大，身不由己卷入纷繁的世事，就像“王子与公主从此幸福生活在一起”之后，还不得不面对柴米油盐的日子、磕磕绊绊的岁月。摆脱了贫穷的两人，却又在同时丧失了幸福。你以为华服广厦，却不知大厦将倾；你看那锦衣玉食，却不知颗颗苦涩、粒粒艰辛。

十六岁，他们相遇在豆蔻年华，蓝天下两颗孤独的心，互相依偎、互相取暖。

二十岁，他们为了梦想来到大城市，和所有的故事一样，他们四处蜗居，身兼数职；清贫的岁月里，那句“有我有你就够了”一语道破感情的真谛。

三十岁，鸿鹄终是要一飞冲天的，男人飞黄腾达，女人小有成就，但当初那两颗炽热而紧贴在一起的心，为什么却变得冰凉、变得遥远？

“有情饮水饱，知足菜根香”，中国古人笔下最淡然朴素的夫妻情，在迈克尔经历一场生死考验以后，慢慢有了实现的可能。没有再细述情节的必要，大家都看到，茱莉娅在矛盾与抗拒中，最终看懂了迈克尔的深情和自己的内心。尽管最后，如一开始注定的那般，迈克尔猝然离开，但他播下了多少爱与美好的种子啊。拼尽全力去补偿的那对夫妻和他们粉妆玉琢的小女儿；捐助的那些慈善机构以及因此而获益的千千万万人。这些种子在迈克尔最爱的茱儿身边，生根发芽，用幸福和知足，将她包围。

你愿意放弃万千财富，只为与妻子再好好爱一场吗？你愿意抛开辛苦挣来的名利，只为实现一个“做好人”的愿望吗？你愿意抛开种种恩怨，再去拥抱曾忽视自己、伤害自己的亲人吗？你愿意勇敢承认年轻时候的错误，把失去的时光和失去的人都追回来吗？书里的每一个人，迈克尔和茱莉娅、伊莎贝尔和贝丝、斯科特与他可爱的小家庭，还有男女主人公与他们的家人，每一个大文章中的小故事，都让我扪心自问。都让我告诫自己，活在世上，请别忘记自己的初心，请用爱和善意对待一切；请用情和真诚打动所有。珍惜活着的每一刻，珍惜爱着的每一刻。

“死生契阔，与子成说；执子之手，与子偕老。”这诗句虽然已经遍布每一场关于爱情的描述和表白当中，但我仍在读到迈克尔与茱莉娅终于谅解彼此、十指紧扣的时候，轻轻吟了出来。我相信每个女人心里都有一个茱莉娅，有些小虚荣的同时，又渴望爱、渴望关怀、渴望真正的欣赏和情感支持。我也希望每个茱莉娅，都能找到最初的那个迈克尔，然后就在纷繁复杂的人世间，牵着手走下去吧，无论遇到什么，心也不要分离。

我想象勇敢活下去的茱莉娅，终有一天成为白发苍苍的老人，像迈克尔希望的那样，生下两人的孩子，抚养长大；大口大口吃冰激凌；和伊莎贝尔常常相聚，尽情享受人生。也许再次坠入爱河，在幸福中享受天伦。当有一天老去的她独自一人在街上蹒跚而行，看见路边坐着愁眉苦脸甚至泪流满面的年轻人，也许她会走过去，安静地问，年轻人，你为什么哭？为金钱，为事业？不要紧，只要能与爱人相知相伴，你就不会孤单，不会恐惧。

也许，她会看到我看到的那一对老爷爷老奶奶，心中淡淡惆怅，想象迈克尔若还活着，两人也应该是这般光景；虽谈不上羡煞旁人，日常生活可能还有些冷暖自知的磕磕碰碰，却早已相濡以沫，风景都看透，我们一起看细水长流。

不，幸福的茱莉娅，她不会惆怅和忧伤，因为迈克尔一直都在，在她清晨手边咖啡氤氲的热气里，在夏日冰激凌香甜的气息里，在拂过她秀发的清风里，在每一天抚摸着她面颊的阳光里，在她的每一声叹息、每一个微笑、每一滴眼泪和每一场悲欢喜乐里。

但愿人长久，千里共婵娟。本书的作者说，这个故事传递的信息是“爱是这个世界上最重要的东西”。这大概是世界上最浅显又最艰深的道理。所以，在不知时日的余生里，我要和爱的人们在一起，无论做什么，无论往哪里去。

我深深地感谢你们让我感受到爱，也深深地感谢你们让我付出爱。谢谢亲爱的编辑，你给我一本充满爱的小说，让我又对生命有了新的感受；谢谢今生最珍惜的亲人，你们是我心中最和暖温柔的角落；谢谢时时刻刻伴我左右的父母，我们之间的爱很少说出口，但在我成长的轨迹里，处处都是你们的深情；当然，还有最亲爱的你，谢谢你的爱，让我勇敢前行。

不管未来日子如何，悲伤或是快乐，和你共度生命每一刻。与其给你来生千万次相遇的憧憬，我更愿给你在今生永远相伴相依的承诺，在携手同行的时光里，长长久久地爱着你，做你独一无二的亲人和伴侣。

也愿捧读这本书的你们，若相爱，就好好珍惜今生，在遥远的路途上，手拉着手，心贴着心。

译者　何雨珈

图书在版编目（CIP）数据
我的另一种人生/（美）帕坎南（Pekkanen，S.）著；何雨珈，胡绯译.
—长沙：湖南文艺出版社，2013.2
书名原文：Skipping a beat
ISBN 978-7-5404-5970-3

I.①我… II.①帕…②何…③胡… III.①长篇小说—美国—现代 IV.①I712.45

中国版本图书馆CIP数据核字（2012）第312390号

著作权合同登记号：图字18-2012-439

我的另一种人生

作　　者：［美］萨拉·帕坎南
译　　者：何雨珈　胡　绯
出 版 人：刘清华
责任编辑：丁丽丹　刘诗哲
监　　制：张应娜
策划编辑：马冬冬
版权支持：李彩萍　文赛峰
营销支持：肖云柯
装帧设计：张丽娜
出版发行：湖南文艺出版社
（长沙市雨花区东二环一段508号　邮编：410014）
网　　址：www.hnwy.net
印　　刷：北京盛兰兄弟印刷装订有限公司
经　　销：新华书店
开　　本：880mm×1230mm 1/32
字　　数：320千字
印　　张：11.5
版　　次：2013年2月第1版
印　　次：2013年2月第1次印刷
书　　号：978-7-5404-5970-3
定　　价：32.00元
（若有质量问题，请致电质量监督电话：010-84409925）